HAUSSMANN
DES ITALIENS
Credit Lyonnais
OPERA COMIQUE
PLACE BOIELDIEU
RICHELIEU
VIVIENNE
R. MONTMARTRE
BOULEVARD
FEYDEAU
PLACE DE LA BOURSE
BOURSE
4 SEPTEMBRE
AUGUSTIN
R. DES FILLES ST THOMAS
Hôt Colbert
Agence Havas
Hôt Louvois
LOUVOIS
Sq. Louvois
RAMEAU
CHERUBINI
BIBLIOTHEQUE NATIONALE
PETITS
RUE DE BEAUJOLAIS
Théatre
PALAIS ROYAL
PL. DES VICTOIRES
VICTOIRES
N.D. DES VICTOIRES
RUE DU MAIL
PAUL LELONG
HOTEL DES POSTES
TELEPHONES
COQUILLIERE
ST EUSTACHE
Royal Palace Hôtel
PL. DU THEATRE FRANÇAIS
THEATRE FRANÇAIS
CONSEIL D'ETAT
PLACE DU PALAIS-ROYAL
Hôtel du Louvre
Magasins du Louvre
MINISTÈRE DES FINANCES
R. DE MARENGO
TEMPLE DE L'ORATOIRE
PALAIS DU LOUVRE
Cour du Louvre
Lafayette
MAIRIE DU 1ER
DU LOUVRE
ST GERMAIN L'AUXERROIS
Meissonnier
Raffet
Boucher
Velasquez
BERGER
HALLES
RUE SAINT
R. BAILLEUL
R. PERRAULT
R. BOUCHER
PONT-NEUF
DU LOUVRE

Victoria Wolff

Das weiße Abendkleid

Victoria Wolff

Victoria Wolff

Das weiße Abendkleid

Roman

Herausgegeben
und mit einem Nachwort
von Anke Heimberg

AvivA

ERSTER TEIL

Sonja

In den Straßen von Paris lag so viel Frühlingssonne, daß die Stadt an diesem Morgen ihr Stadtgesicht verlor. Auch in den engen Gassen rechts und links der großen Straßen lagen langgezogene Sonnendreiecke; der Asphalt glitzerte vielfarbig, wie wenn verborgene Diamanten in seinen schwarzen Teig hineingebacken worden wären. Sogar die Schachtdeckel am Trottoirrand und die Abfallkästen vor den Haustüren glitzerten, aber die Schaufenster waren blind von Sonnenstaub.

Ein richtiger Frühlingstag ist ein seltenes Ding. Er ist plötzlich da, hält sich nicht an den Kalender und hält sich auch nicht lang. Und die Menschen lachen. Sie ziehen helle Sachen aus den Schränken und eine hellere Laune aus dem Herzen. Sie blinzeln in die Sonne und können nicht glauben, daß es irgendwo in der Welt Krieg geben kann, oder Haß, oder Streit.

Und wenn sie dann doch von solchen Dingen hören, denn irgendwo in der Welt mag es gerade regnen, dann schütteln sie ungläubig den Kopf, und die Sonnenstrahlen auf ihren Haaren schütteln sich mit.

An diesem Frühlingstag schritt Anne Lund, von der Madeleine kommend, die Rue Tronchet entlang auf das Haus von Partout zu. Vor dem Haus stand ein Bettler mit einem Schifferklavier und spielte laut.

Er sang und lachte dazu. Lachen ist ein guter Trick für Bettler. Lachen trägt mehr ein als Jammern.

Anne Lund bewies ihm das.

Der Frühling lag ihr in Armen und Beinen. Sie summte vor sich hin, machte große Schritte und war überzeugt, daß die Welt gut und schön sei.

Dieser Ansicht war sie nicht immer.

Weltanschauungen hängen meistens vom Wetter ab.

Sie blieb ein paar Sekunden vor der Auslage einer Modistin stehen und besah sich seltsame Gebilde, die vorgaben, Hüte zu sein. Partout hatte nicht ausgestellt. Partout war ein exklusiver Schneider.

Anne Lund spiegelte sich in der Scheibe der Auslage zwischen den Hutgebilden. Ihr schmaler Kopf, die Fülle der rötlichen Haare, die weißen Zähne, die Augen mit dem Goldschimmer waren durch häufige Reproduktionen der Reklamesäulen und der Zeitschriften weltbekannt. Aber die eigenartige und trotz aller Aufmachung kindlich-rührende Schönheit ihres Gesichtes sah man nur, wenn man ihr gegenüber stand.

Anne Lund betrachtete sich kritisch in der staubigen Glasscheibe. Sie stand sich und dem Leben objektiv gegenüber. Aber heute beschloß sie, weiterzugehen und sich keine Gedanken zu machen. Das war eine der Wirkungen des Frühlings.

Sie öffnete die schwere Haustür dieses alten, geräumigen Pariser Geschäftshauses. Sie wollte oben bei Partout die zweite Frühjahrskollektion besichtigen.

Der Eingang zu Partout lag im 1. Stock. Sie ging am Lift vorbei zur Treppe und summte immer noch vor sich hin. Sie wäre wohl an diesem Tage auch in den fünften Stock hinaufgestiegen. Treppensteigen und Leben erschienen ihr heute gleicherweise leicht.

Wenn einer ihrer Kritiker sie so gesehen hätte, würde er behaupten, daß ihr jede Art von Aufstieg von jeher leicht gefallen sei. In allen Biographien der Lund konnte man das lesen. Aber Biographien zu Lebzeiten sind auf Glanzpapier aufgezogene Redensarten.

Zugegeben, Anne Lunds Bühnenlaufbahn war nicht kompliziert genug für einen Sensationsroman. Aber das Wort Laufbahn betrifft auch nur die Außenseite. Von ihrem richtigen Leben sagte es nichts aus. Vor fünfzehn Jahren schon, nach ihrem ersten Auftreten in einem

Avant-Garde-Theater, das im Keller eines russischen Restaurants stationiert war und nicht mehr als achtzig Sitzplätze hatte, schrieb die Kritik: »Außerdem fiel eine junge Schwedin auf, Anne Lund, von der wir Größeres erwarten.«

Später hieß es: »Anne Lund, die ihre schwedische Eigenart mit der unsrigen in genialer Weise verschmolzen hat, stellte ihr Können erneut unter Beweis.«

Fünf Jahre später: »Anne Lund, hinreißend wie immer.« Und sechs Jahre später: »Anne Lund, die gefeierte Darstellerin unserer Bühnen, hat einen Filmvertrag nach Hollywood angenommen. Ungern lassen wir sie ziehen.«

Und in letzter Zeit: »Unsere Anne Lund ist wieder da. Erfrischt, angeregt und schöner als je. Wir werden alles daransetzen, unsere Anne für immer zu behalten.«

Für Anne Lund war es keine Schwierigkeit gewesen, sich vom Erfolg nichts anhaben zu lassen. Er berührte sie nur an der Oberfläche.

Er war wie Treppensteigen. Die Füße bewegten sich, aber das Herz ging seine eigenen Wege.

Man sagte von ihr, sie sei originell. Das stimmte insofern, als sie nicht an der öffentlichen Meinung interessiert war und ihre eigenen Gedanken trotz des Vergleichs mit den Gedanken anderer bevorzugte und in Taten umsetzte – ein in ihrem Beruf nicht häufiges Unternehmen. Man sagte auch von ihr, sie habe ein Verhältnis mit Charles Bridier, der ihre Filme schrieb, aber auch das stimmte nicht ganz.

Von ihrem wirklichen Leben war wenig bekannt. Sie beschäftigte trotz zweijähriger Hollywoodpraxis keinen Publicity-Agenten und war einfacher und unkomplizierter geblieben, als ihrer aparten Erscheinung entsprochen hätte. Charles Bridier behauptete, ihr und ganz Schweden fehlten ein paar wichtige Grunderlebnisse. Und ihr Können entspringe ihrer traumwandlerischen Sicherheit, nicht ihrem Verstand.

Aber auch Charles Bridier kannte Anne Lund nicht richtig. Er prägte Aphorismen über sie, weil das zu seinem Handwerk gehörte.

Anne Lund war viel kindlicher, als er wußte. Sie konnte sich freuen wie ein Kind, sich wundern, sehnen, glauben wie ein Kind und war dankbar wie ein Kind.

Sie war an diesem Morgen um sechs Uhr aufgestanden, zwei Stunden im Bois geritten, und hatte sich an der Sonne, am Reiten, am Pferd und an sich selbst gefreut, als genieße sie das alles zum ersten- und zum letztenmal. Als sie dann vom Studio die Nachricht erhalten hatte, daß man sie wahrscheinlich heute den ganzen Tag über nicht zur Aufnahme brauche, hatte sie sich auch darüber gefreut.

Unerwartete Geschenke sind die schönsten. Sie liebte es, durch die Straßen zu bummeln und sie genoß Paris, wie sie es vor fünfzehn Jahren, als sie es kennen lernte, genossen hatte.

Nichts langweilte sie. Jeder Tag gab ihr neue Augen zu neuem Sehen und das war ihr großer Charme.

Ehe Anne Lund bei Partout läutete, betrachtete sie von oben das renovierte Treppenhaus genau.

Partout hatte das Haus zur Eröffnung der Sommersaison mit Marmor durchzogen und Holz und Stuck ausgeschieden. Unnötig und teuer, dachte Anne Lund, außerdem häßlich.

Sie hatte bei Partout schon vor acht Jahren arbeiten lassen, als er noch glaubte, ein verkannter Schauspieler zu sein, und in seiner Einzimmer-Schneiderwerkstätte Hamlet und King Lear beim Anprobieren deklamierte.

Damals hatte er nur für vier Frauen gearbeitet und Ideen gehabt. Sie waren phantasiereich und originell angezogen gewesen. Doch für sie hatte er sich besondere Mühe gegeben, denn für jedes aparte Modell durfte er ihr eine neue Szene vorsprechen.

Später hatten sich diese Sitten geändert. Als Partout zu seinen fünf Nähmädchen einen Zuschneider engagierte,

Die Kirche Madeleine, in der Nähe der Rue Tronchet

bekam er etwas ähnliches wie einen Reklamechef mit ihm ins Haus. Und dieser Reklamechef nützte die Zeit und Partouts Qualitäten aus.

Partout kletterte rasch in die Höhe bis zum marmorverkleideten Treppenhaus in der Rue Tronchet.

Anne Lund war zwar noch immer die bevorzugte Kundin, der man die Kollektion drei Tage vorher zeigte, jedoch mit steigender Popularität stiegen Partouts Preise und sank sein Charme.

Anne Lund läutete an der viel zu großen, handgetriebenen Silberklingel. Es wurde nicht rasch geöffnet, da man um diese Zeit nur Lieferanten erwartete.

Als die Türe endlich aufging, fragte ein langes Mädchen in schwarzer Berufsschürze gelangweilt: »Sie wünschen?« Anne Lund gab keine Antwort und ging durch den langen Korridor zum Empfangsraum.

»Wo ist der Chef?« Das Mädchen, das jetzt erst aufzuwachen schien, sagte, um diese Zeit gäbe es noch keinen Chef. Sie war unverhohlen neidisch auf diese ausgedehnte Ruhe ihres Chefs. »Na, dann wecken Sie ihn, aber etwas fix, – und Ihnen könnte eine kalte Dusche auch nicht schaden!«

Jetzt erst betrachtete das Mädchen die Kundin genauer und erschrak. Der Schrecken ließ sie ein paar verwirrte Entschuldigungen stottern, ehe sie weglief.

Gleich darauf kam ein großes, blauäugiges Mädchen in einem schwarzen Seidenkittel aus dem Atelier gelaufen und entschuldigte in wohlgewählten Worten die Kollegin. Man lasse den Chef sofort rufen. Niemand habe vermutet, daß Madame so früh zur Vorführung komme. Madame möge nicht böse sein!

Anne Lund hatte während dieser langweiligen Rede das schlecht bemalte Gesicht des großen, ihr nicht unsympathischen Mädchens betrachtet. Sie studierte Gesichter wie ein Architekt Stilarten.

Dieses Mädchen hatte nicht die geringste Ahnung von seinem wirklichen Gesicht. »Wer hat Ihnen kosmetische Ratschläge gegeben, Fräulein?«

Das Mädchen nannte verwirrt den Namen Monsieur Adolphes, des Reklamechefs.

»Bringen Sie mir Wasser und ein Handtuch! Ich will Ihnen zeigen, wie Sie aussehen müssen! Sie müssen anders sein als die andern, um hier aufzufallen, Sie haben das Zeug dazu!«

Nicht weniger verlegen als vorher ihre Kollegin, lief Sonja in den Umkleideraum der Mannequins zurück und holte, was ihr befohlen wurde.

Anne Lund sah sich in dem neuen Raume um. Er war teuer, aber nicht kostbar eingerichtet, beängstigend gut aufgeräumt und roch noch nach Terpentin und Farbe.

Hellgraue Ahornmöbel, rote Vorhänge, roter Bodenbelag, schwarz umrahmte Riesenspiegel und schwarzgraue Sessel und Bänke. Der Geschmack des Propagandachefs.

Weder Stecknadeln, noch Kreide, noch Modehefte lagen umher. Das Einzimmeratelier mit dem Bügelgeruch und den zerschlissenen Shakespearebänden war ehrlicher gewesen. Anne Lund war stolz darauf, daß sie seit Jahren ihre Wohnung nicht gewechselt hatte. Sie war auf seltsame Dinge stolz, nur nicht auf ihr Können.

Als das Mädchen zurückkam, mußte es sich vor einen hohen Spiegel setzen und die Maquillage abwaschen.

»Ihre Augenbrauen saßen viel zu hoch und verzerrten das Gesicht. Lassen Sie die Brauen nachwachsen, und zwar braun, in natürlicher Höhe. Sehen Sie, so!« Anne Lund nahm den dunklen Crayon und zeichnete einen geschwungenen Bogen zwischen Stirn und Augen.

Sie spürte, wie das Mädchen zitterte.

»Wie heißen Sie?«

»Sonja.«

»Russin?«

»Ja.«

»Man siehts am Gesichtsschnitt. Sie haben breite Backenknochen und einen starken Mund und das Unerklärliche, das Russen immer haben. Und gerade das müssen Sie hervorheben, nicht verdecken!«

»Ja«, hauchte Sonja, noch immer keines weiteren Wortes fähig.

»Warum sich in eine Form pressen, die nichts mit Ihnen zu tun hat, nur weil man sie in Magazinen zu Tausenden vorgemalt sieht? Sie müssen den Mut zu sich selbst haben. Wie alt sind Sie?«

»Neunzehn.«

»Leben Sie allein hier?«

»Mit meinem Vater.«

»Lassen Sie das Blondfärben bleiben. Tragen Sie Ihre Haare in der natürlichen braunen Farbe, schlicht zurückgekämmt, mit einem Knoten im Nacken. Dann bekommen Sie Ausdruck und werden eine Erscheinung. Jetzt sind Sie Einheitspreis.«

»Danke, danke tausendmal«, sagte Sonja, – sie hätte so viel sagen wollen, aber sie brachte vor Erregung keinen Satz zusammen.

»Wenn zu mir früher jemand so gesprochen hätte, hätte ich mir die Fehler ersparen können«, sagte die Lund.

»Ich muß beinahe weinen«, sagte Sonja, »mir hat noch niemand geholfen, nicht einmal mein Vater.«

»Was ist Ihr Vater?«

»Er studiert.«

»Studiert? Er muß doch mindestens vierzig sein?«

»Er ist dreiundvierzig. Aber er hat seit zwanzig Jahren, seit seiner Flucht aus Rußland, gearbeitet und gespart, nur um später Medizin studieren zu können. Jetzt kann er's, weil ich auch verdiene.«

Annes Interesse stieg. Das Leben schrieb seinen Mitspielern bessere Rollen als die Dichter. Was für eine Rolle könnte die Frau spielen, die mit einem solchen Studenten-Vater verheiratet ist? Sie müßte sich natürlich in Opposition zu ihm stellen. Das gäbe gute Dialoge.

Aber wer wäre fähig, solche Dialoge zu schreiben? Charles Bridier bestimmt nicht, auch wenn er glaubte, er sei der Erfinder des guten Dialogs.

Anne Lund hätte gerne noch mehr über Sonjas Vater gewußt. Sie war entschlossen zu ihr zu sagen, kommen Sie bald einmal zu mir, aber sie sagte es nicht, weil Partout ins Zimmer trat. Partout hätte dem Mädchen Schwierigkeiten gemacht. Er war von puritanischer Strenge mit seinen Mannequins und achtete auf ihren Ruf wie auf die Unkopierbarkeit seiner Modelle. Beides waren wertvolle Tricks für seinen Reklamemann.

»Madame, Sie sehen mich tief betrübt.« – Partout näherte sich tänzelnd und verbeugte sich.

»Comédie Française, I. Akt, 3. Auftritt«, sagte Anne. »Ist nicht nötig bei mir.« Und Sonja, die sich leise zurückzog, rief sie nach: »nicht von den Kolleginnen umstimmen lassen! Fest bleiben!«

»Also, Partout, zeigen Sie mir Ihre neuen Sachen. Ich brauche vor allem Abendkleider. Eines für den neuen Film. Und dann das Übliche.«

»Ja, ja, natürlich, sofort, gewiß.« Partouts Stimme tänzelte, wie seine Beine. »Es ist sehr früh, Madame, wir dachten alle, Sie kämen gegen elf Uhr.«

»Frühlingstage scheinen für Euch keine besondere Attraktion zu sein.«

Partout beteuerte, daß auch er den Frühling sehr schätze.

»Na, dann ist's gut«, machte die Lund, und dachte daran, wie viel er an Persönlichkeit verloren hatte, seit er zu den Arrivierten gehörte.

»Nur schade, daß es bei Euch nach Terpentin, statt nach Frühling riecht.«

»Da werde ich ein Fenster öffnen!« Partouts blondes, schwärmerisches, ganz und gar unfranzösisches Gesicht verzog sich bekümmert. Er war nicht groß und mußte sich auf die Zehen stellen, um den Fensterriegel zu erreichen.

Töne des Schifferklaviers drangen fröhlich mit der Morgenluft ins Zimmer.

»Wie gefällt Ihnen unser neues Heim?«, fragte Partout, um die Zeit auszufüllen. Anne Lund verzog ihr schönes Gesicht. »Meine Wahrheiten fallen nicht immer auf dankbaren Boden.«

»Ich bin ein treuer Bewunderer von Madame, ich würde mich über ein ehrliches Wort freuen.«

»Damals, als Sie während der Anproben Richard der Dritte waren oder Macbeth, hat's mir besser gefallen.«

»O, Madame, erinnern Sie sich noch daran?«

»Erinnern? Partout, das waren doch unsere besten Zeiten!«

»Wenn ich Madame widersprechen darf: unsere beste Zeit ist heute!«

»Nein, mein Lieber! Schauen Sie sich doch einmal kritisch diese Dinge da an.« Sie deutete auf die schwarzgrauen Polstergebilde. »Man haut heutzutage den neuen Stil mit Elan auf's Papier und überträgt ihn dann auf Holz, in Rollenhefte und in Photographie. Wenn man wenigstens zugeben würde, daß dieser neue Stil eine Art

Verlegenheitslösung ist! Aber man behauptet kühn, er sei Kunst. Beim Film, beim Theater genau dasselbe wie in Ihrem Prunkraum, Partout.«

Partout war Meister im Wechseln von Thematas. Er sprach rasch von den neuen Frühjahrsstoffen. Die Kollektion sei exceptionell. Besonders eine weiße Seide, man könne sie eine Symbiose von Damast und Samt nennen, sei ein Wunder der Webkunst.

Er habe ein Abendkleid daraus gemacht, ein Kleid, das alles, was er bisher geschaffen habe, übertreffe. Er sei nicht eitel, aber was er da nicht etwa genäht, sondern gedichtet habe, hebe ihn aus der Masse der Schneider heraus und mache ihn zum Künstler.

»Ein Dichter muß seine Werke selbst sprechen lassen! Her damit, Partout!«

Partout nahm nichts übel. Früher in der Einzimmerwerkstatt war er empfindlicher gewesen. Der Verkehr mit Hocharistokratie, Film, Theater und Presse erforderte starke Nerven. Er klatschte in die Hände und, wie auf der Puppenbühne, schwebte ein statuenhaft gewachsenes Mädchen herein, in blaßblauer, stoffreicher Organdi-Aufmachung, und tänzelte vor Anne Lund hin und her.

Die Schauspielerin sagte »nein« mit kaum geöffnetem Mund und die Statue verschwand. Nun zogen zwei paillettengeschmückte Statuen auf, eine in Gold, die andere in Seegrün, und Partout murmelte etwas von der Komposition rötlicher Haare und dieser beiden Farben.

Die Statuen verschwanden und machten griechischen Tempelmädchen Platz. In reich gerafften Satintuniken bewegten sie sich in feierlichen Reigenschritten und bildeten vor Anne einen Halbkreis. Aber Anne sagte, sie habe kein Feuer der Vesta zu bewahren.

Nun flüsterte Partout dem ersten Tempelmädchen etwas zu, worauf sie nickend aber dennoch feierlich abzogen. Die nächste Nummer, die er das klassische schwarze Dinerkleid nannte, ließ er selbst ungeduldig wieder abgehen. Er begab sich dann persönlich in den Ankleideraum.

Gleich darauf führte er Sonja, den Star der Mannequins, triumphierend in einer weißen Pracht an der Hand. Da er nicht gut den Bräutigam, der die Braut über den roten Teppich der Kirche führt, spielen konnte, mimte er den Theaterdirektor, der seine Neuentdeckung nach gelungener Première der Kritik vorführt.

Sonja trug das Haar schlicht und die Augenbrauen in normaler Höhe und lächelte auch nicht mehr so maskenhaft. Sie stand voll ehrlicher Erregung aufrecht und ohne Pose vor der Schauspielerin.

»Donnerwetter«, sagte Anne Lund. Sie ging um Sonja herum. »Sofort probieren, bitte.«

»Habe ich zuviel gesagt?« fragte Partout.

»Ich habe das Kleid ›la joie tremblante‹ genannt.« Anne gab keine Antwort. Sie starrte fasziniert auf dieses weiße Gewand und konnte kaum erwarten, sich darin zu sehen. Als sie dann weiß und feierlich und groß über den roten Velour vor die großen Spiegel schritt, wurde sie sehr ernst.

Das Kleid gab ihr ein neues Gefühl. Sie besah sich sachlich von allen Seiten. Was hatte dieses Kleid? Was für ein Zauber war da mit hineinverwoben?

Sie fühlte sich jung und bräutlich und ernst. Es war das beste Kleid, das sie je getragen hatte.

»Die zitternde Freude«, sagte sie, »Sie haben recht, Partout. Ich gratuliere Ihnen.«

Partout starrte die Lund an. »Das Kleid ist ein Kunstwerk, aber erst Sie geben ihm Leben. Erst Sie adeln es.«

Auch Sonja starrte Anne Lund an mit brennenden Augen und brennendem Gefühl. Gute und böse Gedanken schossen durch ihren Kopf. Sie wollte wissen, wie die Frau da lebte. Und sie wollte mit all ihrer jungen Sehnsucht einmal, nur ein einziges Mal, Anne Lund sein, schön, reich, gefeiert und berühmt.

»Ich nehme das Kleid, aber nur unter der Bedingung,

Der Boulevard des Capucines

daß es sofort aus der Kollektion verschwindet und zwei Jahre lang nicht kopiert wird, weder in dieser noch in einer anderen Farbe oder Stoffart. Es soll heute noch geliefert werden.«

Partout war mit den Forderungen einverstanden und nannte den Preis.

»Ich zahle ihn.«

Doch als Partout fragte, ob er die Kollektion nun weiter vorführen dürfe, wehrte sie ab. »Danke, für heute genug. Vielleicht morgen oder übermorgen.«

Sie war erregt und unruhig und wollte nicht, daß man es merkte. Sie verabschiedete sich rasch, ohne Sonja noch einen weiteren Blick zu schenken. Sie hatte das Mädchen vergessen.

Unten vor dem Haus schmetterte Merlutte sein Lied. Anne Lund nickte ihm zu.

Sie dachte, Williams, der Regisseur, müsse diesen Sänger einmal hören. Aber sie hatte viele derartige Pläne, von denen nur wenige Wirklichkeit wurden. Vergnügt schlenderte sie bis zur Madeleine und dann den

Boulevard des Capucines entlang und freute sich. Das neue Kleid hatte ihr die Harmonie zurückgelassen, die sie stets suchte.

So wäre sie gern mit Charles durch die Straßen gebummelt. Sie liebte es, zu zweit stehen zubleiben, weiterzugehen, Schaufenster anzusehen, etwas zu trinken und dann weiterzubummeln, absichtslos. Aber Charles ging nicht gern zu Fuß. Charles tat überhaupt nichts gern, was sie gern tat. Charles war nicht der Richtige für sie.

Irgendwo sah sie hübsche Schuhe. Sie kaufte sie. Kaufen lenkt immer ab, vom Guten und vom Bösen, also auch von Charles. Und dann sah sie eine hübsche Tasche und kaufte sie auch.

Sie hatte noch nicht die Absicht, heimzufahren. Die Panik vor der großen, stillen, einsamen Wohnung wurde sie nie los. Daß sie seit vielen Jahren allein lebte, außen am Park Monceau, in der Rue de Prony, ohne Mann, ohne Kinder, ohne Hunde, hatte diese Panik keineswegs gebessert. Nicht einmal Arbeit hatte die Panik vertrieben. Arbeit hatte ihr nur die Zeit vertrieben.

Anne überquerte gemächlich den Place de l'Opera, ging den Boulevard des Italiens hinauf, bog dann in die Rue Richelieu und ging bis zum Palais Royal. Sie schlenderte um die Steinburg des Louvre, über den Place du Carrousel und setzte sich im Jardin des Tuileries auf eine Bank.

Sie roch den Frühling, sah Kinder spielen und dachte ein wenig an tausend Kleinigkeiten, die ihr Leben ausmachten. Glücklich war sie nicht, aber noch weniger unglücklich. Die Sonne hatte eine heilende Kraft.

Anne saß auf ihrer Bank, war angenehm müde und sah zu, wie es Mittag wurde. Die Glocken läuteten längst, die Kinder gingen heim, die Autoreihen verdoppelten sich, und junge Leute aus den Büros zogen scharenweise durch den Park.

Sie würde auch nach Hause gehen müssen, dachte sie. Dieser Gedanke war heute nicht so bedrückend wie sonst. Irgendwo im Hintergrund ihres Denkens lag die Erinnerung an das neue Kleid. Dieses Kleid war wie eine neue Rolle: ein Start, eine Aufgabe, ein Ziel. Immer hing ein Stück neues Leben davon ab. Und Anne war noch jung genug, um neugierig auf neues Leben zu sein.

Später winkte sie einem Taxi und fuhr heim. Die dicke Frida lief ihr schon im Garten entgegen. Ihre weiße, gestärkte Schürze raschelte. »Was ist los?« fragte Anne Lund.

»Nichts«, sagte Frida und nahm ihrer Herrin Hut und Handschuhe ab.

»Hat jemand angerufen?«

Diese Frage wird von allen Frauen, denen nur ein einziger Anruf im Sinn liegt, unter der Haustüre schon gestellt. Auch Anne lag nur ein einziger Anruf im Sinn.

Die dicke Frida schüttelte den Kopf, Schürze und Bauch: »Nein, niemand hat angerufen.«

»Es ist gut so«, sagte Anne, aber sie dachte, daß es nicht gut sei.

Oben in ihrem Zimmer warf sie sich in einen Sessel und streifte die Schuhe ab. Vor ihr hing das schweigsame, weiße Telephon. Obwohl noch mancherlei im Zimmer herumhing, Bilder, Fayenceteller, Vorhänge, sah Anne nur das Telephon.

Seit fünf Tagen hatte sie Charles' Stimme nicht mehr gehört. Vorgestern hatte sie trotz ihres Schwurs, daß sie diesmal nicht nachgeben würde, doch angerufen. Aber er war nicht zu Hause gewesen.

Wozu eigentlich schwören? Stimmungen kommen und vergehen.

Sie hob den Hörer ab und wählte die Nummer mit den drei Dreiern am Ende. Sie zitterte dabei, verachtete sich ein bißchen und freute sich auf seine Stimme.

»Hallo«, sagte er.

»Ja«, sagte sie.

»O, Anne, du!«

»Ja, ich.«

»Wie geht's?«
»Danke.«
»Was Besonderes?«
»Nein!«
»Viel zu tun?«
»Nein, ich habe heute den ganzen Tag frei.«
»Ach so.«
»Ja.«
»Also nicht mehr böse.«
»Nein.«
»Ich hätte vielleicht auch bald angerufen.«
»So?«
»Ja!«
»Was hättest du gesagt?«
»Guten Tag, hätte ich gesagt.«
»Sonst nichts?«
»Nein, das genügt.«
»Wenn du meinst ...!«
»Natürlich!«
»Was tust du heute?«
»Allerlei. Uninteressant.«
»Hättest du vielleicht heute abend Zeit?«
»Ich weiß noch nicht.«
»So schönes Wetter draußen. Frühling.«
»Mag sein.«
»Wir könnten ein bißchen hinausfahren aufs Land.«
»Ich hasse das Land.«
»Seltsamer Dichter, der das Land haßt.«
»Ich bin kein Dichter.«
»Was denn?«
»Ich schreibe und werde dafür bezahlt.«
»Und sonst?«

»Sonst werde ich nur produktiv sein, wenn ich Zahlen höre, das weißt du doch.«

»Du bist kein Dichter. Ich werde dir sagen, was du bist. Du bist ... Du bist ... Du bist ...«

Anne warf den Telephonhörer auf die Gabel und

brüllte ins leere Zimmer: »Ein Scheusal bist du, ein hartes, kaltes Scheusal!« Sie warf sich aufs Sofa und preßte ein Kissen gegen die Stirn. Nach einigen Minuten kam ihr erst zu Bewußtsein, was sie tat. Sie schämte sich. Nur nicht die Kontrolle verlieren, nur sich nicht gehen lassen! Das hatte ihr das Leben abgewöhnt.

Monologe waren nicht gesucht, auf keiner Bühne. Und das Leben ist die strengste Bühne.

Sie hatte Charles geliebt, und er hatte sie nur begehrt. Das hatte sie sich schon so oft klargemacht und ebensooft wieder vergessen. Nicht lieben ist eine Tatsache, keine Schuld. Früher einmal, in der Zeit der Illusionen, hatte sie ihm vorgeworfen, daß sie ihn mehr liebe als er sie. Aber er hatte sie ausgelacht.

»Sei froh, daß du mich hast. Es gibt nichts Erschlaffenderes für den Künstler als glückliche Liebe. Wenn du restlos glücklich wärst, wärst du nie eine so gute Schauspielerin geworden.«

Darauf hätte es nur eine Antwort gegeben. Aber diese Antwort hatte sie nicht gesagt. Und seither schwieg sie.

Er nützte ihr Schweigen aus, wie er auch ihr Reden ausgenützt hätte. Und ihre Kritiken blieben gut.

Sie stand auf, kühlte das Gesicht und sah zu, wie die dicke Frida den selbstgekauften Strauß gelber Osterglocken in eine blaue Chinavase ordnete und auf das Fensterbrett stellte.

Vor fünf Jahren, als sie Charles kennengelernt hatte, nach dem Erfolg seines ersten Stücks, hatte er ihr einmal solch einen Strauß mitgebracht. Dann nie wieder. Und seither liebte sie die gelbe Steifheit dieser Glocken, die nicht mehr klangen.

Sie besann sich, was sie nun tun könne. Sonst war sie morgens mit Proben oder Aufnahmen beschäftigt.

Plötzlich sah sie ein, daß es nicht leicht ist, ein sonst eingeteiltes Stückchen Zeit, das nun frei ist, angenehm zu vertun. Tun mußte sie etwas. Tun war ihr Bedürfnis wie frische Luft. Aber was tun?

Sie konnte plötzlich verstehen, warum die meisten Menschen Angst vor dem Sonntag hatten. Freizeit will gut genützt sein, sonst rächt sie sich.

Also, was sollte sie tun? Etwas ausgehen, irgendwo essen? Oder aufs Land fahren, allein? Oder zu Hause bleiben, lesen, Post beantworten? Ihr fehlte die Lust, allein zu sein. Sie überlegte auch nicht ernsthaft, sie spielte nur gleichgültig mit diesen Plänen, und als das Telephon nach ein paar Minuten wieder läutete, wurde sie rot vor Freude und hauchte leise »Hallo« in die Muschel, aus Angst, Charles könnte ihr Herz und ihre Stimme klopfen hören.

Es war aber nur Maria, die anrief. Maria, Annes zwei Jahre jüngere Schwester, die ihren Namen zu Unrecht trug. Sie schien auch heute wieder die Absicht zu haben, ihr ewiges Gekränktsein durch keine neuen Nuancen zu beleben.

»Du bist endlich einmal morgens zu Hause, Anne. Ich weiß ja von gar nichts. Mir sagt man ja gar nichts.«

Die abgeschiedenen Seelen aller alten Tanten waren in Marias Stimme gewandert. Sie machte die Umwelt wieder einmal verantwortlich dafür, daß sie mit Monsieur Barthoud, einem mittelmäßigen Kaufmann, mittelmäßig verheiratet war.

Anne erklärte brav, daß sie gestern noch nichts von diesem freien Vormittag gewußt habe. Plötzlich seien die Aufnahmen für heute abgesagt worden.

»Ja, ja, ich weiß, eure ewige Ausrede.«

Anne versuchte, ihre Schwester zu beruhigen. Eine Arbeit, die sie wöchentlich einmal zu besorgen hatte, und die nur gelang, wenn sie ihr einen Ausgleich, der Marias Eitelkeit befriedigte, dafür bieten konnte.

»Also, wann hast du eine Stunde für mich frei?« fragte Maria.

»Heute nachmittag«, sagte Anne resigniert.

»Gehst du mit mir ins Ritz zum Tee?«

»Jawohl, ich gehe mit dir ins Ritz.«

»Aber nicht wieder absagen, wie damals, weißt du noch?«

»Nein, ich weiß es nicht mehr.«

»Natürlich, bei mir versagt dein Gedächtnis immer.«

»Also um fünf Uhr, – auf Wiedersehen«, sagte Anne sanft und dachte dabei an Charles' Gedächtnis, das ebenso versagte.

Sie würde nie die Kraft haben, Maria ganz aus ihrem Leben zu streichen; nicht etwa, weil sie die einzige lebende Erinnerung an ihre Kindheit in Schweden war, sondern weil Maria zehnmal zurückkommen würde, wenn man sie nur einmal hinausgeworfen haben würde.

Eine Stunde später rief das Studio an. Die erste Hälfte des Films sei vorführbereit, und wenn Madame Lund nichts anderes vorhabe, möchte sie doch gegen fünf Uhr ins Studio kommen. Man könne dann gemeinsam die noch herauszuschneidenden Szenen besprechen.

Anne war diesem Anruf dankbar. Sie versprach Maria irgend etwas für morgen oder übermorgen und fuhr um halb fünf Uhr den gewohnten Weg ins Studio.

Dort, in der vertrauten, schlechten Kulissenluft, einer Mischung von Leim, Schminke, Staub, Bogenlampenwärme und ungelüfteten Kleidern, wurde ihr fast so wohl wie am Vormittag bei Partout, als sie die »zitternde Freude« getragen hatte. Arbeit ist immer gut gegen Kummer.

Sie blieb bis zehn Uhr im Studio, ging dann mit dem Regisseur Williams, dessen Asketenkopf nach der Arbeit nur von Astrologie träumte, und ihrem Partner Gaston, einem neuentdeckten Beau, zum Abendessen. Und von dort in die Boîte de nuit vom Dienst. So nannte Williams jeweils die Boîte, die gerade in Mode war.

Gaston, der noch nicht zu den bekannten und teueren Schauspielern gehörte, konnte sich erlauben, stets guter Laune zu sein, ohne daß ihm sein Publicity-Manager das in Hinsicht auf die Propaganda verboten hätte. Er gab sich Mühe, seine Partnerin gut zu unterhalten. Auch

Williams gab sich Mühe, wobei er wie immer die Astrologie zu Hilfe zog.

Sogar Anne gab sich Mühe. Doch während ihr Mund redete und lachte, blieb ihr Herz still. Und während sie die anderen amüsierte, war sie traurig wie ein Clown. Sie kam sich einsamer vor als am Morgen, da sie allein im Jardin des Tuileries gesessen war.

Sie dachte, daß sich ihr wahres Leben irgendwo anders abspielen würde, aber sie wußte nicht, wo. Hier fand sie sich nicht.

Es war ein Abend zweiter Wahl. Noch während er sich abrollte, strich sie ihn aus sich aus.

Als sie um Mitternacht die Tür ihrer Wohnung aufmachte, hatte sie ihn schon völlig vergessen. Und sie dachte, daß sie zwei Dinge zu gut könne: warten und sich beherrschen.

In der Mittagspause lief das Mannequin Sonja, noch immer aufgewühlt und erregt, zum Friseur. Er hieß André und wohnte zwei Quadrate weiter gegen die Opéra zu. Sie bat ihn, ihre Haare auf ihre natürliche Farbe zurückzufärben.

Es gehörte zu Andrés Berufsauffassung, keiner Kundin zu widersprechen. Das Ändern einer Haartracht hing meistens mit dem Wechsel einer Freundschaft zusammen. In solchen Zeiten sind Frauen unharmonisch und reizbar und man tut gut daran, ihnen nachzugeben. Er färbte das bisher blonde Haar nußbraun.

Sonja hatte Herzklopfen und sicher auch ein wenig Fieber. Seitdem sie das weiße Kleid am Körper gespürt hatte, nein, schon vorher, seit Anne Lunds Ratschlägen, war eine grundlegende Veränderung mit ihr vorgegangen. Sonja, ein nüchternes Kind ihrer Zeit, fühlte diese Wandlung, die auch die Formen ihres Weltbildes erschütterte, so deutlich wie eine Gewichtszunahme. Sie wunderte sich, daß so etwas durch zufällige und geringfügige Dinge geschehen konnte.

Unter dem brausenden Getöse der Trockenhaube, die wie ein Kriegshelm über ihrem Kopfe saß, dachte sie an Anne Lund, immer nur an Anne Lund.

Was ist das für eine Frau? Nur einen Tag möchte sie zusehen, wie sie lebt, wie sie probt, wie sie arbeitet und spielt. Ob sie wohl glücklich ist? Zu was für einem Mann sie gehört? Was für Erlebnisse hat sie gehabt, ehe sie so weit war, wie sie heute ist?

Sonja war neugierig auf Erlebnisse.

Sie brauchte das Wissen um Erlebnisse anderer als Ersatz für das, was ihr das Leben bisher schuldig blieb.

Es hatte nämlich geschehen können, in der großen und großzügigen Stadt Paris, daß ein Mädchen wie Sonja, die hübsch war und neunzehn Jahre alt, bisher Abenteuer und Liebe – diese beiden Wörter waren für sie Synonym für Erlebnis – nur vom Hörensagen kannte.

Daran war ihr Vater schuld. Ihr Vater, der sie strenger erzogen hatte als es eine Klosterfrau hätte tun können.

Sie liebte ihren Vater und sie verehrte ihn, – sie verstand ihn sogar. Sie verstand, daß er, der in der Zeit seiner Entwicklung vom Kind zum Jüngling, Krieg und Hunger, Auflösung und Revolution und Flucht mitgemacht hatte, seine Tochter vor allem Elend der Welt bewahren wollte.

Da er sie jedoch nicht vom Leben fernhalten konnte, hielt er sie von den Menschen fern. Und der Kreis der Freunde, die der Vater ins Haus brachte, war mit puritanischer Strenge reingehalten von jedem Einfluß, der in ein Erlebnis hätte ausarten können. Männer oder das, was Sonja unter Männer verstand, waren nicht darunter. Nur Gelehrte, Ärzte, Büchermenschen.

So sehr Sonja ihren seltsamen Vater auch liebte, so wenig betrachtete sie ihn als Mann. Er besaß zuviel Idealismus und zuwenig Geld. Genauso seine Freunde.

Und so sehr sie ihn verstand, so sehr sehnte sie sich nach der Möglichkeit, ihm zu entfliehen. Sie wollte ihr eigenes Leben leben! Sie war ein Kind ihrer Zeit und konnte nicht damit zufrieden sein, Erfahrungen aus zweiter Hand zu beziehen.

Die Stellung bei Partout hatte sie nur annehmen dürfen, weil Partout streng auf den guten Ruf seiner Angestellten achtete und jede harmlose Entgleisung mit Kündigung strafte. Ihre Abende waren ausgefüllt mit Sprachkursen, Gesangstunden und Krankenpflege. Eine Frau muß alles können, sagte ihr Vater.

Zeit für Erlebnisse, wie sie sie in den Magazinen las, hatte sie nie gehabt.

Die Trockenhaube wehte Sonjas Gedanken warm und wohlig durcheinander.

Was Anne Lund wohl jetzt tun würde? Nur einen Tag lang wollte sie so leben dürfen wie Anne Lund! Nur zwölf Stunden heraus aus ihrem ärmlichen Alltag. Dann wieder zurück zu Partout. Oder nicht zurück zu Partout?

Sonja fühlte sich plötzlich fähig, alles zu riskieren. Von Partout aus führte keine Leiter zum Ruhm. Dieser Start war falsch. Bei Partout konnte sie höchstens Directrice werden – oder heiraten.

Aber sie wollte nicht heiraten. Sie wollte erleben. Die meisten Mädchen dachten an nichts als an Heiraten und nannten es Versorgung. Sie nicht! Anne Lund wohl auch nicht.

Sie träumte weiter, warm erregt und halb beglückt, und merkte kaum, daß André in die Kabine kam und den Kriegshelm abnahm. Erst als er ihr Haar kämmte und ihr den Spiegel vorhielt, aus dem ihr ein reiner und klarer Mädchenkopf entgegensah, kam sie wieder zu sich.

»Zufrieden?« fragte André.

»Ja, vielleicht, ich weiß nicht recht«, sagte sie verwirrt.

»Eigenartig«, sagte André, »Rasse!«

»Merkwürdig, ich muß aufpassen, daß ich nicht Angst vor mir selbst bekomme.«

Und dann fragte sie, was es koste. Sie war darauf gefaßt, ein Viertel ihres Monatslohnes zu opfern.

»Nichts!« sagte André.

»Nichts?« fragte Sonja erschrocken.

»Gar nichts!« sagte André.

»Aber ... aber es war doch eine Arbeit.«

»Nein, es war ein Vergnügen.«

Sonja bekam ein wenig Angst. »Was soll denn das bedeuten?« fragte sie. André verbeugte sich. Sein schwarzes Haar glänzte wie ein Zylinder.

»Es soll nichts bedeuten.« Sonja dachte an Anne Lund und lachte.

»Ein Märchen, am hellen Tag ein Märchen! Das ist schon das zweite Märchen heute, André!«

Sie schüttelte seine vom Färben braune Hand. »Sie sind großartig. André. Ich danke Ihnen!«

Umhüllt von Friseurduft und Glück, schritt sie, aufrechter als sie gekommen war, auf die Straße. Die Uhr schlug Viertel vor drei. André sah ihr lange nach.

Im Atelier wurden, als Sonja wiederkam, gerade die Modelle für die zweite Sommermodenschau von übermorgen verteilt. Sieben gleichgroße Mädchen in schwarzen Kittelschürzen standen um Monsieur Alphonse herum, der einst Zuschneider war und jetzt Propagandaseele des Geschäfts, und warteten, was sie bekämen. Von solchen Zuteilungen hingen kleine Seligkeiten ab.

Monsieur Alphonse sah alles und sprach nichts. »Höchste Zeit, daß Sie kommen, Sonja«, sagte die Directrice, die an einem erhöhten Pult saß und die neuen Einladungskarten mit den Adressen der letzten Saison verglich.

Mit dem Einladen mußte man nicht weniger vorsichtig sein, als der englische Hof. Modelle werden leichter gestohlen als Adelsprädikate.

Sonja wollte sich unbemerkt in die Reihe der Mädchen stellen, aber Monsieur Alphonse winkte sie zu sich. Er schob sie wortlos ein paarmal hin und her. Dann nickte er. »Sie müssen zu dieser Frisur lange, goldene Ohrringe tragen. Antik natürlich. Vielleicht Familienschmuck!«

Dabei verzog er sein Gesicht, denn er traute Sonjas Familie wenig zu.

»Und Ihren Lippenstift müssen Sie auch ändern. Brünette brauchen tieferes Rot als Blondinen.«

Bisher hatten die anderen nur geschaut, ohne daß Bewegung in ihre glattgemalten Gesichter gekommen wäre. Jetzt, bei Alphonses Worten, die ebenso kostbar wie selten waren, drang Neid, die weitverbreitetste menschliche Krankheit, sichtbar unter die Maquillage.

Nur Marion, die oberste der Näherinnen, die auf dem Boden kniete, den Mund voll Stecknadeln, um den Wurf einer Schleppe neu zu stecken, nahm die Nadeln einzeln aus dem Mund und machte: »mh, mh«.

Die Directrice schaute scharf von ihrem Podest und nickte.

Nur Hélène schien ehrlich erfreut zu sein. Sie zog die Brauen hinauf und blinzelte. Hélène wohnte in derselben Straße und fuhr meistens in derselben Bahn mit Sonja heim. Sie nannten sich sogar Freundinnen.

Sonja trat in die Reihe der Mädchen an ihren Platz. Das weiße Abendkleid von Anne Lund hing an einem Extraständer hinter der Mädchenwand. Monsieur Alphonse gab ein Zeichen, daß alle sieben zur Seite zu treten hätten, und betrachtete ernst das Kleid.

»Ziehen Sie jetzt noch einmal ›la joie tremblante‹ an«, sagte er zu Sonja.

»Wir hätten eine Menge damit verdienen können, wenn es die Lund nicht gleich geschnappt hätte«, meinte die Directrice.

»Der Chef hat eben ein Faible für Madame Lund«, sagte Alphonse kurz.

»Zehn Kopien wären zu machen gewesen!« Der Seufzer der Directrice war echt.

Als Sonja in ›la joie tremblante‹ schlüpfte, fühlte sie wieder diesen elektrischen Schlag durch die Nerven gehen wie am Vormittag. Sie hatte schon viele hundert Partout-Modelle getragen, vorgeführt, bewundern und betasten lassen, noch nie war ihr das geschehen. Sie befühlte die weichfallende Kühle der Seide und besah im Spiegel das schmeichelnde und trotzdem feierliche Gewoge des Stoffes.

Und sie kannte keinen Mann, dem sie sich in dieser Pracht hätte zeigen können!

Sonja schloß die Augen und haßte schnell ihr bißchen Leben. Sie wünschte, sie würde dieses freche Kleid nicht mehr sehen müssen.

»Du trägst diese Sache großartig«, sagte Hélène, die in die Kabine gehuscht war, »so reich müßte man sein, daß man sich diese Fahnen selber kaufen könnte!«

»Einen Freund müßte man haben, der einem dieses Zeug kaufen würde«, sagte Sonja trotzig.

»Ganz neue Töne plötzlich?« Hélène staunte.

»Ja, ganz neue Töne plötzlich.«

Damit rannte Sonja in die Halle unter kritische, lieblose Blicke, und Hélène kam nachdenklich und langsam hinterdrein.

Daß Monsieur Alphonses Laune zu wünschen übrig ließ, konnte man ihm leicht vom Gesicht ablesen. Es war bleich, schmal und von tiefen Linien durchzogen.

Wenn die Mädchen solche Stimmung heraufziehen sahen, sagten sie: »Achtung, die Milch gerinnt.«

»Sie bringen nach Geschäftsschluß dieses Modell selbst zu Madame Lund«, sagte Alphonse finster zu Sonja. »Dann ist dieser Ärger aus dem Haus. Verstanden? Und übermorgen tragen Sie in Gottes Namen Nummer 4, Fleur de l'Ile, l'Enervante und Picadilly. Und das Schlußbild stellen Sie allein mit Hélène. Verstanden?«

Sonja bejahte und zwang sich gewaltsam, an übermorgen zu denken. Aber es gelang ihr nicht.

Dann wurde ›la joie tremblante‹ in raschelndes weißes Seidenpapier verpackt.

Kurz nach sechs trat Sonja mit dem kostbaren Paket auf die Straße. Das Schifferklavier johlte, aber Sonja hatte heute kein Ohr dafür. Sie betrachtete den Himmel, der

Die Avenue Carnot mit Blick auf den Arc de Triomphe

es jeden Abend fertigbrachte, noch dramatischer auszusehen und noch erregendere Farben zu verstrahlen als am letzten Abend, atmete tief die noch junge Frühlingsluft und dachte, daß sie bitter schmeckte.

Dann ging sie ein Stück zu Fuß und nahm an der Opéra den Bus wie gewöhnlich. Sie wohnten außen im 17. Arrondissement in der Avenue Carnot und teilten mit einer alten Dame, die ihre Zinsen verreiste, eine ehemals gutbürgerliche Sechszimmerwohnung. Bisweilen, im Frühjahr oder Herbst, kam Madame Perriot zurück, wechselte den Sommermantel mit dem Wintermantel oder umgekehrt, legte frische Kampferkugeln zwischen die Teppiche, machte und erhielt ein paar Besuche und verschwand dann wieder, um in irgendeinem neuen Ort oder neuen Hotel neue Partner am Bridgetisch zu finden.

Während dieser Zeit gingen Sonja und ihr Vater auf Zehenspitzen und aßen abends im Restaurant.

Madame Perriots Leben, soweit Sonja es von außen beurteilen konnte, war schuld daran, daß sie bisweilen

Pariser Bus der 30er Jahre

Lebensangst bekam und sich über sinnloses Älterwerden Gedanken machte.

Madame Perriot tauchte auch immer gerade in den wehmütigsten Monaten auf, im April und im November. Das gehörte wohl zu ihrer Mission.

Sonja stand im überfüllten Bus, das Paket fest an sich gepreßt, und ließ sich vorwärtsrütteln. Es roch nicht gut im Wagen, sie war überempfindlich für Gerüche, – der Vater hatte einen spöttischen, lateinischen Namen dafür. Sonja schloß die Augen. Das war ihr Universalheilmittel gegen äußere Unbill.

Plötzlich fiel ihr ein, daß sie dem Gesetz der Gewohnheit folgend heimfahre, statt in die Wohnung Anne Lunds zu gehen. Sie erschrak, tat aber dann vor sich selber so, als könne sie nicht aussteigen und müsse dem Unterbewußtsein, das sie Zufall nannte, nachgeben, weil sicher ein tiefer Sinn dahinterstecke.

Solcherlei Gedankengänge werden von Männern Frauenlogik genannt und entrüstet abgelehnt oder als unehrlich gebrandmarkt. Männer tun sich immer leicht im Ablehnen. Wenn sie sich bemühen würden, hinter das Geheimnis der Frauenlogik zu kommen, würde es weit weniger Mißverständnisse geben.

Sonja jedenfalls kam auf dem Umweg über alle Stimmungen des gewesenen Tages zu ihrem neuen Entschluß. Sie spürte, daß solche Entschlüsse nicht nur einer Ursache entstiegen, – zwei, vier, unzählige Gründe waren bereit gewesen, sie so weit zu bringen, wie sie jetzt war. Und zugleich spürte sie, daß sie nur den Mann, der sich Mühe geben würde, sie so zu erkennen, wie sie im tiefsten war, jemals würde lieben können. Der Vater hatte keine Ahnung von ihr.

Zu Hause auf dem Küchentisch fand Sonja einen Zettel, der mit einem Messer gegen Verlorengehen beschützt war: »Nicht auf mich warten, bin bis Mitternacht bei Prof. Workoff. Schlaf gut, Gruß Papa.«

Daß Basil Putilew nicht mit seiner Tochter zu Abend aß, geschah höchstens zweimal im Jahr. Dies war dann stets ein so großes Ereignis, daß tagelang vorher davon geredet wurde, wie Sonja am besten unterzubringen wäre. Und heute, plötzlich heute, blieb der Vater aus, ohne mehr daraus zu machen als zwei kurze Zeilen.

Eine Sekunde lang war Sonja bestürzt. Sie dachte, daß sie nun umsonst ›la joie tremblante‹ mit heimgenommen habe. Aber dieser Gedanke war nur eine Art Vorspann. In Wahrheit hatte sie das Kleid nicht für den Vater mitgenommen. Auch nicht für Miß Gibbs, bei der sie von 9 bis 10 Uhr englische Stunde haben sollte. Für wen eigentlich?

Er war kein Begriff, er hatte keinen Namen, und doch war er da. Unsichtbar, in der Phantasie, und doch realer als alles, was hier im Zimmer greifbar lag.

Sonja gestand sich sofort ein, froh zu sein, daß sie jetzt allein war. Sie brauchte Ruhe und Ungestörtsein. Ihr Denken hatte plötzlich eine so neuartige, gewalttätige Form angenommen, daß es einer Revolution gleichkam.

Sie wärmte den Borschtsch, der von gestern übrig war, und kochte zwei Eier. Sie aß gierig und rasch und ohne zu spüren, was sie schluckte. Dann lief sie über die Straße ins Delikatessengeschäft und bat, telephonieren zu dürfen. Sie kannte Anne Lunds Geheimnummer. Bei Partout war diese Nummer allen geläufig.

Lange meldete sich niemand, dann hieß es, Madame sei ausgegangen.

Wann sie wohl zurückkomme, fragte Sonja mit heiserer Stimme. Es handle sich um eine wichtige Meldung von Partout.

»Vor Mitternacht nicht«, sagte die fremde Stimme.

»Aber das ist doch unmöglich.«

»Das ist sehr wohl möglich.«

»Mit wem spreche ich denn?«

»Sie sprechen mit Frida.«

Das war so hochmütig gesagt, als heiße es: ›Sie sprechen mit dem Präsidenten der Französischen Republik.‹

»Könnte ich vielleicht die Sekretärin von Frau Lund sprechen?«

»Bei uns gibt es keine Sekretärin«, sagte die Präsidentenstimme und dann kam der übliche Knack des erbitterten Einhängens.

Dieses Unwiderrufliche betrachtete Sonja als Gottesurteil. Sie eilte heim. In der Wohnung ging sie auf Zehenspitzen, als wäre Madame Perriot schon zurück. Dann legte sie sich eine unruhige Stunde lang auf den Sofa, um den arbeitsmüden Rücken zu stärken, und träumte im Wachen verworrenes Zeug.

Gegen neun Uhr verließ eine erregte junge Frau in großer Abendtoilette die Wohnung. Die Kapuze des langen schwarzen Seidenmantels war so tief ins Gesicht gezogen, daß ein Fremder vermuten konnte, hier wolle jemand unerkannt das Heim des Liebhabers verlassen. Auf der Straße winkte sie einem Taxi, nannte dem Chauffeur die Adresse eines bekannten Tanzlokals und konnte kaum erwarten, bis sie sich in der dunklen Polsterecke bergen durfte.

Sonja war im vergangenen Winter mit der ganzen Partoutgilde in dieses Tanzlokal zu einer Modenrevue kommandiert gewesen. Aber vor Mitternacht, als das Vergnügen begann, hatte man die Mädchen heimgeschickt. Heute sollte niemand das Recht haben, sie heimzuschicken.

Die Wirklichkeit, die sonst in Sonjas Leben eine beherrschende Rolle spielte, war auf ein so winziges Maß zusammengeschrumpft, daß sie kaum mehr existierte, wenigstens in ihrem Bewußtsein nicht.

Sonja fühlte sich in dem schmutzigen Nachttaxi so märchenhaft wohl, als fahre sie in der vergoldeten Krönungskarosse, die sie einmal sonntags in Versailles gesehen hatte, und das Ziel ihrer Fahrt war ja nicht weniger verstiegen, als die Ziele des Sonnenkönigs, der den Mittelpunkt der Welt unter seinem Betthimmel einzufangen glaubte.

Der abgetragene Ledermantel des Chauffeurs verwandelte sich in die Uniform ihrer Leibwache, und als der betreßte Diener des Tanzlokals den Wagenschlag öffnete, war diese Geste nichts als ein notwendiges Zubehör ihres Bilderbogens. Sie gab dem Chauffeur ein übertrieben hohes Trinkgeld. Er dankte und dachte sich sein Teil.

Als Sonja an der noch sehr leeren Garderobe ihren Umhang abgelegt hatte und durch den roten Samtvorhang zum Tanzsaal gehen wollte, vertrat ihr ein schwarz gekleideter Herr den Weg. Seine etwas vorgebeugte Haltung und sein sanft-ernster Ton erinnerten Sonja an Partout in der Unterhaltung mit einer schlechtzahlenden Kundin. Diskrete Bestimmtheit ist die Seele des Gesprächs, pflegte der Chef dann zu sagen. Der Herr flüsterte liebenswürdig: »Damen ohne Herrenbegleitung ist der Eintritt leider untersagt.« Damit kam die Wirklichkeit in Sonjas Bewußtsein zurück.

»Für wen halten Sie mich denn?« brauste das junge Mädchen auf. »Ich bin mit meinem Vater verabredet. Er hat sich vermutlich verspätet.«

Sie sah dabei die beschriebene Rückseite eines Kalenderblattes auf dem Küchentisch liegen: »Bin mit Hélène ins Kino gegangen. Nicht auf mich warten. Schlaf gut, Sonja.«

Der diskret-sanfte Herr war kein Gedankenleser. Er schlug dem schönen, jungen Gast vor, hier außen in der kleinen Loge zu warten, bis der Herr Vater käme.

Sonjas Blick suchte die kleine Loge, blieb aber an einem großen Spiegel hängen und sah nichts als das weiße Kleid.

Mit einer ihr fremden Kraft begehrte sie auf. Was der Herr denn glaube! Ob sie hier außen auf dem Wartebänkchen sitzen solle, wie ein Kind vor der Prüfung! Gerade hier sei ihre Lage schwierig und zweideutig und nicht drinnen an einem kleinen, verdeckten Tisch. Sie wolle sich ja nicht in die Mitte des Podiums setzen. Wenn sie nicht wirklich auf ihren Vater hier warten müßte, würde sie sofort diesem ungastlichen Lokal den Rücken kehren.

Während dieser erregten Unterhaltung war der Direktor einige Schritte zurückgegangen bis zu dem roten Samtvorhang und der Subdirektor hatte sich ihm stumm zur Seite gestellt.

Sonja war ihnen nachgefolgt, ohne sich einschüchtern zu lassen. Die Erregung verschönte sie. So dachten auch die Garderobiere, der Boy und der getreßte Diener, die dem Disput neugierig zuhörten. Auch ein paar neue Gäste, die währenddessen durch den schmalen Eingang kamen, hörten amüsiert zu. Den beiden Direktoren war der laute Ton der jungen Dame offensichtlich peinlich. Einer der Neuangekommenen, ein gepflegter, älterer Herr, der den Direktor gut zu kennen schien, ging auf die Gruppe der drei zu und fragte ohne Umschweife, was los sei. Er hatte ein belustigtes Zwinkern in den Augen.

Ehe der Direktor antworten konnte, legte Sonja wieder los: »Man will mir den Saal versperren, weil ich allein bin. Aber ich warte auf meinen Vater! Soll ich etwa hier außen stehen bleiben wie eine ... eine ... «

»Kommen Sie mit mir«, sagte der ältere Herr, »ich bin allein.«

Sonja nickte und schritt voraus.

Er sah zu, wie sie ging, und folgte langsam. Sie wählte einen Tisch im vollen Licht und schaute fragend zu ihm auf. Er freute sich, daß sie so jung war, und nickte.

»Ich habe Ihnen zu danken«, sagte sie.

»Nein, ich habe Ihnen, vielmehr Ihrem Vater, zu danken.« Sie setzten sich, selbstverständlich wie zwei gute, alte Freunde.

Sonja lächelte. Alles in ihr glaubte bereits, daß sie auf ihren Vater wartete.

»Mein Vater ist Arzt. Ob er pünktlich ist oder nicht, hängt von seinen Patienten ab.«

»Ich wünsche ihm heute abend einen ernsten Fall.«

»Hat er immer.«

Ein Kellner kam mit der Getränkekarte. Sonja dachte: So hab ich's mir vorgestellt, genau so. Sie war zufrieden.

»Was wollen wir trinken?« fragte er. »Champagner?«

»Fein. Champagner! Aber er soll ein bißchen süß sein!«

»Achtzehn Jahre!« sagte er.

»Neunzehn!«

»Daß es so etwas noch gibt!«

Er betrachtete sie genau, unbestechlich. ›Gute Rasse‹, dachte er, ›entwicklungsfähig, wenn auch noch nicht vollendet schön.‹

Dann gab er dem Kellner den Auftrag.

Sonja spürte, daß er ihr glaubte, und wurde sicherer. Sie getraute sich, ihn genau zu betrachten. Er gefiel ihr. Weiße Haare lagen dicht und glatt um seinen schmalen Kopf, die Augen waren hart und blau, ein dünner Mund, gerade wie ein Strich, machte ihn hochmütig überlegen.

Sie würde ihn für einen Engländer gehalten haben, wenn er nicht so akzentfrei gesprochen hätte.

»Warum sind Sie allein?« fragte sie.

Er sah sie an und überlegte. Direkte Fragen hatte er bisher immer nur sich selbst gestattet. Frauen liebten zu umschreiben und doch zum Ziel zu kommen.

»Warum fragen Sie das?«

»Ich bin neugierig«, sagte Sonja. »Ich will wissen, was mit den Menschen los ist.«

»Können Sie nicht warten, raten?«

»Ungern.«

Die Musik begann. »Wollen wir tanzen?« fragte er.

»Später.«

Er lächelte: »Scheues, schönes Kind.«

Diese drei Worte brachten Sonja in Verwirrung. Sie hatte das getroffen, was sie selbst gerade jetzt als Wahrheit über sich fühlte. Diesen Ausflug hierher hatte eine andere unternommen, nicht sie.

Der Champagner kam. Der Kellner schenkte ein. Sie sah ihm zu und war dankbar für die Ablenkung. Hastig trank sie ihr Glas aus. Charles Bridier ließ sie keine Sekunde aus seinem blauen Blick.

»Wie heißen Sie?«

»Sonja!«

»Ohne Nachnamen geboren?«

Ihr fiel kein geeigneter Name ein, obwohl in ihrem Viertel, das den Kliniken nicht fern lag, hunderte von Ärzteschildern hingen.

»Mein Vater wird seine Karte da haben und sich vorstellen.

»Schade, daß Ihr Vater kommt.«

»Mein Vater ist ein guter Kamerad.«

»Vielleicht bei Tag. Abends mag ich Väter nicht.«

»Und wenn ich ihm das verrate?«

»Das werden Sie nicht tun!«

»Wieso wissen Sie das?«

»Weil Sie mich gern mögen.«

»Sind Sie nicht selber Vater?« fragte sie.

»Nein.«

»Aber Sie könnten es sein.«

Sie dachte: er könnte sogar mein Vater sein, aber das zu sagen wagte sie doch nicht.

»Sie denken jetzt, daß ich sogar Ihr Vater sein könnte. Aber ich bin froh, daß ich es nicht bin.«

»Mein Vater wirkt älter als Sie.«

»Nett, daß Sie mich trösten.«

»Das ist kein Trost!«

»Sondern? ... «

»Wahrheit.« Sie besann sich, ob ihr Vater sich wohl auch noch mit jungen Mädchen abgeben würde. Der Gedanke war ihr neu und fremd und nicht angenehm. Es fiel ihr zum erstenmal auf, daß sie nichts von dem privaten Leben ihres Vaters wußte. Sie hat sich über Anne Lunds Leben Gedanken gemacht, ohne das ihres Vaters zu kennen.

»Wir wollen tanzen«, sagte er, »Sie werden sonst zu ernst.«

Sie erhob sich folgsam und schritt auf die Tanzfläche zu, die sich allmählich füllte. Er betrachtete das Kleid, das sie zu tragen und er zu würdigen verstand. ›Guter Stall‹, dachte er und meinte des Kleides Herkunft.

Guter Stall war das beste Lob, das er zu vergeben hatte. Vor einem guten Stall kapitulierte sein Zynismus.

Er beobachtete, wie sie den linken Arm leicht auf seine Schulter legte und zuerst Mühe hatte, den Takt zu finden. Aber als er sie führte, tanzte sie gut und freute sich an der Bewegung, ohne auf die Blicke zu sehen, die ihr von überall folgten.

Sie ist doch nicht so jung, dachte er während des Tanzens, aber ich könnte ihr Vater sein.

Als die Musik zu Ende war, blieben sie stehen und klatschten wie die anderen, um Fortsetzung bittend, in die Hände. Er sah, wie der Saxophonbläser Sonja anstarrte und wie das Paar neben ihnen schaute.

Sonja blickte über seine Schulter im Saal herum. Sie schien gewohnt zu sein, daß man sie betrachtete.

Er war plötzlich eifersüchtig auf die Blicke der Fremden und eifersüchtig, daß Sonja eine halbe Handbreit größer war, und zog sie, als der Tanz wieder begann, fester an sich.

Da er alle Phasen seines Tuns kontrollierte, fiel ihm auf, daß sich ein Teil seines Wesens zu ernsthaft mit Sonja beschäftigte.

Ich bin fünfundfünfzig, dachte er, auch wenn ich mir Mühe gebe, jünger auszusehen. Ich mache mich lächerlich mit einem so jungen Ding. Doch während er sich bemühte, seine Gedanken in eine andere Richtung zu dirigieren, spürte er, daß ihm sein Leben lang eine Frau wie Sonja gefehlt hatte. Er wollte den romantischen Einfall, daß das Schicksal ein Versäumnis nachhole, abschütteln. Romantik war nie sein Fach gewesen. Aber der Einfall blieb hartnäckig da.

Er hatte eine ärmliche Jugend durchlebt. Das Gefühl, daß die Welt käuflich sei, beherrschte seine ersten dreißig Jahre und er litt darunter, seinen Teil nicht kaufen zu können. Später, als ihm Erfolg auf Erfolg blühte, genoß er das damit verbundene, in Zahlen auszudrückende Glück in vollen Zügen und sah das Leben weniger bösartig an.

Er hatte geglaubt, seiner Karriere kostspielige Abenteuer schuldig zu sein, hatte sich nie dabei gelangweilt, war aber auch nie erfüllt davon gewesen. Frauen kannte er aus allen Schichten und in allen Arten. Mädchen, wie Sonja, kannte er nicht. Die Aufgabe lockte ihn. Mehr noch, sie packte ihn an einer Stelle, die er für unverwundbar gehalten hatte.

Unsinn! Da er die Gedanken wegschieben wollte, schob er in irregeleitetem Reflex Sonja fünf Zentimeter von sich weg und sah sie an. Was würde sie sagen, wenn sie erfuhr, wer er war. Vielleicht kannte sie seinen Namen nicht einmal.

»Wie heißen Sie eigentlich?« fragte Sonja.

»Ich habe mich besonnen, ob Sie fragen würden, oder ob ich es wohl sagen müßte.«

»Ich bin neugierig.«

»Sie werden noch viel warten lernen müssen.«

»Vielleicht, aber nicht heute abend!«

»Sie gefallen mir.«

Sonja errötete rasch und schämte sich dieser Röte.

»Also wie heißen Sie?«

»Charles Bridier.«

»Der Schriftsteller?«

Er nickte. Sein Gesicht zeigte das gewohnte, spöttische Lachen.

Sonjas Rot vertiefte sich:

»Ich habe Sie mir anders vorgestellt.« Sie war ehrlich erschrocken. Daß Charles Bridier der Freund Anne Lunds war, wußte jedes Kind in Paris. Und Sie saß hier neben ihm in Anne Lunds Kleid!

Angst vermischte sich mit Reue und der deprimierenden Erkenntnis, daß man keine, aber auch gar keine noch so kleine Sünde begehen könnte, ohne entdeckt zu werden. Nur große Sünder gehen straflos aus. Und Wut und Ärger gesellten sich zu ihrem Gefühlswirrwarr.

Charles Bridier sah ihre Verwirrung und deutete sie anders.

»Haben Sie meine Bücher gelesen?«

Sonja nickte und hielt ihm wortlos ihr leeres Glas entgegen. Er schenkte ein und sah sie fragend an.

»Ich habe drei Bücher gelesen, ›Erste Sünde‹, ›Aufruhr im Paradies‹ und ›Lampenfieber‹«.

»Welches hat Ihnen am besten gefallen?«

»Das erste.«

»Und Sie haben gedacht, daß ich auf Grund meiner Bücher anders sein und anders aussehen müßte?«

Charles fragte nicht etwa, um das Gespräch über sich, das ihm stets wichtig war, fortzusetzen. Er fragte aus bohrendem Interesse. Er wollte plötzlich alles wissen, was dieses Mädchen je über ihn gedacht hatte, er wollte wissen, wie sie dachte, er wollte wissen, wie sie war. Neunzehn Jahre, dachte er, und ich habe keine Ahnung, wie neunzehnjährige Mädchen sind. Ich könnte sie nicht beschreiben. Ich könnte keinen einzigen echten Satz über sie sagen. Ich könnte sie nicht einen einzigen Satz reden lassen. Ich könnte keinen ihrer Gedanken mit der Sicherheit, daß es auch wirklich ihre Gedanken sind, schreiben. Ich gelte als Frauenkenner. Aber was für Frauen kenne ich? Skeptische, müde, verbrauchte, ehrgeizige, mißtrauische, gelangweilte, enttäuschte Frauen. Ich durchschaue Lügen. Aber ich weiß nichts mehr von jungem Leben, nichts mehr von Hoffnungen, nichts mehr von Träumen.

»Schwer zu sagen, wie ich Sie mir gedacht habe«, sagte Sonja langsam. »Mein Vater hat mich immer gewarnt, ich solle Dichter nie kennen lernen wollen. Aber Vätern glaubt man nie.«

Sie fühlte hinter der Stirn schon jene wunderbare Leichtigkeit, die imstande ist, Angst, Trauer und Sorgen in nichts zu zerblasen.

»Ihr Vater hat recht! Aber das gibt mir keine Antwort auf meine Frage. Also, wie müßte ich nach Ihrer Ansicht sein?«

Sonja sah ihn prüfend an. Egal, ob er Anne Lunds Freund ist, egal, ob er morgen alles entdecken wird, egal, egal. Heut ist heut! Und er sah gut aus. Und sie wollte noch etwas trinken, bevor sie ihm ihre Meinung über seine Bücher sagte. Sie hielt ihm ihr leeres Glas nochmals entgegen.

»Das erste hat mir am besten gefallen, ›Sünde‹. Vielleicht, weil so viel Ehrlichkeit und Trauer drin war. Und die beiden jungen Leute waren so unwissend und unerfahren wie ich, und sie wollten immer das Rechte tun und das Rechte erleben und immer taten sie das Falsche. Und mir ging's damals genauso. Wissen Sie, ich will von mir in den Büchern lesen, über mich. Dinge, die ich erfahren habe und doch nicht weiß. Verstehen Sie, was ich meine? Vielleicht drücke ich mich dumm aus, aber ich kann es nicht anders sagen. ›Lampenfieber‹ hat mir nicht gefallen, gar nicht. Frauen wie diese Maud mag ich nicht. Ich will nie so werden wie Maud, und wenn man nichts anderes erreicht durch Älterwerden und Liebe und Erfahrung als Maud, dann rentiert es sich nicht, älter zu werden, dann verzichte ich lieber gleich. Solche Mauds kenne ich vom Sehen! Ich kenne sie genau, ohne Kleider.«

Sie wollte sagen, von Partout kenne ich sie. Scharenweise kommen sie zu Partout und wollen verdecken, was man trotzdem sieht.

Charles hörte zu, keine Bewegung ihres Mundes entging ihm. Sie sprach rasch und war ganz dabei. Er dachte, daß er schon lange von niemand mehr so viel gelernt habe.

»Warum schweigen Sie? Ich weiß, daß Sie noch viel zu sagen haben. Tun Sie's ohne Scheu. Man hört so selten saubere Wahrheit.«

Sonja lächelte. Saubere Wahrheit! Wahrheit im gestohlenen Kleid und in der gestohlenen Rolle. Immerhin, irgendeine Art von Wahrheit war das auch.

»Also, ›Lampenfieber‹ gefiel mir nicht, obwohl es in seiner Lebensverachtung sicher auch ein ehrliches Buch ist. Aber ich will nichts von Lebensverachtung lesen. Ich will, wenn ich mich schon nicht selber in einem Buch finde, wenigstens mein Vorbild finden. Irgend jemand, der mir imponiert. Deswegen lese ich Biographien gern! Ich will wissen, wie einer aus nichts etwas geworden ist, wie er vorwärtsgekommen ist, wen er geliebt hat, wie oft er von neuem angefangen hat. Ich bin egoistisch, ich will etwas speziell für mein Leben aus einem Buch herauslesen. Ich will sogar lernen. Ich bin nämlich wirklich erst neunzehn!«

»Sie sind schön, wenn Sie reden«, sagte er, »reden Sie weiter.«

»Ich denke nicht daran, aufzuhören! Sie haben mich unterbrochen. Wenn ich jetzt aufhören würde, würde ich merken, daß ich schon zuviel gesagt habe, und ich will mich nicht genieren müssen. Also rede ich lieber weiter!«

»Also ›Aufruhr im Paradies‹ «, sagte er.

»Ja, ›Aufruhr im Paradies‹. Das gefiel mir teilweise. Die Idee gefiel mir, und die junge Frau gefiel mir, auch der Mann bisweilen. Der Mann sollte wohl Charles Bridier sein. Aber er s o l l t e es sein. Das ganze Buch s o l l t e etwas sein. Es war Absicht, Konstruktion. Und das mochte ich nicht. Es war so klug und so kalt. Und das mochte ich auch nicht. Wenn Sie jetzt zu mir sagen würden: beweisen Sie Ihre Ansicht, führen Sie Beispiele an – ich könnte es nicht. Ich bin kein Kritiker. Ich lese mit dem Herzen. Und wenn das schlägt, gefällt mir das Buch. Sonst werfe ich es in die Ecke. ›Aufruhr im Paradies‹ hab' ich nicht in die Ecke geworfen. Ich hab es sogar zweimal gelesen. Ich habe auch mit meinem Vater darüber geredet. Vater fand es besser. Er sagte, ich verstehe es noch nicht. Vielleicht hat er auch recht, ich verstand es zwar nicht, aber ich fühlte auch nichts dabei. Und das ist die Hauptsache. Ich will weinen, wenn sie krank ist, und mich freuen, wenn sie gerettet wird. Und ich will nicht kalt bleiben, wenn er sie küßt. Und beim ›Aufruhr im Paradies‹ bin ich kalt geblieben. Wahrscheinlich, weil es kalt geschrieben war. Man kann ja auch kalt rauchen und doch eine Zigarette im Mund haben, nicht wahr?«

Er schaute und schaute sie an. Sein Mund war fest geschlossen und lag wie ein Lineal über seinem Kinn. Seine Hand spielte mit dem Glas, aber er trank nicht.

»Sind Sie mir böse?« fragte Sonja.

»Böse?« wiederholte er langsam. »O, Sie Kind! Sie kluges, dummes Kind. Ich bin Ihnen gut. Und ich bin Ihnen dankbar.«

Auf der Tanzfläche bewegten sich Schemen im rosa Licht. Der Saxophonbläser schluchzte von weit her.

»Ich möchte noch einmal tanzen«, sagte Sonja und stand rasch auf.

Er ging hinter ihr drein und zeichnete in Gedanken die Linien ihres weißen Kleides nach. »Guter Stall«, dachte er, und diesmal sagte er es auch.

»Was heißt das?« fragte Sonja.

Er erklärte es ihr. Sie lachte. Er hörte sie zum erstenmal lachen und nahm sich vor, diesen Ton nicht so rasch wieder zu vergessen.

Während des Tanzes sprach sie nicht, obwohl er einige Male kleine Fragen an sie stellte.

Sie tanzte besser als vorhin, selbstverständlicher, unbefangener.

Was sie tut, tut sie ganz, uneingeschränkt, ohne Vorbehalt, dachte er. Sie hat keine Nebenabsichten, sie will nicht zwei Dinge mit einer Tat erreichen. Wenn sie tanzt, dann tanzt sie ausschließlich; wenn sie spricht, spricht sie ausschließlich. Die Frauen, mit denen Charles sonst zu tun hatte, waren anders. Aber ich will mich nicht lächerlich machen. Neunzehn und fünfundfünfzig sind zwei zu verschiedene Zahlen. Ich will sie kennen lernen, damit ich sie beschreiben kann.

Und ich will durch sie Jugend wieder kennen lernen, verloren gegangene Jugend.

Der Plan faszinierte ihn. Ihre Kritik über »Lampenfieber« war richtig. Was nützte ihm Theater, Scheinwelt, wenn er dabei die Wirklichkeit verlor. Seine Modelle waren auch sein Publikum gewesen. Anne, Williams, Gaston! Und das war falsch. Das gab keinen rechten Abstand.

Das Mädchen hatte ihm neue Augen geschenkt.

Als die Musik schwieg, sagte Sonja: »Sie waren nicht bei der Sache. Ihre Gedanken waren weit weg.«

»Bei Ihnen.«

»Aber dann nur auf Umwegen, nicht geradeaus.«

»Wieso glauben Sie das?«

»Das fühlt man«, sagte Sonja.

»Erklären Sie mir das.«

Sie sah ihn zweifelnd an.

»Ich meine es ernst«, sagte Charles, »erklären Sie mir, wieso man das fühlt. Es interessiert mich. Alles, was Sie denken und sagen, interessiert mich.«

»Jetzt nicht«, sagte Sonja brüsk.

»Warum nicht?«

»Weil Sie irgendeine komplizierte Antwort erwarten, und die weiß ich nicht. Ich hasse das Analysieren. Für mich hat das keinen Wert.«

»Aber für mich!«

»Wenn ich mit meinem Vater über irgendeinen Fall spreche, habe ich die gleiche Ansicht wie er, nur daß er in psychoanalytische Vorlesungen geht und ich nicht!«

»Sie vertrauen Ihrem Instinkt«, sagte Charles. »Wissen Sie, daß nur die Menschen glücklich sind, die ihrem Instinkt vertrauen können?«

»Ich bin nicht glücklich«, sagte Sonja rasch. »Sie haben schon wieder falsch geraten.«

»Wieso?« fragte er, »was ist sonst noch falsch gewesen?«

»Alles«, sagte Sonja. »Wir wollen tanzen.«

Reden, tanzen und sein mit diesem Mädchen, regte ihn mehr an, als er sich eingestehen wollte. Er zog sie fester in seinen Arm und zwang seine Gedanken, dazubleiben. Er wollte ihr nicht wieder mißfallen. Lächelnd sah er ein, daß er sich seit Jahren zum erstenmal wieder um eine Frau Mühe gab.

Als er sie später an den Tisch zurückführte, fragte er, ob sie diesmal zufriedener mit ihm gewesen sei?

»Es geht.«

»Sie sind ehrlich«, meinte Charles.

»Es geht«, wiederholte Sonja. Sie zog ihre Nase kraus wie ein junger Hund und zwinkerte ihm zu. Sie fühlte sich wohl und sogar ein bißchen überlegen.

Sonja zögerte, als er ihr Glas wieder nachfüllen wollte, ließ es aber doch geschehen und beschloß, vorsichtig im

Trinken zu sein. Nur nicht an morgen denken! Aber an jetzt denken und vorsichtig sein. Sie hatte wenig Routine im Schwindeln, und Lügen wollte gelernt sein, wie ein Handwerk.

»Sie sind mir noch eine Erklärung schuldig«, sagte Charles.

Sonja bekam plötzlich Angst. Er wird doch nicht nach Vater fragen, dachte sie, er wird doch nicht.

Sie sah ihm offen in die Augen und besann sich, was sie sagen sollte. Nichts, weniger als nichts, fiel ihr ein. Vater hätte nach ihren Aussagen von vorhin längst dasein müssen! Und das mit den psychoanalytischen Vorlesungen hätte sie auch nicht sagen dürfen, – ein Arzt besucht doch keine Vorlesungen mehr. Sie hatte keine Ahnung vom Leben eines Arztes. Vater war ja der ewige Student.

»Wieso sehe ich anders aus, als man nach dem Lesen meiner Bücher glauben könnte?« fragte Bridier.

Gott sei Dank, dachte Sonja, über sich will er reden, nicht über mich. Und sie war sich klar, daß sie von nun an alle Männer kenne.

Sonja betrachtete kritisch seinen Kopf mit den glatten, grauen Haaren, und die blauen, harten Augen über der geraden Nase.

»Sie sind schön«, sagte Sonja, »aber zu glatt, zu gepflegt! Sie sehen aus, als wenn Sie nicht mehr gern ins Wasser gingen! Sie holen Ihre Leute zu sich herauf aufs Trockene, aufs Papier, anstatt daß Sie zu ihnen hinabsteigen wollen, in den Dreck. Denn es ist doch überall Dreck, nicht wahr?«

»Kind«, sagte er, »kluges, schönes Kind.«

Goethe war 72 Jahre, als er sich in Marienbad in Ulrike verliebte, und Ulrike war zwei Jahre jünger, als Sonja. Es gab eine Zeit, da hatte er über diese späte Liebe gelacht!

»Ich glaube, Sie haben aufgegeben, zu kämpfen«, fuhr Sonja fort. »Sie schreiben aus dem Gedächtnis. Sie leiden nicht mehr gern.«

»Sie glauben, man könne nur schreiben, wenn man leidet.«

»Ja«, sagte Sonja. »Als ich fünfzehn war, war ich in meinen Lehrer verliebt. Damals habe ich meine besten Schulaufsätze geschrieben, und die Seiten in meinem Tagebuch waren zum Weinen schön. Heute sind sie fad wie Telegramme.«

»Also leiden Sie jetzt nicht?«

»Nein«, sagte Sonja, »ich liebe nicht.«

»Gestehen Sie das etwa auch dem jeweiligen Freund?«

»Ich habe keinen Freund.«

»Kind!« sagte er sanft, »liebes, schönes, scheues Kind, mir brauchen Sie kein Märchen zu erzählen. Ich glaube nicht, daß es in dieser Stadt ein Mädchen gibt, das keinen Freund hat.«

»Falsch, schon wieder falsch!« rief Sonja. Was bisher bitterer Kummer gewesen war, wurde plötzlich grausamer Triumph über den, der als Schriftsteller die Pflicht hatte, das moderne Leben zu kennen.

»Wieso?« fragte er rasch und begierig. Vielleicht würde er jetzt dem Geheimnis Sonjas näher kommen.

»Weil es mit der berühmten Freiheit der jungen Mädchen nicht so weit her ist, wie die Dichter glauben. Weil der Begriff ›modernes Leben‹ nur in der Zeitung steht. Und weil wir ...«, sie stockte.

»Weil wir ...«, wiederholte er, um ihr Mut zu machen.

» ... wahrscheinlich genau so schüchtern und ängstlich sind wie die Mädchen vor hundert Jahren, und weil wir uns gern behüten lassen, auch wenn wir unsern Eltern heute Vorwürfe machen.«

Sonjas Gesicht zeigte, daß sie nicht gewöhnt war, intime Dinge über sich auszusagen.

»Wir, wer ist wir?« fragte Charles. »Haben Sie noch eine Schwester?«

»Nein, keine Schwester, aber Hélène, und die andern.«

»Wer ist Hélène?«

»Eine Art Freundin. Wir wohnen in der gleichen

Straße und arbeiten zusammen.« Wenn er erst wüßte, wo wir arbeiten, dachte Sonja. Wenn er erst wüßte, was für Gespräche die andern untereinander führen.

»Hélène wird Ihnen nicht alles eingestehen«, zweifelte er, Hélène wird ein geheimes Leben führen, von dem die beste Freundin nichts ahnt. So machen's alle jungen Mädchen.«

Sonja lachte höhnisch auf:

»Was wissen Sie von jungen Mädchen? Was für Mädchen kennen Sie? Glauben Sie, die jungen Mädchen, die Ihnen Briefe schreiben, ›ach, wie herrlich sind doch Ihre Bücher, Mr. Bridier‹, die schreiben Ihnen die Wahrheit? Die wollen sich nur mit der Antwort brüsten! Das Thema ›junge Mädchen‹ müssen Sie schon mir überlassen. Allenfalls noch Ihrem Kollegen Montherlant!«

Bridier dachte, daß er seit Jahren nicht mehr von einer Frau so viel gelernt habe wie heute. Eine neue Welt tat sich auf; ein Berg neuer Begriffe war darin zu ordnen. Ideen, die er bisher als Rüstzeug seines Wissens ungeprüft mit sich herumgetragen hatte, erwiesen sich als unzulänglich. Er hatte geglaubt, die Menschen seien so, wie er sie sich dachte! Und nun erwies es sich, daß er keine Schlüsse ziehen durfte von denen, die er kannte, auf jene, die er nicht kannte. Anne Lund war nichts als Anne Lund. Kein Prototyp für Frauen eines anderen Jahrganges. Und alle anderen Frauen waren Einzelwesen, in sich bedingt und abgeschlossen. Keine Kombination reichte aus, um Sonja ähnlich zu sein. Sonja, Mädchen, Frau und Jungfrau – erregendste Mischung eines weiblichen Wesens.

Weil er nicht länger stumm bleiben wollte, fragte Charles, ob sie glaube, daß er je die Welt der jungen Mädchen, ihre Welt und Hélènes Welt, je richtig kennenlernen könne, oder ob er ewig ausgeschlossen bleiben müsse wie bisher.

»Darf ich etwas Hartes sagen?« fragte Sonja langsam. »Werden Sie mich nicht für taktlos halten?«

»Ich wäre selber gern taktlos«, meinte Charles.

»Gut«, sagte Sonja, »dann wage ich es. Sie sind zu alt, um in unsere Welt hineingelassen zu werden. Sie haben vielleicht zu Ihrer Zeit Ihre Jugend verstanden. Ein zweites Mal wird Ihnen das nicht mehr gelingen. In der Schule habe ich beobachtet, daß auch die Lehrer, die dauernd um uns herum waren, und die sich einbildeten, die Jugend zu verstehen, keine Ahnung von uns hatten. Wir haben unbewußt eine Art Geheimsprache unter uns, die kein Älterer versteht. Mein Vater weiß auch nicht, wie ich im Innersten bin, obwohl er überzeugt ist, daß er mich so gut kenne wie sich selbst. Hélène hat noch beide Eltern. Helene wird noch strenger gehütet als ich, aber weder ihre Mutter noch ihr Vater wissen, wie sie wirklich ist. Hélène korrespondiert mit einem Schauspieler. Ihre ganze Familie weiß das. Ihre ganze Familie ist stolz auf diese duldsame Großzügigkeit. Und keiner weiß, daß Hélène diese Korrespondenz nur führt, um die Eltern auf eine falsche Fährte zu lenken. In Wirklichkeit will sie etwas ganz anderes!«

»Hat Hélène Ihnen das gebeichtet?«

»Nein! Aber ich erahne sie, wie sie auch mich erahnt.«

»Und Briefe an Schauspieler und Dichter haben also immer irgendeinen Nebenzweck?«

»Immer«, sagte Sonja kühl.

»Wissen Sie, ob eine Ihrer Freundinnen auch schon einmal an mich geschrieben hat?« Es war ihm nicht ganz wohl bei dieser Frage, aber er gab sich einen Ruck: Ohne Neugier kann man nicht schreiben.

»An Sie? Nein!« sagte Sonja sachlich. »Sie gelten jetzt als Filmautor, nicht mehr als Dichter.«

»So«, sagte Charles, an seiner verwundbarsten Stelle getroffen, »ihr beschließt kategorisch, ich bin ein Filmautor! Daß man Zeiten der Ruhe braucht, in denen man ein Buch ausreifen lassen muß, geht euch nicht ein! Und daß man in diesen Zeiten trotzdem leben und Geld verdienen muß, kümmert euch nicht. Ihr degradiert einen einfach zum Filmautor. Fertig, erledigt, Diskussion geschlossen. Daß Goethe die blödesten Singspiele für die Weimarer Hofgesellschaft geschrieben hat, weiß keiner von euch, was?«

»Sehen Sie, nun sind Sie doch gekränkt! Ich habe wohl etwas sehr Taktloses gesagt?« Sonja war ehrlich bekümmert und dachte, daß sie die Folgen von Wahrheit und Lüge noch eingehend studieren müsse, ehe sie beide gefahrlos anwenden könne.

»Ich werde mich bemühen, es wieder gut zu machen!« Sie reichte ihm die Hand über den Tisch und wollte, daß er einschlage und diese Geste als Schwur betrachte.

Charles schlug ein.

Da er lange bewegungslos schwieg, wußte Sonja nicht, was tun. Vielleicht hatte sie ihn doch beleidigt, und er würde sie nun sitzen lassen und davongehen. Das kommt davon, wenn man zuviel Champagner trinkt und zuviel redet. Sie wurde mutlos. Sein Schweigen lähmte sie. Mit einem Fremden schweigen ist schwerer als mit ihm reden. Sie war dem Reden nicht gewachsen gewesen und dem Schweigen erst recht nicht. Sie besann sich, was sie tun sollte, aber nichts fiel ihr ein. Ihr Kopf war ein leichter Ball, luftleer und ohne Festigkeit.

Also das ist mein großes Abenteuer, dachte sie. Um einem alten Schriftsteller ein paar Wahrheiten über uns und sich und seine Bücher zu sagen, habe ich mir diese Mühe gemacht, habe ein Kleid gestohlen, habe Papa in Aufregung versetzt, werde vielleicht meine Stellung verlieren! Und sie übersah in dieser Sekunde den ewigen Unterschied zwischen dem Aufwand, den jeder für sein Leben treibt und dem schmächtigen Ergebnis.

Sie kam sich vor wie ein zwölfjähriger Junge, der von zu Hause durchgebrannt ist und am ersten Bahnhof vom Polizisten aufgegriffen wird.

Sie seufzte ein wenig.

»Traurig?« fragte Charles. »Wir wollen in ein netteres Lokal gehen.«

Sonja schüttelte den Kopf.

»Glauben Sie, daß Ihr Vater böse wäre?« fragte er.

Sonja fühlte sich elend und schwach und eine prickelnde Lust, ihm plötzlich alles zu gestehen, stieg ihr in die Kehle. Warum nicht? Sollte er ruhig noch einmal ein bißchen aus den Wolken fallen.

»Wir lassen Ihrem Vater eine Nachricht zurück. Wahrscheinlich ist er bei einem Patienten aufgehalten worden. Das wird doch öfters bei ihm der Fall sein.«

»Nein, Vater ist Professor. Vater macht abends keine Krankenvisiten. Vater hat ein Konsilium mit zwei Kollegen.« Sonja wunderte sich über die Sicherheit, mit der sie Worte aussprach, die ihr sonst nicht geläufig waren.

»Vielleicht können Sie ihn telephonisch erreichen? Ich möchte so gern, so gern mit Ihnen in ein netteres Lokal gehen.«

Sonja wurde hellhörig. Seine Stimme klang verändert. Was war mit ihm vorgegangen? Sie wollte überlegen, aber hier in diesem bunten Lärm ging das nicht. Eigentlich konnte sie überhaupt nicht richtig überlegen. Entweder wußte sie etwas sofort, oder sie wußte es nie. Daher konnte sie auch nicht Schach spielen.

Sie stand rasch auf. »Gut, ich werde telephonieren. Aber es ist unsicher, ob ich Papa jetzt noch erreiche.«

Das kleine Viereck der Telephonzelle kam ihr plötzlich als Refugium vor. Vielleicht fiel ihr dort etwas ein, irgend etwas.

Er sah wieder zu, wie sie ging. Er würde ihr immer zusehen können, dachte er.

Die Telephonzelle war besetzt. Sonja wartete eine gute Weile und studierte durch die Glastüre den Rücken der Frau, die den Hörer nicht freigab. Größe 42, dachte sie, – Modellfigur. Die Frau telephonierte lange und mit Genuß. Als sie fertig war und die Tür träumerisch öffnete, sagte Sonja etwas prätentiös: »Endlich!«

»Abwarten«, sagte die andere, »Liebe macht viel mehr Spaß, wenn man ein bißchen warten muß.«

Sonja sank auf den Holzschemel dieses stickigen Vierecks, atmete die Ausdünstung von hundert Vorgängern und den Zigarettendunst eines gefüllten Aschenbechers. Da war sie nun! Sie hätte sich gern ein bißchen Ruhe gegönnt, aber die Zelle hatte eine Glastüre, und vor der Glastüre hatte sie Angst. Eine ordentliche Telephonzelle müßte eine Holztür haben. Bridier würde neugierig sein, Schriftsteller sind aus Berufsgründen neugierig, er würde ihr nachkommen, würde zusehen, wie sie redete und würde fragen und dazwischenreden. Es gab keinen Ausweg, nicht einmal eine Pause. Sie mußte das Spiel weiter spielen, nicht in der Mitte stehen bleiben!

Wozu auch? Töricht, plötzlich den Mut zu verlieren. Töricht, alles wegwerfen zu wollen. Der Abend gehörte ihr. Immer noch ihr. Was morgen kommen mußte, würde von selbst kommen, so oder so. Sonja nahm seufzend den Hörer ab und sprach in die Muschel, als höre der Professor-Vater zu. Sie nickte und lachte und schielte bisweilen ängstlich durch die Glastür ins Lokal. Sie kam sich ein bißchen lächerlich vor bei dieser Komödie, aber sie führte sie brav zu Ende.

Der Professor-Vater erlaubte, daß sie mit Bridier in ein anderes Lokal ging, der Professor-Vater wäre zwar in zehn Minuten hier gewesen, aber er ist müde von der Arbeit und ist froh, wenn er heimgehen kann.

»Danke, Papa«, sagte Sonja ins Leere. »Schlaf gut, auf Wiedersehen morgen früh.«

Zwei Minuten hatte das Gespräch gedauert. Zwei Minuten waren eine glaubhafte Zeit. Sonja genehmigte sich noch einmal zwei Minuten, um das heiße Gesicht zu pudern. Lügen ist nicht so einfach. Immerhin, man kann es lernen.

Sicherer als sie gekommen war, verließ Sonja die kleine, stickige Kabine. Und sie beschloß, aus Dankbarkeit, weil Bridier sie nicht kontrolliert hatte, netter zu ihm zu sein. Charles Bridier hatte geduldig am Tisch auf Sonja gewartet, er war nicht vor dem Lokal auf und ab gegangen, wie er das gewöhnlich tat. Sie würde erschrocken sein, wenn sie ihn nicht mehr am Tisch vorgefunden hätte, und das wollte er nicht riskieren. Er wollte überhaupt nichts riskieren mit diesem Mädchen. Er wollte es sicher, ganz sicher und für immer zu sich hinüberziehen. In den wenigen Minuten, in denen er allein am Tisch war, vermißte er sie schon. Sonja tat gut. Was sie sagte, tat gut! Und ihre Nähe machte jung.

Er war froh, als sie wiederkam, jünglingshaft froh, ein Gefühl, das er höchstens in den letzten Jahren beschrieben hatte, aber nicht gespürt. Er erwartete ihre Worte wie einen Urteilsspruch.

»Vater ist einverstanden.« Sonjas Stimme klang sehr wohlerzogen und die folgende ausführliche Wiedergabe ihrer Unterhaltung mit dem Vater klang genau so.

»Was für eine Chance, daß sich Ärzte tagsüber ihrem Beruf opfern und abends müde sind!« sagte Charles. »Wir sind tagsüber müde und opfern uns abends für unsern Beruf!«

»Sie imitieren Oscar Wilde«, sagte Sonja.

Er entrüstete sich: »in gar keiner Weise imitiere ich Oscar Wilde!« Und er dachte, daß sie sich bald, sehr bald davon überzeugen müsse.

Er rief den Kellner und ließ sich die Rechnung geben.

Sonja wunderte sich, daß er eine Handvoll Hundertfrankennoten, zusammengeknüllt wie ein Taschentuch, aus der Rocktasche zog und ohne nachzuprüfen zahlte. Ob ihm Anne Lund nie ein Portefeuille geschenkt hatte? Wahrscheinlich hatte sie ihm mehrere geschenkt! Man kann Männern schenken, was man will, sie benützen es doch nicht. Drei Paar Hausschuhe standen zu Hause herum, und Vater ging immer in Socken, und ein halbes Dutzend Pyjamas lagen in der Schublade, und er schlief trotzdem im Hemd!

Sie schlängelten sich durch die engstehenden Tische. Man schaute ihnen nach. Der Direktor grüßte devot, als sie zur Garderobe kamen. Sonja überlegte sich, ob sie danken solle, aber sie zog vor, hochmütig zur Tür hinaus zu gehen. Und sie verließen wie ein Paar, das ordnungsgemäß zusammengehört, das Lokal.

Im Taxi haschte Charles nach ihrer Hand. Sie überließ sie ihm. Er rückte der Hand nach und versuchte, sie zu küssen. Das Experiment gelang schlecht, da Sonja sich steif in die Ecke drückte.

»Es besteht also kein Unterschied zwischen einem berühmten Schriftsteller und einem Kommis«, sagte sie, »wenigstens nicht in einem Taxi! Interessant, – so etwas muß man auch einmal erlebt haben.«

»Sie haben recht«, sagte Charles, »es ist kaum ein Unterschied. Wir sind ja auch nur eine Art Kommis unserer Verleger.« Aber er ärgerte sich über sein gedankenloses Benehmen und auch dieser Ärger war ihm neu und freute ihn. Sonja war keine aus seinem Kreis, Sonja war ein Spezialfall, sie mußte verstanden, erobert werden. Es würde der Mühe wert sein. Seit Jahren langweilten ihn Frauen, die ihn liebten. Er wollte sich nicht mehr langweilen. Dann würde er auch wieder besser schreiben können. Leben und Schreiben hingen zusammen, Sonjas Instinkt hatte recht. Sonja hatte wohl immer recht.

Er gab sich Mühe, ihr Vertrauen wiederzugewinnen, indem er sich mit einem Ruck auf »Ernst« umstellte, als ginge das wie bei der Heizungsanlage in den D-Zügen.

Sonja nahm diesen Umschwung wahr. Sie spürte, daß sie Einfluß haben konnte auf Charles Bridier, sie, Sonja, neunzehn Jahre alt, Mannequin bei Partout, auf ihn, den großen Schriftsteller, auf den Freund der großen Anne Lund. Sie war stolz auf sich.

Vor einer kleinen Boîte am Montmartre hielt der Wagen. Blauleuchtende Buchstaben waren im Zickzack über der Eingangstür verstreut in jener Art, die man einst expressionistisch und jetzt surrealistisch nannte. Lesen konnte man sie weder damals noch heute.

»Sind Sie gut bekannt hier?« fragte Sonja. Sie hatte eigentlich fragen wollen, ob Anne Lund hier verkehre.

Pariser Nachtlokal

»Mein Stammlokal«, sagte Bridier.

»Na, schön«, sagte Sonja, und ging wie ein Soldat in die Schlacht. »Mut ist Flucht nach vorwärts«, hatte einmal ein Kriegsdichter gesagt.

Das Lokal war klein, halbhell, holzgetäfelt. An den Wänden hingen Karikaturen von Künstlern, die großzügige Widmungen darunter geschrieben hatten. In der Ecke stand ein Flügel. Ein rothaariger Jüngling spielte Musik, ein Mädchen sang dazu. Sie nickten Charles während ihres Vortrages zu. Charles nickte zurück.

»Gefällt es Ihnen hier?« fragte er Sonja. Sie zuckte die Achseln und wußte nicht, was ihr hier gefallen sollte. »Hierher kommen Leute von der Presse, vom Theater, vom Film.«

»Literaturbörse.« Sonja tat verächtlich. Sie wollte ihre Angst, Anne Lund hier zu treffen, nicht verraten.

»Mögen Sie solche Leute nicht?«

»Nicht en bloc.«

»Was mögen Sie eigentlich?«

»Wenn ich das wüßte!« Und dies war ehrlicher, als alles, was sie bisher gesagt hatte.

Bridier nahm es auch so. »Das habe ich mir gedacht. Das muß anders werden.«

Eine wilde Lust, Einfluß zu bekommen auf das Leben dieses kleinen Mädchens, erfaßte ihn. Einfluß zu haben auf ihr Werden, auf ihr Denken, auf ihr Urteil. Guten Einfluß. Er wollte, was noch aus seiner besten Zeit in ihm war, zusammenscharren und ihr geben.

Er ging zu seinem Lieblingstisch in die Ecke. Der Kellner nahm den Schild »Besetzt« weg. Charles bestellte für beide, ohne Sonja zu fragen. Einfluß haben, dachte er, im kleinen anfangen. Er war angeregt und fragte eindringlich: »Haben Sie keinen Beruf?«

»Ich bin auf der Akademie, ich lerne Zeichnen, Modezeichnen!«

»Mit Erfolg?«

Sie hob die Achseln bis zur Höhe des Kinns: »Soviel, daß ich mir wenigstens meine Kleider selbst entwerfe.«

»Dieses auch?«

Bridier betrachtete prüfend die tadellosen Linien der »zitternden Freude«.

»Natürlich«, sagte sie.

»Wissen Sie, daß dieses Kleid ein Meisterwerk ist? Sie können Ihren Weg machen in diesem Kleid.«

»Ich weiß«, sagte Sonja, »aber nicht alles gelingt so gut, wie dieses da.«

»Wenn Sie wollen, bringe ich Sie in ein großartiges Atelier. Dort können Sie mehr lernen als auf der Akademie.«

»Wohin?«

»Zu Partout!«

»Vielleicht später«, sagte Sonja erschrocken. »Vater möchte, daß ich noch zwei Jahre an der Akademie arbeite.«

Nie, nie würde sie eine ruhige Minute finden, mit diesem Mann.

»Haben Sie Ihren Beruf gern?« fragte er.

Sie überlegte. Über welchen Beruf sollte sie ihm Antwort geben? Früher, als junges Ding, war ihr Mannequin bei Partout als Idealberuf vorgekommen. Immer gut aussehen, immer schöne Kleider tragen und nie viel arbeiten. Seitdem sie bei Partout war, haßte sie diesen Beruf. Es war sinnlos, »schöne Puppe« sein, sinnlos, sich zur Schau zu stellen, sinnlos, sich zur Statue zu machen, die keiner beachtet. Außerdem war die Arbeit hart. Und keiner schätzte sie! Sieben Stunden stehen, gehen und lächeln, strengen an.

Sonja hatte sich oft besonnen, was sie eigentlich gern tun wollte. Aber es fiel ihr kein geeigneter Beruf ein. Im Grunde ihres Wesens war sie faul. Sie beneidete die Frauen, die nichts anderes zu tun hatten, als Frau zu sein. Sie haßte es, die sieben besten Stunden ihres Tages zu opfern für ein bißchen Geld. Sie wollte sich pflegen, sich schön machen, sie wollte auch ein bißchen weiterlernen, aber ohne Zwang. Sie wollte reisen, die Welt kennenlernen ... Aber leider konnte man das niemand sagen. Leider gehörte arbeiten zu ihrem Leben wie atmen. Sie war neugierig, was Bridier zu dieser Enthüllung sagen würde.

»Ich liebe die Arbeit nicht. Ich bin faul und möchte faul sein dürfen. Leider darf ich nicht.«

»Wer zwingt Sie zur Arbeit?« fragte er.

»Die sogenannte Pflicht.«

»Wer redet Ihnen denn diese Pflicht ein?«

»Das sogenannte moderne Leben.«

»Mögen Sie dieses moderne Leben nicht?«

»Nein, ich mag es nicht. Es trägt mir nur Pflichten auf und gibt mir nichts dafür.«

»Und Hélène und die andern, denken die genau so?«

Er fragte wie ein Geologe, der sich von Eingeborenen die Gegend erklären läßt.

»Ich weiß nicht recht, ich habe nie mit Hélène darüber gesprochen. Wir fahren jeden Tag im Bus zusammen heim, da kann man über so etwas nicht reden.«

»Und was wollten Sie tun, statt arbeiten?«

»Da sein, ich sein. Mich plagt oft das Gefühl, daß ich nicht ich sein kann, weil ich den ganzen Tag arbeiten muß. Und abends muß ich dann noch Sprachstunden nehmen.«

»Sie würden sich nicht langweilen mit dem bloßen da sein?«

»Nein«, sagte Sonja mit überlegenem Lächeln. »Ich glaube, es wäre recht interessant, wenn ich endlich Zeit hätte, mich kennen zu lernen. Ich weiß doch nichts von mir.«

»Liebe, kluge Sonja«, sagte Charles ergriffen, »liebe, kluge Mädchenfrau.«

»Sie dürfen nicht spotten.«

»Ich spotte nicht, ich denke wie du.«

»Ist das auch wahr?« Es war schwer zu glauben, daß er, den man den Vertreter der modernen Literatur nannte, Ansichten haben konnte wie sie, Ansichten, die man gemeinhin für altmodisch hielt.

»Sie würden mich also nicht verachten, wenn ich nichts tun würde, wenn ich nur so dahinleben würde, als Parasit, wie Vater sagt?«

»Ich würde dich nur noch mehr lieben, kleine Sonja.«

Sie wurde rot und heiß.

»Und ich würde dir helfen, daß du so leben kannst, wie du in deiner Art leben mußt. Ich würde alles tun, damit du Frau sein kannst, und nichts als Frau. Jede Frau sollte nur damit beschäftigt sein, Frau zu sein.«

Sonja starrte Charles an. Sie hatte noch von keinem Mann aussprechen hören, was als tiefstes Ahnen in ihr verborgen lag.

»Wir wären alle, alle glücklicher«, wiederholte sie leise und mit erregt heiserer Stimme. »Aber, was sollen wir tun?«

»Denke jetzt nicht an die andern, Sonja, denke an dich. Die andern reden sich vielleicht noch ein, daß es schön sei, auf eigenen Füßen zu stehen. Aber dir, dir will ich helfen, daß du so sein kannst, wie du willst, daß du Ruhe hast für dich, daß du Freude daran haben kannst, Frau zu sein.«

»Sie wollten mir helfen?«

»Einer Frau helfen, daß sie Frau sein kann, ist das schönste Recht des Mannes. Aber ebenso wie die Frauen das Frausein vergessen haben, haben die Männer das Mannsein vergessen. Sie sind ehrgeizige Familienväter geworden.«

»Wie würden Sie mir denn helfen?« fragte Sonja erregt.

»Ich würde ein Buch über Sonja schreiben.«

Die Röte, die über ihr lag, vertiefte sich. Stirn, Hals, Arme, ihr ganzer Körper war in Glut getaucht.

»Sie würden ein Buch ... ein Buch ...« stotterte sie.

»Ein Buch über das Mädchen Sonja, über die Frau Sonja. Ein Buch über das Wesen, das nichts anderes sein will, als es von Natur aus ist. Ein Buch, das dir ins Herz leuchten würde, und weil es wahr wäre und ehrlich und ohne Phrase, würde es auch in den Herzen der anderen einen Brand entfachen. Den Brand, der nötig ist, um dir zu deinem richtigen Leben zu verhelfen. Du würdest die Akademie verlassen und würdest Sonja sein, meine Sonja ...«

Charles war behext von diesem neuen Plan. Ein neues Feuer loderte aus ihm. Er war bereit, heute noch mit diesem Buch zu beginnen.

»Du müßtest mir natürlich bei diesem Buch helfen«, fügte er hinzu, »ohne dich könnte ich es nicht schreiben.«

»Helfen? Wie könnte ich ... ich habe noch nie ...«

»Du mußt nicht diktieren, auch nicht Korrekturen zu lesen. Du mußt nur da sein, verstehst du. Irgendwo in der Nähe, greifbar da sein, wenn ich plötzlich nicht mehr weiter weiß, wenn ich im Begriff wäre, etwas Falsches zu schreiben.«

Sonja verstand nicht ganz, aber sie ahnte. Ihr Interesse war plötzlich wach; mehr noch, Teilnahme und Sympathie, Gefühle, die sie bisher nicht in großem Maß verschleudert hatte, waren bereit, sich zu verschwenden. Eitelkeit war dabei, Neugier und Ahnungsvermögen. Wenn das sein Ernst wäre, dachte sie, wenn das wirklich sein Ernst wäre ... Aber sie verriet sich nicht mit Worten.

»Entsteht ein Buch, wie ein Bild?« fragte sie. »Müssen Sie ein Modell haben wie ein Maler? Müssen Sie ab und zu nachschauen, ob Sie es richtig beschrieben haben? Erzählen Sie, bitte erzählen Sie. Ich möchte so gerne alles wissen.«

Charles Bridier sah das Mädchen lange an. Man sagte, er habe Röntgenaugen, ihm entgehe nichts. Aber bei Sonja sah er nur die Außenseite, die schöner wurde in der Erregung, sonst sah er nichts, konnte keinen Gedanken lesen, keinen nicht ausgesprochenen Satz erraten. Aber er wollte es lernen. Die Aufgabe lockte. Er würde Geduld dazu brauchen und Zeit, und das Buch über sie war beschlossene Sache. Das Buch würde klein und leicht und zart werden müssen. Und nun fragte sie, seine neueste Heldin, wie ein Buch entstehe! Wenn er das nur wüßte! Wenn er nach zwanzig Jahren Schreiben, nach sieben Büchern, fünf Theaterstücken, fünf Filmtreatments und tausend Kurzgeschichten wüßte, wie ein Buch entstand! Man hatte eine Idee, verwarf sie, sie kam wieder, etwas verändert, aber zäh und beharrlich. Man verwarf sie wieder, holte sie wieder zurück, gab ihr ein Kleid, das der Mode entsprach, veränderte es noch einmal und schrieb dabei ein anderes Buch, ein unwichtigeres, und irgendwann einmal bekam die erste Idee doch einen Einband und einen Namen und behauptete, sie sei ein Buch.

Oder man geht in ein Tanzlokal, man findet ein Mädchen, das auf seinen Vater wartet, man nimmt dieses Mädchen mit an den Tisch, man tanzt mit ihm und es ist gar keine Frage mehr, daß man über es schreiben will. Aber leicht wird dieser Wunsch nicht zu erfüllen sein. Er selbst wird viel vergessen müssen, was ihm in den letzten

Jahren allzu bewußt war, er wird eine neue Naivität wiedergewinnen müssen.

Und plötzlich sah er klar. Plötzlich war ihm, als habe er eine Art Stein der Weisen gefunden. Endlich hatte er die Lösung. Er wurde heiter dabei. Wenn er seine zweite Naivität wiederfinden würde, würde er das schaffen, was schon lang in ihm steckte und nicht herauskam. Nicht herauskam, wegen Anne Lund, wegen des Theaterbetriebs, wegen des Filmgetues, wegen des falschen Ehrgeizes, wegen der falschen Frauen. Aber Sonja, Sonja war die Richtige. Und mit Sonja würde er es schaffen können. Er war froh, daß er sie nicht durchschaute, froh über die Aufgabe, die sie ihm bot.

Sonja hatte seinen langen Blick und sein langes Schweigen diesmal geduldig ertragen. Als er aber tiefer und tiefer schwieg, regte sich ihre Neugierde und sie fragte noch einmal:

»Wollen Sie mir nicht sagen, wie ein Buch entsteht, oder glauben Sie, ich verstünde es nicht?«

»Doch«, sagte er ernst, »ich will versuchen, es dir zu erklären. Ich habe mich selbst erst besinnen müssen. Ich kann nicht sagen, ein Buch ist wichtig für mich oder unwichtig. Denn es ist beides. Anfangs ist es wichtig wie das Leben. Ja, es ist eigentlich das Leben, Und während ich schreibe, ist es Himmel und Hölle. Es macht glücklich, unglücklich. Und es läßt nicht los. Auch wenn ich nicht arbeite, oder wenn ich mit der linken Hand etwas anderes arbeite, es bleibt da, hartnäckig und boshaft. Es gönnt mir keinen Urlaub von mir, es verfolgt mich wie das schlechte Gewissen. Und wenn ich mich ärgere oder plage, lacht es mich aus. Ist es dann aber fertig, dann ist es in doppeltem Sinn fertig. Aus, vorbei, kalt, tot. Eine Kollegin hat einmal gesagt: ›ein fertiges Buch ist ein Hügel mit einem Kreuz für den Verfasser.‹ Und sie hat recht.

Wenn ich ein Buch von mir irgendwo sehe, in einem fremden Bücherschrank, auf einem Lesetisch, sogar in der Buchhandlung, wird mir übel. Und wenn irgend jemand glaubt, er müsse mit mir über meine Bücher sprechen, könnte ich ihn niederschlagen. Verstehst du das, Sonja? Ein Buch ist also wichtig und unwichtig für mich, Bedürfnis und Ekel. Es kommt nur darauf an, zu welcher Zeit du mich danach frägst.«

Sonja hatte aufgeregt und gebannt zugehört. »Weiter«, sagte sie, als er schwieg, »bitte, bitte weiter.«

»Kind«, sagte er, »liebes, schönes Kind, ich könnte dir noch viel erzählen. Ich liebe es, wie du zuhörst. Ich würde mit dir darüber sprechen, tagelang, nächtelang und vielleicht würde ich dann wieder selber wissen, wie ein Buch entsteht. Jedes Buch entsteht anders. Das eine kommt plötzlich, im Traum, auch im Wachtraum, – das andere im Badezimmer; ich meine es ernst, Kind, – in der Badewanne kommen mir die besten Ideen, – und das nächste braucht Wochen, Monate, Jahre fast, bis es klar liegt und zurechtbefunden wird. ›Erste Sünde‹ war ein rascher Einfall. Ich habe aber doch zwei Jahre gebraucht, bis ich den ersten Satz geschrieben habe, – allerdings, dann ging's flott, und das Buch war in sechs Monaten auf dem Papier. Dann habe ich es zweimal durchkorrigiert, und hernach ist es von mir abgefallen wie eine faule Birne vom Baum. Seither habe ich es nie wieder gelesen.«

Sonja atmete erregt. Sie hörte mit Mund, Augen und Fingerspitzen zu.

»›Lampenfieber‹ ist anders entstanden«, fuhr Charles fort. »Ich habe das Theatermilieu so durch und durch gekannt, daß ich darüber schreiben wollte und die Handlung beiläufig dazu erfand. Deshalb fandest du das Buch konstruiert, leblos. Aber es mußte wohl auch sein. Ich lerne mehr von den Dingen, die mißlingen, als vom Erfolg. Weißt du, was die wichtigsten Requisiten des Schriftstellers sind, Sonja?«

Sie schüttelte langsam den Kopf und sah ihn beglückt dabei an.

»Große Geduld und ein großer Papierkorb«, sagte er.

Sonja, aus ihren Alltagsgedanken herausgerissen, hatte, während er sprach, gespürt, daß sie doch nicht umsonst die »Zitternde Freude« geraubt und angezogen hatte. Sie war mit Kopf und Herz in zitternde Freude getaucht. Etwas Neues in ihr war wach geworden. Sie wußte nicht was, sie wußte nur, daß es etwas zum Freuen war.

»Schön«, sagte sie ergriffen. Sie meinte dieses Neue und nicht, was Charles erklärte. »Wundervoll.«

Er lächelte ein wenig, aber ohne Spott.

»Ich glaube, ich habe noch nie in diesem Leben mit irgendjemand über diese Dinge geredet. Früher, als ich zu schreiben anfing und jung genug gewesen wäre, über ›Arbeit‹ zu sprechen, habe ich wohl noch nicht genügend darüber gewußt. Und später fand ich niemand mehr, mit dem ich darüber hätte sprechen können.«

»Und Ihre Kollegen?« fragte Sonja.

»Kollege heißt in richtiger Übersetzung: Neider. Kein Wort kann man einem Kollegen sagen, ohne daß er es falsch kommentieren würde. Mit Kollegen und Engländern redet man am besten vom Wetter.«

»Und mit Frauen?« fragte Sonja und dachte an Anne Lund. Was hatte er in all den Jahren mit Anne Lund geredet? Sie hätte gern Anne Lund erwähnt, aber ihr Instinkt warnte sie.

»Mit Frauen?« Er lächelte wieder. »Abgesehen davon, daß Frauen im allgemeinen nicht fragen, was Schreiben ist, sondern nur darüber reden, hätte ich bisher mit keiner, glaub mir's, kleine Sonja, mit keiner ehrlich reden können.«

Sonja hoffte, daß er ihr Herz nicht klopfen höre.

»Das Beste an dir ist deine Ehrlichkeit, Sonja, und das Zwingende, das von dieser Ehrlichkeit ausstrahlt und wieder Ehrlichkeit verlangt.«

Sonja, die sich bisher überlegen vorgekommen war, weil er sie nicht durchschaute, schämte sich plötzlich und wußte nicht, was sie sagen sollte.

»Hast du nicht auch schon die Erfahrung gemacht, Sonja, daß starke Eigenschaften eines Partners die gleichen Eigenschaften, und wenn sie noch so verborgen sind, aus dem anderen herausholen können? Haß erzeugt Haß, Liebe schafft Liebe, und Ehrlichkeit kann aus einem Hochstapler – unter Umständen – ein Waisenkind machen«.

»Ich weiß nicht«, sagte Sonja zaghaft, »man kann ehrlich sein und anständig und doch plötzlich eine fanatische Lust zur Lüge kriegen. Hat nicht Haß immer ein bißchen Liebe, und Liebe immer ein bißchen Untreue, und Ehrlichkeit immer ein bißchen Trotz in sich?«

Er hatte sich beim Zuhören Mühe gegeben, zu verstehen, warum sie das sagte. Sie will ablenken, dachte er, sie ist zu scheu, um mir Recht geben zu wollen. Sie weiß, daß alles, was ich sage, nichts anderes heißt als: Ich liebe dich und ich brauche dich. Vielleicht war sie doch schlauer als er dachte. »Was für ein kluges Mädchen diese Sonja ist!« sagte er laut.

»Nicht spotten, ich war glücklich, weil Sie mich ernst genommen haben.«

»Sonjakind, ich nehme dich ernst, sehr ernst. Wenn ich je über dich spotten würde, würde ich das Beste in mir vernichten. Verstehst du?«

»Sie sagen dauernd du zu mir, ohne zu fragen. Ist das nicht auch eine Art von Geringschätzung?«

»Das ist Vertrauen und Zusammengehörigkeit, nichts anderes. Du mußt mir vertrauen, wie ich dir vertraue, Sonjakind.«

Sonjas Verlegenheit steigerte sich. Jetzt, jetzt wäre die Gelegenheit, ihm alles zu erklären, aber sie konnte nicht. Der Mund war zugeklebt.

»Sag«, drang er in sie, »wirst du mir vertrauen, Sonjakind?«

»Ja«, sagte sie tonlos.

»Schönes, scheues Kind«, sagte Charles und faßte Sonjas Hand.

»Ich gebe dich nie mehr her, ich will dich ganz gewinnen.«

Da Sonja schwieg, bat er dringlich: »Du mußt mir endlich deinen Namen sagen, Sonja, deine Adresse, deines Vaters Adresse. Ich will ihn formell und offiziell besuchen und alles tun, was dazugehört, um in einer fremden Familie Einlaß zu finden. Ich will all die Zeremonien erfüllen, die ich bisher verachtet habe, damit du siehst, wie ernst es mir ist.«

In Sonjas Kopf drehte sich ein Rad, »was tun, was tun ...« Wenn sie ihren richtigen Namen sagen würde, hätte er morgen schon alles entdeckt. Er würde traurig sein, würde sein Vertrauen verdammen, würde sie hassen, würde sie vielleicht verraten, – nein, verraten würde er sie nicht, – aber dieser Abend, dieser seltsame, schöne Abend wäre verdorben. Es würde wohl besser sein, wenn sie ihm einen falschen Namen und eine falsche Adresse sagte. Dann würde er glauben, sie habe dieses Abenteuer vor ihrem Vater verbergen wollen. Er würde sich ärgern; aber ärgern war besser als traurig sein. Sein Vertrauen wäre wenigstens nicht erschüttert und seine Achtung vor ihr blieb.

»Was ist los?« fragte Charles, »warum zögerst du? Hast du ein Pseudonym zu wahren? Bist du eine russische Prinzessin inkognito? Ich bin auf alles gefaßt, Kind.«

»Russische Prinzessinnen sind nicht mehr en vogue«, sagte Sonja rasch.

»Und ihre Geschichten sind alle schon geschrieben. Aber deine nicht.« Charles zog sein Notizbuch aus der Tasche und einen Bleistift und reichte ihr beides über den Tisch.

»Vertrau's dem Buch an, was du mir nicht sagen willst.« Sonja nahm den goldenen Stift, drehte ihn in der Hand: »Ist das ein Geschenk von Anne Lund?« Sie hatte gesagt, was sie nur denken wollte, und erschrak sehr.

»Was weißt du von Anne Lund?« fragte Charles. Seine Stimme war unangenehm scharf.

Sonja zuckte die Achseln: »Was jeder in Paris von ihr weiß: daß sie Ihre Freundin ist.«

»Gewesen ist, vor langer Zeit gewesen ist, merk dir das, Kind. Das ist die Wahrheit.«

Nun glaubte er zu wissen, warum sie gezögert und ihm nicht vertraut hatte. Endlich durchschaute er eine dünne Schicht ihrer Beweggründe. Er faßte wieder über den Tisch nach ihrer Hand, die noch mit dem Bleistift spielte. »Du mußt mir vertrauen, Sonja, wie ich dir vertraue, verstehst du? Ich meine es ernst.«

»Kann nichts Ihr Vertrauen zu mir erschüttern?« fragte Sonja rasch. Sie hatte Angst vor ihrem eigenen Mut.

Er sah sie prüfend an. Das zarte Oval ihres Gesichts, eingerahmt von langem, dunklem Haar und erleuchtet durch dunkle Augen, war jung und rein.

»Mein Vertrauen ist noch nie getäuscht worden. Ich habe nämlich noch keinem unbedingtes Vertrauen geschenkt. Immer ließ ich eine Art Falltreppe offen, durch die ich oder der andere entschlüpfen konnte.«

»Praktisch«, sagte Sonja und seufzte ein wenig. Nun würde also nichts anderes übrig bleiben, als einen fremden Namen in sein Buch zu schreiben und eine fremde Straße. Sie neigte sich tief herab und schrieb langsam und mit besonders klaren Buchstaben: Sonja Pertekoff, bei Professor Boris Pertekoff, Rue Oudinot 48. Dann gab sie ihm sein Buch zurück.

Er las die Namen laut: »Rue Oudinot. Das ist in der Nähe der Krankenhäuser, nicht?«

Sonja nickte: »In der Nähe des Dôme des Invalides; eine kleine Straße zwischen Boulevard Pasteur und Boulevard Raspail.« Diese Straße war ihr eingefallen, weil sie vergangenen Sonntag ihren Vater zum Hôpital Laënnec begleitet und vor dem Tor gewartet hatte, bis sein Besuch bei Professor Melino beendet war.

»Jetzt noch die Telefonnummer«, bat Charles.

Sonja wollte irgendeine Nummer sagen, aber plötzlich überfiel sie eine Angst: was wäre, wenn sie unter hun-

Eingang zum Dôme des Invalides

derttausend Nummern zufällig seine sagen würde! Sie wußte viele Fälle von Gedankenübertragung. Vater beschäftigte sich mit solchen Mysterien. Es war ihr nicht möglich, eine Nummer zu sagen. Sie seufzte.

»Ist das Vertrauen schon wieder zu Ende?« fragte Charles.

Verzweifelt nannte sie die Nummer von Partout und änderte nur die beiden letzten Endziffern. 21063 anstatt 21075.

Charles notierte sie und fragte:

»Und das Amt?«

»Ach ja, das Amt«, sagte Sonja. »Maillot.«

»Ich dachte, Maillot gehöre nur zu Neuilly«, sagte Charles, während er Maillot vor die Nummer schrieb.

»Keine Ahnung«, sagte Sonja, und hochmütig, um ihr Zittern zu verbergen, fügte sie hinzu:

»Wir jedenfalls haben Maillot.«

»Na, na, Kind!« beschwichtigte Charles, »nur nicht gleich so aufbrausen! Darf ich mich also am Sonntag vormittag höflichst und untertänigst bei Professor Pertekoff melden?«

»Ja«, flüsterte Sonja tonlos.

»Wirst du mit deinem Vater vorher von mir sprechen?«

»Ja«, flüsterte sie noch einmal. Also nun ist's zu Ende, dachte sie. Der Tag ist vorbei! Und nichts wird bleiben als ein Traum. Man muß bezahlen, man muß alles, alles bezahlen!

»Ich bin müde,« sagte sie, »ich möchte gern heim.« Charles schaute sie fragend an. Sie sah plötzlich müde und traurig aus. Ihr Gesicht ist der Spiegel ihres Wesens, dachte er. Sie ist jung und kann noch nichts verbergen. Sie hat plötzlich Angst vor dem Kommenden.

»Natürlich, du darfst heim, wenn du müde bist, Sonjakind. Du sollst dich keine Minute meinetwegen zusammennehmen. Du sollst dich mit mir wohlfühlen, du sollst immer tun dürfen, was du willst!«

Sonja nickte. Ihr wurde fast übel vor Scham bei seinen Worten. Sie verstand den herzlichen Unterton seiner Stimme. Sie verstand plötzlich den ganzen Mann. Und sie haßte sich, daß ihr der nötige Mut fehlte. Das Erlebnis mit Charles war eine Episode, aber sie fühlte sich zu jung, um Freude zu haben an Episoden. Sie begehrte Fortsetzung und Dauer. Sie glaubte noch dem Wort Zukunft! Und heute hatte sie sie selbst zerstört.

Draußen, im blauen Licht der Zickzackbuchstaben fragte Sonja, während sie auf ein Taxi warteten: »Wieviel Uhr ist es eigentlich?«

Er zog seine Uhr und hielt sie ihr ans Ohr, damit sie sie schlagen hörte.» Mitternacht.«

»Ich fühle keine Zeit. Mir ist, als wären wir seit Ewigkeiten hier.« Sie hatte mehr zu sich selbst als zu ihm gesprochen. Sie erschrak, als er sie stürmisch um die Taille faßte und rief:

»Weißt du, was du gesagt hast, kleine Sonja? Weißt du, daß du zum erstenmal ›Wir‹ gesagt hast! ›Wir‹, das zweitschönste Wort unserer Sprache. Das schönste wäre ›Du‹.«

Mittlerweile war ein Auto vorgefahren, und Sonja war rasch eingestiegen.

»Nicht fliehen«, rief Charles und eilte ihr nach. Er setzte sich kurz atmend neben sie: »Du, das hat verdammt nach Flucht ausgesehen, was ist denn los?«

Sonja schüttelte den Kopf. Sie hatte plötzlich Angst bekommen, daß Anne Lund zu dieser Clique gehören könnte. Sie hatte plötzlich Angst vor der Welt und vor morgen und die Lederdecke des Taxis erschien ihr als Rettungsinsel wie vorher die Telephonzelle.

»Weißt du, daß ich traurig wäre, wenn du plötzlich genug von mir hättest! Nein, viel mehr noch als traurig – unglücklich, einsam, verlassen. Ich kann dir dieses Gefühl nicht schildern.«

Der Chauffeur sah fragend durch die Glasscheibe. »Rue Oudinot«, rief ihm Charles zu und rückte näher zu Sonja. Der Wagen fuhr an.» Du mußt mir glauben, Sonja. Versprich mir, daß du mir glaubst.«

»Ich verspreche es«, sagte Sonja leise.

Die Dunkelheit verdeckte ihre heiße Reue.

»Wir werden von jetzt an oft zusammen sein, kleine Sonja, wir werden das Sonjabuch zusammen schreiben, und wir werden zusammen eine gute Arbeit und uns eine gute Zeit machen.«

Sein Ton war so beschwörend herzlich, daß Sonja zu zittern begann. Gab es denn keinen Ausweg? War sie gefangen in ihrer Feigheit? Mußte sie ihm weh tun, nur weil ihr jeder Mut fehlte? Doch so sehr sie sich auch bemühte, klar zu denken, so wenig gelang ihr, auch nur den geringsten Entschluß zu fassen. Sie war gelähmt vor Scham und Stolz.

»Nicht wahr, Sonjakind, du versprichst mir, daß wir uns oft sehen.«

»Ja«, hauchte Sonja tonlos.

»Wirst du bald mit deinem Vater von mir reden? Wirst

du ein gutes Wort für mich einlegen?« Flüchtig dachte Charles, wenn mich Anne so würde reden hören. Anne, was für eine längst versunkene Welt! Er kam sich überlegen und glücklich vor.

Da Sonja keine Antwort gab, bat er noch einmal, bis sie ein kaum vernehmliches »ja« hauchte.

»Weißt du, daß solch ein wichtiges ›ja‹ ein Siegel braucht? Sonst ist es ungültig.«

Sonja hielt sich still in ihrer Ecke und unterdrückte ihren Atem.

»Ein Kuß wäre ein solches Siegel. Aber ich will keinen Kuß, wenn du nicht auch willst.«

»Ich will«, sagte sie leise. In diesem Wort lag ihre große Abbitte.

Er zog sie sanft zu sich herüber und küßte sie ebenso sanft. Sie küßte ihn nicht, aber sie schlang ihren Arm um seinen Hals und bettete ihren Kopf an seine Schulter. »Laß mich zwei Minuten so«, bat sie ernst. Er hielt sie beseligt, aber bewegungslos in der Mulde seiner linken Achsel.

Reue, Scham und Schüchternheit war plötzlich von Sonja gewichen. Sie dachte, daß dies alles wohl seinen Sinn haben müsse. Und sie genoß das wohlige Geborgensein in seinem Arm. Ich werde immer an diese zwei Minuten denken, ich werde daran denken, wenn mirs schlecht geht. Ich werde immer, immer wissen, was eine zitternde Freude ist.

Sicher geworden in diesem starken Gefühl, richtete sie sich auf und küßte ihn. Sie fand selbstverständlich, was sie tat, und sie freute sich, daß er sich freute. Sie hatte noch keinen Mann geküßt außer ihren Vater. Charles umfaßte ihre Schultern. Und während seine Lippen sie suchten, sah sie draußen die Umrisse des Invalidendoms, und es fiel ihr plötzlich ein, daß die Rue Oudinot vielleicht keine Nummer 48 haben könnte. Die Rue Oudinot war eine kleine Straße. Sie bog den Kopf zurück und sagte: »Nicht mehr«, in einem fremden, harten Ton.

«Was ist?« fragte Charles erschrocken.

»Willst du mir einen Gefallen tun, Charles?«

»Du hast Charles gesagt, zum erstenmal Charles«, jubelte er. »Ich werde alles tun, was du verlangst.«

»Laß mich hier aussteigen. Jetzt. Sofort. Der Chauffeur soll auf der Stelle halten.«

Charles klopfte an die Glasscheibe und gab ein Haltzeichen. Der Chauffeur parierte.

»Ich möchte nicht, daß du vor unserm Haus hältst. Ich möchte nicht, daß man dich mit mir sieht. Alle in dieser Straße kennen mich. Verstehst du das?«

»Ich hab es dir versprochen.« Er öffnete die Tür.

»Bleib hier, bitte! Ich möchte allein gehen«, flüsterte Sonja.

Sie kroch aus dem Wagen und hielt ihm von draußen ihre Hand entgegen: »Gute Nacht, Charles.«

»Auf Wiedersehen, meine Liebste, Beste. Komm gut heim, schlaf gut. Du darfst das Bewußtsein haben, daß du einen Mann, der seit Jahren nicht mehr glücklich war, glücklich gemacht hast.«

Sonjas Augen waren blind vor Tränen.

»Danke«, rief sie ihm nach. »Ich danke dir.«

Er beugte sich aus dem Fenster und winkte. Sie sah dem Wagen nach, bis er nichts mehr war als ein Gedanke. Unbeweglich blieb sie auf der Stelle stehen.

Ihr Herz rollte mit dem Wagen fort, ihre erste frische, freche Jugend.

Was zurückblieb, war ein vernünftiger trauriger Rest eines jungen Mädchens. Eine Weisheit war in sie eingezogen, die Weisheit der Erfahrung – noch ungeordnet; aber sie spürte, daß die Zeit käme, die das ordnend zusammensetzte.

Als ein leeres Taxi die Avenue Breteuil herunter fuhr, winkte Sonja müde. Und müde nannte sie ihre Straße im 17. Arrondissement. Sie fuhr heim und wußte zitternd zum erstenmal, daß ihr richtiges Heim irgendwoanders liegen würde.

ZWEITER TEIL

Anne

Der Tiefpunkt von Anne Lunds Stimmung und Lebensgefühl war morgens, nach dem Aufwachen. Sie war bedrückt, unausgeschlafen, mit der Welt zerfallen und glaubte, nie würde sie die Kraft haben, mit dem Tag fertig zu werden. Ihr Kopf schmerzte, aber es war eher das Herz, das weh tat.

Sie lag lange wach, ehe sie die Abneigung, auf die Klingel zu drücken, überwunden hatte, und fürchtete sich im voraus vor dem weißgestärkten Geraschel der dicken Frida, vor dem Geklirr des Frühstücktabletts und vor der Post.

Nur weil sie sich immer wieder vorsagte, daß Lebenskünstlerin zu sein wichtiger sei als Bühnenkünstlerin, fand sie die Kraft, den Tag, vor dem ihr Angst war, mit der ihr symbolisch erscheinenden Handlung des Läutens beginnen zu lassen.

Und dann raschelte die weißgestärkte Frida und das Teegeschirr klirrte und die Läden wurden hochgezogen und der Tag sah frech ins Zimmer.

Allmählich lösten sich aus der gestaltlosen und nebelschweren Bedrücktheit die Umrisse des Gestern. Geschehnisse zogen wieder herauf, Einzelheiten meldeten sich, Gespräche setzten sich zusammen, und die Last des Lebens teilte sich in kleine Einzellasten auf und wurde dadurch leichter.

Sie dachte an die Vorführung der ersten Hälfte des neuen Films und an die Szene, die gestrichen werden mußte, und an den Wutausbruch, den ihr Partner dabei mimte. Sie fand ihn lächerlich, aber er hatte wohl dem Rat seines Managers gefolgt und Wut gespielt. Charles würde echter toben. Er konnte das. Und dann dachte sie an Charles. Sie haßte ihn und sehnte sich nach ihm. Sie würde ihn bestimmt nicht wieder anrufen, sie würde warten können, bis er sich bemühte, seine Kälte abzustellen. O, er war nicht gefühllos und auch nicht roh, sie kannte ihn, aber es machte ihm Freude, sein Gefühl auf- oder abzudrehen wie einen Lichtschalter. Sie war nie kleinlich mit ihrer Liebe umgegangen, und er nützte seinen Vorteil aus.

Früher, in der ersten Zeit war er anders gewesen, freudiger, herzlicher, wärmer. Nun fühlte sie ihre nicht ausgenützte Liebe schwer und drückend. Ihre Fähigkeit zu lieben war ihre stärkste Gabe. Das spürte sie auch auf der Bühne, wo sie besser lieben durfte als im Leben. Aber wohin sollte sie abends, wenn die Rolle zu Ende war, mit ihrer großen nicht ausgenutzten Kraft? Und wohin am Morgen, wenn die Rolle noch nicht begann?

Sie blätterte in der Post – Rechnungen, Geschäftsempfehlungen, Bittgesuche. Außerdem Zuschriften, Briefe aus dem Publikum, die das Studio in Joinville zählte, registrierte und nach denen es den Wert eines Stars berechnete. Irgendein Schlauer müßte eine Agentur für derartige Publikumsbriefe eröffnen, die Stars würden bei ihm Fan-Lettres abonnieren und auf diese Weise ihren Wert selbst in die Höhe treiben. Das wäre ein neuer einträglicher Beruf, dachte sie.

Ihre Sehnsucht nach Charles war brennend, aber sie würde fest bleiben und nicht telephonieren. Sie starrte auf das weiße Telephon. Zahlen und drei Dreier als Endnummer, und alles wäre gut. Nein, sie würde dieses Mal hart bleiben. Aber dann rief sie doch an und zitterte dabei.

Monsieur Charles schlafe noch, hieß es drüben. Er wünsche, nicht geweckt zu werden. Sein Diener hatte eine fatale Art, solche Phrasen ins Bedeutsame zu erheben. Als er fragte, ob sie etwas auszurichten wünsche, hauchte sie nein und hängte ab.

Sie schämte sich und rannte aus dem Bett unter die Dusche. Es gab eine Reihe morgendlicher Übungen, die imstande waren, solche Blamagen abzuwaschen. Sie haßte Charles, massierte sich und schämte sich.

Trotz der Geräusche und ihrer übertrieben lauten Manipulationen hörte Anne, daß die dicke Frida nebenan abräumte und mit Papier raschelte.

Und plötzlich kam ihr das neue Kleid wieder in den Sinn. Sie lief, als das Zimmer leer war, ins Schlafzimmer zurück und sah am goldenen Barockrahmen des Spiegels ›la joie tremblante‹ hängen und sich doppelt widerspiegeln. Sie freute sich, strich den weichen Stoff entlang, als liebkose sie eine treue Hand.

In ihrer Freude über das Kleid läutete eine zweite Freude. Das Studio ließ ihr sagen, daß heute wieder keine Aufnahmen stattfänden, da man sich erst einigen müsse, ob Freilichtaufnahmen in Italien nötig seien. Anne beschloß, dieses plötzliche Geschenk der Freiheit vernünftig zu verwerten. Nichtstun haßte sie. Tätigkeit war ihr so nötig wie Sauberkeit. Das war das Erbe der schwedischen Ahnen, die sich mühen mußten, Meer und Land so viel abzugewinnen, daß sie leben und die Lunds lebensfähig halten konnten. Reich waren sie alle nicht gewesen. Es hatte ihnen wohl Instinkt wie Phantasie für Besitz gefehlt. Anne hatte es von ihrem Vater vorgelebt gesehen, und bisweilen fühlte sie auch in sich das Fehlen jeglichen Besitzsinnes, und je nach Laune kam ihr das als Vorzug oder Mangel vor.

Anne schaute auf die Liste »Unerledigtes«. Viele freie Tage wären nötig, um ganz damit aufzuräumen. Für den Vormittag gab es eine Stunde Post zu erledigen, eine Stunde Zahnarzt, eine Stunde Rechtsanwalt. Für den Nachmittag – als Belohnung – Einkäufe in der Stadt und um sechs einen Besuch im Altersheim für Schauspieler, in dessen Komitee sie war.

Das Programm des Vormittags wurde lückenlos durchgeführt. Beim Anwalt war ein neuer Vertrag mit der Soleil-Film-Gesellschaft zu besprechen gewesen, außerdem die Sache wegen Anne Lund II., einer Tänzerin, die so zu heißen behauptete und in einer Boîte de nuit in Marseille unter ihrem Namen auftrat. Außerdem die Nachforschung nach der Herkunft der anonymen Briefe, die sie seit zwei Jahren regelmäßig alle vierzehn Tage bekam.

Der Anwalt war ein liebenswürdiger Causeur. Sie tranken nach der Arbeit einen Aperitif und fuhren zusammen bis zum Park. Dann ging Anne zu Fuß durch den Park und freute sich über den Frühling. Sie war guter Laune, als sie nach Hause kam.

Frida stand schon an der Tür und wisperte erregt: »Monsieur Charles ist da, schon seit einer halben Stunde, er sitzt oben in Madames Zimmer und liest.«

»Gut«, sagte Anne und dachte auch, daß es gut sei.

»Gar nicht gut«, sagte Frida. »Er wird wohl zum Lunch bleiben.«

»Natürlich wird er zum Lunch bleiben«, sagte Anne ungeduldig. Sie wollte rasch zu Charles.

»Monsieur Charles kommt immer, wenn wir einen vegetarischen Tag haben. Und Monsieur Charles haßt Gemüse. Gemüse gehört in den Garten, sagt Monsieur Charles.«

»Ihr habt ja eine halbe Stunde Zeit gehabt, um neu zu disponieren«, sagte Anne. »Benehmt euch doch nicht wie ein Dorfwirtshaus.«

»Eugénie hat umdisponiert. Eugénie weiß, daß Monsieur gerne Tauben ißt. Eugénie hat bereits Tauben in der Pfanne. Aber Monsieur muß deshalb etwas länger auf den Lunch warten.«

»Na, dann ist ja alles gut«, sagte Anne, schon auf der halben Höhe der Treppe.

»Ich weiß nicht, ob alles gut ist«, rief Frida ihr nach. »Beide Patiencen sind heute nicht aufgegangen!«

Charles saß am Fenster und las. Er nahm langsam die Brille ab und stand auf, als Anne eintrat. Er ging ihr ein bißchen entgegen, aber nicht zu weit, und küßte ihre Stirn, aber nicht herzlich. Anne kannte jede Nuance sei-

Die Rotonde im Parc Monceau

ner Art und seines Gesichts. Es fiel ihr auf, wie frisch und gut er aussah. Sein Spleen, alles, was an Künstlertum erinnern könnte, aus seinem Äußeren zu verbannen und einem englischen Aristokraten zu gleichen, hatte ihn, den Sohn eines Tischlers, zu einer besonders gepflegten Erscheinung werden lassen. Aber diese Gepflegtheit hatte sich immer nur in käuflichen Dingen beweisen können. Augen sind unbestechlich, und seine Augen waren immer trüb und müd gewesen.

Heute leuchteten sie, auch seine Haut und seine grauen, glattgebürsteten Haare leuchteten. Er sah jünger und glücklicher aus als sonst. Daß der sommerliche Frühlingstag Ursache dieses Leuchtens hätte sein können, wäre keinem, der Charles kannte, eingefallen.

»Charles«, rief Anne, »du siehst herrlich aus. Was ist passiert? Wie hoch war der Scheck, der dich so leuchten läßt?«

»Sehe ich wirklich so gut aus?« Charles betrachtete sich genau im Spiegel. »Seltsam! Vielleicht hast du recht. Vielleicht sehe ich wirklich besser aus.«

»Junger, froher, frischer. Also beichte --Vertrag, Vorschuß, Film?«

»Weder – noch«, sagte Charles, ohne sich vom Spiegel trennen zu können.

»Etwa der Frühling?« spottete Anne.

Er drehte sich langsam ihr zu und sagte langsam: »Vielleicht der Frühling, vielleicht wirklich der Frühling. Wer weiß!«

Anne entging nichts. Sie kombinierte und erriet meist mehr, als sie sagte.

»Ich will dir genau sagen, wie du aussiehst, Charles: Wie eine alternde Frau, die zum erstenmal einen jungen Liebhaber gefunden hat, mit dem sie glücklich ist.«

Charles lachte. Lachen machte sein sonst so steinernes Gesicht menschlich und gab ihm den Charme, um dessentwillen er beliebt war.

»Sprechen wir von greifbaren Dingen, Anne. Was gibt's zu essen?«

»Junge Täubchen«, sagte Anne spöttisch.

»Gebraten?«

»Ja, gebraten.«

»Erwartest du Gäste?«

»Ja.«

»Wen?«

»Dich!«

Er haschte nach ihrer Hand und küßte ihre Fingerspitzen.

»Setzen wir uns«, sagte Anne und zog ihn neben sich auf die breite Eckbank. Jetzt erst nahm sie Hut und Jacke ab und legte sie neben sich.

»Wo warst du?« fragte Charles. »Nichts Wichtiges«, sagte Anne und erzählte vom Vormittag.

Wenn Charles guter Laune war, interessierte er sich für Klatsch und Kleinigkeiten wie eine Frau. Er hörte aufmerksam zu. Als sie zu Ende war, sagte er: »Und nun das, was du mir verborgen hast?«

»Leider nichts.«

»Mit wem hast du mich betrogen?«

»Leider mit niemand!«

»Was gibt's sonst Neues?«

»Gar nichts.«

Das waren die stets wiederkehrenden Charles-Fragen, die er sich so wenig abgewöhnen konnte wie seine Eitelkeit.

Während dieser mechanischen Antworten kam Anne das neue Kleid in den Sinn. Sie überlegte, ob sie es Charles zeigen sollte. Es jetzt anzuziehen und vorzuführen, war ihr zu mühevoll, und auf dem Bügel machte es nicht den richtigen Eindruck.

»Es gibt also doch etwas Neues«, sagte Charles.

Sie freute sich über seinen scharfen Blick.

»Neugierig?« fragte sie.

»Psychologisches Interesse.«

»Männer reden immer von der Neugierde der Frauen, damit sie ihre eigene Neugier ruhig dahinter verstecken können.«

»Also was gibts?« fragte er ungeduldig.

»Ein Kleid«, sagte Anne.

»Das ist alles?«

»Ein besonderes Kleid.«

»Von wem?«

Als sie Partouts Namen sagte, nickte er wohlgefällig. Er hatte ein Faible für teure Namen und erging sich nur deshalb in stärksten Worten gegen Snobs, weil er einer ihrer größten war.

Er fragte nach Farbe und Form und war plötzlich ganz dabei.

»Der Traum eines Kleides«, sagte Anne und bekam sehnsüchtige Augen.

Charles dachte an Sonjas Kleid. Annes neues Kleid konnte sein, wie es wollte – nie würde es den jungfräulichen, verwirrenden und beglückenden Zauber haben, der aus Sonjas Wundergewand gestiegen war. Anne hatte Routine im Kleidertragen, im Gesehenwerden, aber was besagte das im Vergleich zu Sonjas keusch-stolzer, edler Haltung. Sonja glaubte, eine Frau zu sein, und war rein wie ein Kind. Anne glaubte, jung zu sein, aber sie war nur jugendlich durch Training.

»An was denkst du?« fragte Anne. Sie würde doch wohl ihre Trägheit überwinden und das Kleid vorführen müssen, um ihn aus jener Ferne, in der er nicht mit ihr war, zurückzuholen.

Sie ging in ihr Ankleidezimmer hinüber. Hier verflog ihre Enttäuschung über Charles' Interesselosigkeit rasch. Das Kleid war ein guter Tröster. Sie fühlte die zärtliche Seide, die mit einem seltsamen Fluidum geladen schien, in bräutlicher Freude. Und sie fühlte, wie rasch eine Frau anders werden kann, wenn sie visuelle Freude an sich selber haben kann. Sie besah sich froh von allen Seiten und ging vor dem Spiegel auf und ab, ehe sie sich Charles vorführte. Diesmal war sie ihrer Sache sicher. Diesmal würde er staunen, aus seiner Lethargie aufwachen, diesmal würde er gepackt sein.

Und er war gepackt! Er sprang sogar aus seiner bequemen Lage auf, er sprang mit zwei großen Schritten, die weit über sein übliches Tempo hinausgingen, mitten ins Zimmer, faßte Anne hart an der Hand, drehte sie um sich selbst, zog sie ans Licht und starrte sie an, starrte sie mit so erschrockenen Augen an, daß es Anne angst dabei wurde. Er sah das Kleid, sah Anne, aber er sah viel mehr. Er sah Sonja, den gestrigen Abend, hörte ihre Stimme, ihre mädchenhaften Worte, ihre Erklärungen, denen er geglaubt hatte, und er wußte augenblicklich, daß nichts wahr war von allem, was sie gesagt hatte – nichts wahr, außer dem Charme und der Wahrheit ihrer Jugend. Und im selben Augenblick wußte er auch, daß Wahrheit oder Lüge keine Rolle spielten, und daß er Sonja brauchte, nötig hatte für sein Leben, was sie auch immer sein mochte und wer sie auch immer sein mochte.

Nur ein kleiner Teil in ihm war böse, aber böse auf sich selbst, nicht böse auf Sonja, die wohl solch eine

Komödie für sich und ihre Entwicklung brauchte. Und dieser kleine Teil von Charles wollte der Sache auf den Grund gehen und wissen, wieso Anne zu Sonjas Kleid kam. Dieser kleine Teil von Charles hielt es unter seiner Würde getäuscht zu werden. Deshalb war er nicht so vorsichtig, wie nötig gewesen wäre.

Anne hatte lange auf irgend ein Wort von ihm gewartet. Daß er nichts sagte, weckte Furcht und Argwohn zugleich. Sie spürte, wie fremd sie sich waren, wie sie sich entglitten waren, falls sie sich je gehabt hatten.

»Gefällt es dir nicht?« fragte sie. Aber sie hatte etwas ganz anderes fragen wollen.

»Es ist das schönste Kleid, das ich jemals gesehen habe«, sagte Charles steif.

»Aber ...?« fragte Anne.

»Kein Aber.«

»Doch, da gibt's ein Aber, ein Aber, das du nicht sagst. Dieses Aber möchte ich wissen.«

»Daß du mir immer bis in meine eigenen geheimen Gedanken hinein folgen willst.«

»Also du gibst zu, daß du weit mehr über das Kleid denkst, als du sagst.«

»Wenn man seine Gedanken immer lückenlos sagen müßte, würde man hundert Stunden am Tag zu reden haben.«

Anne trat dicht vor Charles. Er spürte die glatte Kühle ihres Armes und bemerkte wieder ihre Schönheit.

»Du bist schön, Anne«, sagte er. »Du bist sogar sehr schön!«

»Das ist nicht, was ich hören will. Was ist mit dem Kleid? Kennst du es? Hast du es schon einmal irgendwo gesehen, warum bist du so tief erschrocken, wie ich es noch nie, nie bei dir gesehen habe. Sag doch ein Wort. Siehst du nicht, daß du mich quälst, sinnlos quälst?«

»Sei nicht hysterisch wegen eines Kleides.«

»Du nennst es hysterisch, wenn man die Wahrheit wissen will.«

»Es gibt keine andere aussprechbare Wahrheit, als daß das Kleid schön ist und dich noch schöner macht, als du schon bist.«

»Schön, schön«, rief Anne ungeduldig. »Schön ist nichts. Schön ist ein Wort aus der Grammatik. Das will ich nicht hören. Ich will das andere hören, was dahinter steckt.«

Und da Argwohn erfinderisch macht, schoß, spitz wie ein Pfeil, Verdacht in ihr unruhiges Herz. Verdacht, der den Tatsachen ziemlich nahe kam. »Du hast das Kleid schon einmal irgendwo gesehen, Charles.«

»Unsinn, wie kann ich ein Kleid gesehen haben, das du gestern erst geliefert erhalten hast. Du bist nervös, überarbeitet, reif für Erholung. Hast du so wenig Verständnis für Inspiration, wenn du jede Minute Schweigen sezieren willst? Mir ist etwas eingefallen, basta. Ich bin froh, wenn ich einen neuen Einfall habe. Sie sind selten genug.«

Charles' Verteidigung kam zu spät. Sie war auch zu lang. Wenn er im Recht war, pflegte er nicht zu reden.

Anne überlegte; dann klingelte sie. Frida, die Horchen für eine ihrer Privatpflichten hielt und dann tat, als habe ihr sechster Sinn sie gerade in die Nähe der Tür geführt, war sofort zur Stelle.

»Wann ist das Kleid geliefert worden?« fragte Anne scharf.

»Heute morgen um 1/2 8 Uhr.«

»Von wem?«

»Von Partout.«

»Ich zweifle daran, daß Monsieur Partout es persönlich ins Haus getragen hat.«

»Ich auch«, sagte Frida.

»Fragen Sie Eugénie, wer es abgegeben hat.«

Frida verschwand.

Charles dachte, er könne ihr genau beschreiben, wer es abgegeben habe, aber er war selbst so begierig auf Eugénies Antwort, daß er nur sagte: »Ich kann nicht verstehen, was du für eine höllische Komödie wegen dieses Kleides inszenierst.«

»Du kannst es sehr wohl verstehen«, sagte Anne. Er widersprach, aber wieder auf so lange und umständliche Art, daß Annes Argwohn zur Gewißheit wurde. Sie kannte Charles. Und sie kannte ihn am besten in Momenten, in denen sie ihm überlegen war.

Gut, mochte er recht haben, mochte sie wirklich zu viel Energie auf die Entdeckung eines Schwindels verschwenden, – es war ihr Kleid und ihre Angelegenheit.

Da Charles nichts mehr sagte, wechselte sie rasch drüben im Ankleidezimmer das Kleid und hängte die »Zitternde Freude« aus Protest auf ihrer linken Seite über den Bügel.

Kurz darauf meldete die dicke Frida, daß Eugénie um halb acht heute früh das Paket aus den Händen eines großen schwarzhaarigen Mädchens, das auffallende hellgrüne Augen gehabt habe, empfangen hätte.

Frida schaute bei dieser Mitteilung zu Boden, da ihr das Gesicht ihrer Herrin wie eine Brandstätte vorkam, und verschwand wieder, so rasch sie konnte.

»Partout hat mir das Kleid für gestern abend versprochen, heute früh wurde es geliefert. In der Zwischenzeit ist etwas damit geschehen«, rief Anne. »Um das herauszufinden, muß man noch lange kein Detektiv sein.«

»Meines Wissens wäre das nicht das erste Kleid, das zu spät geliefert wurde«, meinte Charles spottend.

»Ich werde Partout um Rechenschaft bitten, dann werden wir das Rätsel rasch gelöst haben.«

Anne ging auf das Telephon zu und machte Anstalten, die ihr sehr geläufige Nummer zu wählen.

»Wenn du telephonierst oder Skandal machst, verlasse ich dieses Zimmer sofort. Ich verlasse es für immer, verstehst du mich?«

Charles hatte Annes Handgelenk mit brutalem Griff gepackt und tat ihr absichtlich weh.

»Au«, schrie Anne, »loslassen!«

»Nur, wenn du mir versprichst, nicht zu telephonieren!«

»Was ist damit gewonnen?« rief Anne und versuchte sich aus der Klammer seiner Finger zu befreien.

»Ich bin damit gewonnen.«

»Für wie lange?« Sie lachte hart auf, denn er ließ sie los, brüsk, verächtlich, verzichtend. Er haßte plötzlich diese schöne Frau mit den rötlichen Haaren und dem kühlen, forschenden Blick. Er haßte alles an ihr, ihre schmalen Hände, ihren geschmeidigen Körper, ihre langen Beine. Er haßte es, obwohl er es nie geliebt hatte. Und Anne spürte diesen Haß. Aber sie gab nicht nach, denn plötzlich war ihr egal, ob er ging oder blieb. Was wäre die Folge: sie würde die gebratenen Täubchen allein essen müssen! Sonst aber würde sie kaum mehr allein sein, als sie bisher auch gewesen war. Nur niemanden halten wollen, der gehen will. So hatte eine alte Dienstbotenregel zu Hause in Stockholm gelautet.

»Mach was du willst«, sagte Charles. »Wenn du Freude daran hast, Skandal zu machen, die Karriere eines jungen Menschen zu ruinieren, tu's! Ich hindere dich nicht daran. Du hast dein eigenes Gewissen, mit dem du dich auseinandersetzen mußt.«

»Gewissen«, lachte Anne auf, »seit wann glaubst du an Gewissen? Bisher war dein Bankkonto dein Gewissen.«

»Du hast ein verdammt gutes Gedächtnis für alles, was hinter uns liegt«, sagte Charles.

Er ging. Anne machte nicht die geringste Bewegung, ihn zu halten.

Während er langsam die Treppe hinunter stieg, dachte er, daß er sich, auch wenn er es lange vorher überlegt hätte, keinen besseren Abgang hätte schreiben können. Er beschloß, unverzüglich zu Partout zu gehen, Sonjas Adresse zu holen und nicht zu ruhen, bis er sie, wer sie auch immer sei, als rechtmäßige Frau vom Standesamt in sein Haus führen konnte. Der Gedanke an Heirat war so neu und erregend für ihn, daß er beschwingt wie nie und voll Glücksphantasien zu Fuß durch den Park ging, was er, seit er seiner Naturschilderungen wegen berühmt war, nicht mehr getan hatte.

Das Telephongespräch mit Partout förderte zutage, was wir schon wissen.

Es gab viel Aufregung, Krach, Lärm, Worte, Entschuldigungen, Tränen und schlechte Laune, viel Geschrei hin und her und falsche Schwüre. Außerdem bei den Unbeteiligten viel Schadenfreude.

Es hatte die Entlassung eines begabten Mannequins zur Folge, außerdem die Preisreduktion eines Modellkleids, außerdem das Aufrücken eines Mannequins zweiter Klasse in die erste.

Außerdem, das jedoch erst später, die Heirat eines stadtbekannten 55jährigen Roués, der nebenbei auch Schriftsteller war, mit einem 18jährigen Mädchen, und eine Hochzeitsreise um die Welt.

Annes Erregungen und Enttäuschungen fanden selten einen normalen Ausgang. Das gehörte wohl zu dem ungeschriebenen Gesetz ihres Lebens. Sie konnte sich weder auf Mäßigung besinnen noch zu einer milderen Betrachtung bringen lassen, sie mußte keine endgültigen Entscheidungen treffen: Sie wurde meistens abberufen.

Sie fühlte jedesmal, daß ihr nun wieder eine gewisse Stufe der Entwicklung entgangen sei, daß sie nun wieder eines der menschlichen Grunderlebnisse nicht ganz durcherleben konnte, aber ihre moralische Energie war nicht groß genug, um selbständig etwas zu unternehmen. Ihr Tag war ausgefüllt mit tausend Kleinigkeiten, die getan werden mußten, und sie ließ sich von diesen Dingen treiben.

So rief wenige Minuten nach dem großen Alarm, der Sonja die Stellung kostete, der kleine Meyer aus dem Studio an, daß man sich entschlossen habe, die italienischen Aufnahmen doch nicht im Atelier zu machen, sondern in Rom und Florenz, und daß man heute mit dem Nachtzug nach Rom fahren werde. Anne habe sich um nichts zu kümmern; sie solle nur pünktlich um sieben Uhr auf dem Gare de l'Est sein. Der kleine Meyer gab viel Öl in seine Stimme, – er war auf ihr Timbre besonders stolz.

Anne fühlte sich erlöst, seufzte ein bißchen und rief ihrer Frida.

»Packe nicht zu viel ein. Was uns fehlt, können wir in Italien einkaufen. Ich hasse viel Gepäck.«

Sie half dann aber doch beim Packen, verschenkte ein paar Stücke der Wintergarderobe und dachte dabei, daß sie abreisen könne, ohne auch nur von einem einzigen Menschen vermißt zu werden und ohne einem einzigen Menschen adieu sagen zu müssen.

Sie stand mit leichtem Gepäck in der Welt. Und es handelte sich dabei nicht um Koffer.

Abends war sie mit Frida zehn Minuten zu früh auf dem Perron, und als der kleine Meyer übergeschäftig mit den anderen herankeuchte, sagte sie ihm, daß sie sich auf die Arbeit in Rom freue, und das kam der Wahrheit ziemlich nahe. Sie hatte genug. Sie wußte zwar nicht präzis, wovon, immerhin, sie hatte genug.

Zum Abendessen traf sie sich mit vier Kollegen, dem kleinen Meyer und dem Regisseur im Speisewagen. Gaston, ihr Partner, war schlecht gelaunt, aber nach einer halben Flasche Wein versuchte er sein Heil bei der jungen Blonden, Annes Gegenpart, die es bisher fertig gebracht hatte, wortlos eine Stunde zu lächeln.

Der kleine Meyer gab ein paar Rechenbeispiele und Zaubertricks, die er in seiner Eigenschaft als Manager offensichtlich für die heutige Fahrt präpariert hatte, zum besten. Williams, der Regisseur, fragte Gaston und die Blonde nach ihren Geburtsdaten und versprach, Reisehoroskope zu stellen. Das sei wichtig für seine Arbeit.

Er habe derzeit eine Saturn-Neptun-Quadratur zu überwinden. Ein Glück, daß er einen guten Mond habe, der das Freundschaftshaus beherrsche. Ein guter Mond sei wichtig für Auslandssachen. Trotzdem – sein Neptun brodle immer dazwischen und sorge für ewige Unruhe.

Er hatte einen Asketenkopf und glich im Arbeitskittel einem Chirurgen. Trotzdem nahm man ihn außerhalb der Arbeit nicht ganz ernst, aber man lachte ihn – aus Furcht vor dem Unbekannten – auch nicht aus. Immerhin, Astrologie war kein Speisewagenthema, und Anne brachte die Unterhaltung wieder ins Irdische. Sie erzählte ein paar Geschichten, die sie oft erzählte, wenn sie liebenswürdig sein und sich nicht anstrengen wollte. Die junge Blonde starrte sie dabei so neidisch und bewundernd an, daß Anne plötzlich auflachen und eine Entschuldigung für ihr Lachen erfinden mußte. Sie freute sich, daß sie zuerst das Komische einer Situation sah. In diesem Moment fiel ihr sogar auch die Komik der Kleid-Affäre auf. Sie dachte ein bißchen daran herum und beschloß, Partout zu schreiben, er solle Sonja wieder einstellen. Aber sie vergaß den Vorsatz bald wieder, weil er sie innerlich schon nichts mehr anging.

Man legte sich bald schlafen, weil, wie der kleine Meyer wichtig betonte, die Schweizer Zollbeamten keine Rücksicht auf Langschläfer nehmen würden.

Der nächste Tag in der Bahn verging wie der Sonntag in einer Kleinbürgerfamilie. Die junge Blonde strickte, Gaston las und löste Kreuzworträtsel, der Regisseur spielte mit dem Operateur Karten, der kleine Meyer schrieb Briefe und Verordnungen. Anne tat nichts, sah zum Fenster hinaus, beobachtete, träumte und fühlte sich recht wohl.

An der italienischen Grenze neckte sie sich mit dem Karabiniere, der sie nach ihren Devisen fragte. »Ich habe das Gold der Bank von Frankreich im Koffer und will es in einer Villa in Rom vergraben«, sagte sie mit einem Zwinkern in den Augen.

»Ins Zuchthaus hätten Sie uns alle bringen können«, jammerte der kleine Meyer, der das Wort Humor nicht einmal vom Hörensagen kannte, als die Zollbeamten wieder draußen waren.

»Man muß auch einmal wissen, wie's im Zuchthaus aussieht, Meyerchen«, lachte Anne.

Dann kaufte sie ein paar Flaschen Chianti und verteilte sie unter die Kartenspieler und Kollegen.

Sie war guter Laune. Alles andere schien nebensächlich. Reisen machte sie froher und leichter. Sie kam sich vor wie ein federndes Etwas, das über die Masse hüpfte, keinem gehorchend und keinem verpflichtet.

Sie war ein verspäteter, unmoderner Individualist, der mit ein bißchen Überlegenheit und ein bißchen Herzenskühle zusah, was die ändern trieben. Eingreifen wollte sie nie. Die Distanz, die der Zug zwischen Gestern und Morgen legte, ließ auch sie zum Vergangenen wie zum Gerade-Währenden Abstand gewinnen, und solch ein bewußtes Rückensteifhalten macht immer überlegen, ein bißchen einsam, aber doch vergnügt. Sie lächelte etwas kühl und gläsern und sah sehr schön aus. Ganz nahe kam heute nichts an sie heran. Morgen, so sagte ihr ihr Gefühl, morgen würde sie eine gute Arbeit tun können.

Spät abends kamen sie in Rom an und kamen müde ins Ambassadore.

Der erste Vormittag war für Anne arbeitsfrei, weil sich die Operateure zuvor mit Gelände und Licht vertraut machen mußten.

Sie lag im Garten des Hotels in einem Liegestuhl. Hier war es menschenleer. Italiener legen sich nicht ins Freie und Ausländer erledigten ihre Museen. Große Palmen standen über ihr, und aus den gelben Blütenstauden regnete es bei jedem Windhauch gelbe Körnchen.

Wenn sie die Hand ausstreckte, konnte sie ein buntes Beet mit schweren, müden Rosen streicheln. Die Luft war warm und süßlich, aber angenehm.

Anne begann hundert Gedanken und führte keinen zu Ende. Wenn irgendetwas um sie herum vorgegangen wäre, hätte sie es nicht wahrgenommen. Aber es ging nichts um sie herum vor. Von der Straße drang ein bißchen Gesang herein, »... bella figlia dell' amo-o-ore ...« Anne lächelte und träumte. Das gehörte zu Italien. Bella figlia dell' amore. Aber in den Prospekten der Reisegesellschaften sah es trotzdem anders aus. Da gab es keine leeren Liegestühle und keinen frühlingsmüden Garten.

Anne schloß die Augen, immer noch mit einem Lächeln um den Mund, das sich aber langsam verlor.

Als sie später, aus weiten Fernen kommend, wieder aufsah, hörte sie Stimmen neben sich. Man unterhielt sich laut in hartem Französisch. Der Schein des roten Gartenschirms fiel auf zwei hellgraue Anzüge. Die Männer sahen Anne, die hinter dem Schirm lag, nicht. Um so besser konnte sie gemächlich herausfinden, wovon sie sprachen. Der eine redete in italienisch-französischem Akzent, der andere in englisch-französischem, und das Gespräch drehte sich um eine Erdölquelle in Abessinien. Der Italiener war dort gewesen und ermutigte den anderen, sich die Sache anzusehen. Er zählte ihm schon Schiffs- und Flugverbindungen auf, aber der andere schien nicht zu wollen. Anne hörte dem Hin und Her mit Vergnügen zu.

Plötzlich stand der Italiener auf mit der Begründung, noch eine Verabredung zu haben. Der andere begleitete ihn ein paar Schritte, kehrte dann um, gewahrte Anne, stutzte, trat näher und fragte, ob sie durch ihre Unterhaltung sehr gestört worden sei. Er habe sie vorhin nicht bemerkt.

»Ich möchte gern wissen, ob Sie nun nach Abessinien gehen oder nicht«, sagte Anne. Sie sah sich den Fremden genau an. Er hatte einen auffallend großen Kopf, rötliche Adern in der Iris des linken Auges, eine unmögliche Krawatte und eine kalte Pfeife in der Hand.

»Vielleicht ja, vielleicht nein. Ich bin aus dem Mann noch nicht ganz klug geworden.« Er zog einen Stuhl neben Anne und setzte sich.

»Ich auch nicht«, sagte Anne, »obwohl ich mir Mühe

gegeben habe. Sprechen Sie lieber englisch mit mir, das ist Ihnen sicher geläufiger «

Der Fremde musterte Anne ernsthaft, dann füllte er Tabak in seine Pfeife und stopfte ihn mit dem kleinen Finger der rechten Hand fest und sagte langsam: »Sie sind eine merkwürdige Frau.«

»Nein«, sagte Anne wegwerfend, »irgendeine. Von auswärts«

»Was für einen Eindruck hat dieser Italiener auf Sie gemacht?«

Er schien wieder vergessen zu haben, daß er mit einer Fremden redete, und dachte ganz an sein Geschäft.

»Er war wohl ein bißchen zu entgegenkommend«, sagte Anne. »Er wollte um jeden Preis Ihr Interesse haben. Diplomatisch ging er dabei sicher nicht vor. Raffiniert auch nicht! Aber vielleicht ist seine Erdölquelle etwas wert.«

»Haben Sie etwa auch mit Erdöl zu schaffen?« fragte der Fremde plötzlich mißtrauisch.

Anne lachte herzlich: »Nein, keineswegs! Sie brauchen keine Angst vor mir zu haben.«

»Ich habe keine Angst vor Ihnen.« Der Fremde schaute Anne voll ins Gesicht. »Obwohl Sie verwirrend schön sind. Jawohl, faszinierend schön.«

»Ist Abessinien sehr weit?« fragte Anne.

Weit nicht, aber heiß.« Der Fremde sprach schon wieder sachlich. »Aber darum handelt es sich nicht. Ich komme aus Texas, das ist ja auch nicht besonders nah oder besonders kühl.«

»Um was handelt es sich denn?«

»Ob diese Kerle mich hereinlegen wollen oder nicht. Ich habe das einfach noch nicht herausgefunden.«

»Dann würde ich eben einfach nach Abessinien fahren, um es herauszufinden.«

Der Fremde sah Anne wieder voll ins Gesicht und schüttelte langsam den Kopf.

»Das ist eine sehr umständliche Methode. Und gar

nicht spannend und gar nichts für meinen Ehrgeiz.«

Texas, dachte Anne, natürlich Texas. Warum ist mir das nicht gleich aufgefallen. Sie war damals auf der Rückreise von Hollywood durch Nordtexas gefahren und hatte einen Wald von Bohrtürmen, die kleinen Eiffeltürmen glichen, und eine nicht endenwollende Steppe und Größe im Kopf.

Sein hellgrauer Anzug sah aus, als sei er seit Texas weder gereinigt noch gebügelt worden.

»Texas?« sagte sie. »Ich kenne Texas. Ich bin einmal im Auto durchgefahren.«

»Ein großartiges Land, nicht?« Er bekam ganz rasch das Gesicht eines Schuljungen, den man gelobt hat.

»Großartig? So gut kenne ich Texas wiederum nicht.«

»Jawohl, großartig! Voller Wunder. Und so verschieden: so weit und ausgedehnt. Die Leute in Brownsville nennen die aus Dallas Yankees, und die Dallas-Leute glauben, daß im Panhandle-Distrikt Eskimos leben. Und merkwürdige Namen haben sie ihren Städten gegeben: Paradise, Utopia, Divine, Loving, Happy, Joy, Blessing!«

»Alle voll Öl«, sagte Anne.

»Und voll Baumwolle! In 240 Texas counties wird Baumwolle gepflanzt! Und wissen Sie, diese Texas-Baumwolle, die Pflanze, bekommt richtiges Fieber, wenn sie krank ist! Ein merkwürdiges Land.« Er war zu Hause und freute sich ... »und wie es dann dort riecht, abends beim Dunkelwerden.« Er leuchtete.

»Wie riecht es dort? Nach Öl.«

Er lachte verächtlich. »Gar nicht nach Öl. Nach Duft! Nach Sehnsucht! Nach Unbestimmtem. Und dann die Sonnenuntergänge! Nirgends auf der Welt geht die Sonne so farbig und reich unter wie in Texas!«

Anne wollte widersprechen, wollte sagen, na, am Nil und auf dem Meer gibts wohl keine Sonnenuntergänge, aber es kam ihr plötzlich so unwichtig vor, über Sonnenuntergänge zu streiten. Sie schwieg auch. Er stopfte wieder mit dem rechten kleinen Finger den Tabak in seiner Pfeife fest. Sein Fingernagel sah aus wie der Kork einer Tintenflasche.

»Vielleicht gebe es für diese Arbeit irgend ein praktisches Instrument«, sagte Anne beim Zusehen.

»Unmöglich! Eine Pfeife muß mit Gefühl behandelt werden. Kein Instrument kann so viel Gefühl haben, wie mein Finger. Oder stört sie etwa der Schmutz?«

»Schmutz ist auch Materie, nur am falschen Platz.«

Er lachte. »Wir verstehen uns. Wollen Sie Lunch mit mir nehmen?«

Sie lachte auch: »Wir verstehen uns, aber sie müssen trotzdem Ihren Lunch allein nehmen.

»Schade.« Er sah ein bißchen enttäuscht drein

»Sie können dann besser über Abessinien nachdenken.«

»Mit Nachdenken komme ich nicht weiter. Ich muß wohl auf eine Art Inspiration warten.«

Sie stand auf: »Ich wette, diese Inspiration kommt bei der sechsten Gabel Spaghetti. Falls Sie sie richtig zu essen verstehen. Sonst beim dritten Bissen Gorgonzola.«

Sie nickte leicht: »arrividerci«.

Er sprang auf, eine Sekunde zu spät, verbeugte sich und sah ihr lange nach. Ihr Schatten bewegte sich rhythmisch über den Kies. Er dachte, sie ist »very good sport«, aber noch mehr »fun«. Und »fun« war ein Universalbegriff für Dinge, die ihn freuten.

Anne, in ihrem Zimmer oben, wußte eigentlich nicht recht, warum sie weggelaufen war, aber sie wußte auch nicht, warum sie noch hätte bleiben sollen. Viel zu reden war da nicht mehr gewesen.

Sie war zu lässig, um jetzt noch in die Stadt zu gehen, und wartete bis der kleine Meyer sie zur Aufnahme holte. Sie arbeiteten alle gut, am Nachmittag, oben auf dem Pincio. Das starke Licht und die fremden Laute und die neuen Menschen feuerten sie an.

Annes Gartenszene, in der sie Gaston ewige Treue schwören mußte, brauchte nur dreimal wiederholt zu werden, und man konnte gleich darangehen, Annes Szene mit der jungen Blonden zu drehen, in der sie – ein Jahr später – denselben Gartenweg entlangging und Gaston der Rivalin freigab, weil diese ein Kind von ihm trug. Anne spielte Edelmut und Selbstbeherrschung überzeugend, und nach dreimaligem Probieren klappte auch diese Szene, und man konnte schon beginnen, Gastons Rendez-vous mit der jungen Blonden zu stellen.

Während dieser Stellprobe kam Williams, dem Regisseur, ein großartiger Einfall. Er ließ abblasen, eilte zu Anne, die noch geschminkt im Gras saß, und erklärte ihr, daß man ihre große Szene im Ballsaal streichen und dafür einige Nachtaufnahmen im Garten einschalten könne. Sie wirkte faszinierend im Freien und sei wohl auch gut bestrahlt zur Zeit. Er meine das astrologisch. Ob sie wisse, wo ihr Mond heute stehe? Wahrscheinlich habe sie eine unverletzte Sonne und gute Mondknoten. Der Mond sei ja ihr bester Planet. Anne wußte zwar nicht, wo ihr Mond stand, sie wußte nur, daß nun ›la joie tremblante‹ ihr gehören würde, ihr privat. ›La joie tremblante‹ war nichts für eine nächtliche Gartenaufnahme.

Sie sagte, daß Williams der begabteste Regisseur sei, mit dem sie je zusammen gearbeitet habe, und daß sie diese Nachtaufnahmen großartig finde.

Williams, der früher anders geheißen hatte und irgendwo zwischen Österreich und Ungarn zu Hause war, verleugnete seinen englischen Namen und die gesamte Astrologie und beugte sein knochiges Asketengesicht küssend über Annes Hand.

Für ein Lob vergaß und vergab er alles. Sogar Witze über seine Weltanschauung. Heute noch wollte er Texte und Kostümanweisungen ändern. Anne trüge wohl am besten den weißen enganliegenden Sportmantel, den man zuerst für die Autotour bestimmt habe, im Garten. Anne fand auch diese Idee genial und beschloß sofort, heute abend im Hotel ›la joie tremblante‹ zu tragen. Eine absurde Idee, in diesem Hotel im Frühsommer solch ein

Kleid zu tragen, aber sie war in der Stimmung dazu und für Stimmungen war jedes Hotel und jede Jahreszeit die richtige.

Morgen habe sie dann tagsüber nichts zu tun, sagte Williams, er werde mit Gaston und Margot arbeiten. Aber umso wichtiger sei es, daß sie ab acht Uhr abends frisch sei oder vielleicht besser schon um sieben Uhr. Dann wollten sie einmal ein paar Szenen drehen, daß die Welt staunen würde. Bei ihm stehe morgen Jupiter im zehnten Haus. Im Haus der Arbeit und der geschäftlichen Intuition. Das sei ein ganz besonderer Planetendurchgang.

»Astrologie ist 'ne feine Sache, Williams«, sagte Anne. »Ich bin pünktlich um sieben mit Jupiter im zehnten Haus.«

Anne lief in das kleine braune Zelt, das aussah, als spielten Jungens drin Indianer, ließ sich von Frida abschminken und fuhr in weitem Umweg durch die abendlaute Stadt zurück ins Hotel.

Sie freute sich auf ›la joie tremblante‹ und auf den freien Tag morgen und fand, daß es zur Zeit in der Welt mit rechten Dingen zugehe.

Gegen neun Uhr erschien sie im Speisesaal, der fast so viel Kellner wie Gäste aufwies. ›La joie tremblante‹ lag wie ein magisches Zaubergewand über ihr und verwandelte sie. Sie fühlte sich jünger, sie fühlte, daß irgend etwas aus ihr herausleuchtete, was sonst verborgen war.

Als sie sich zu den Kollegen an den Tisch setzte, hörte sie von ihnen alles, was sie fühlte, bestätigt. Sogar die immer neidische blonde Margot war von einem Schock reiner Bewunderung geschüttelt und sagte es. Williams bedauerte einige Minuten, daß er die Ballszene den Nachtaufnahmen geopfert hatte. Er schwärmte in seinem verschrobensten Deutsch:

»Sie zeigen sich plötzlich in einem ganz anderen Aspekt, Anne. Synthese zwischen heiliger Elisabeth und Lilith!«

Anne setzte sich strahlend in die Mitte der Ovationen und bestellte Spaghetti.

Der kleine Meyer entrüstete sich, zu diesem Kleid passe nur Kaviar.

Vom Nebentisch grüßte jemand herüber. Sie dankte mechanisch und begriff erst viel später, daß es der Ölmann vom Vormittag war. Er sah aus, als habe er sich einen viel zu weiten Abendanzug von jemandem geliehen. Sein Gesicht war hummerrot verbrannt, und die Pfeife fehlte.

Texas, dachte Anne, ist ein junges Land und sehr weit weg.

Gaston spielte den jugendlichen Liebhaber und bestellte Sekt. Trotzdem blieb die Unterhaltung im gleichen Geleis: Aufnahmen, Proben, Konkurrenz, Rollen, Besetzung. Daß sie sich dabei gelangweilt hatte, fiel Anne erst auf, als der Ölmann plötzlich an den Tisch trat – er stieß ihn fast um, so heftig tat er es – und sie fragte, ob sie nachher zu ihm in die Bar kommen wolle.

Sie hatte hundert Antworten im Kopf, aber sie sagte nur die eine: »Ja.«

»Eroberung?« fragte Gaston.

»Alter Bekannter«, sagte Anne.

Die Bar war voll, eng, laut und roch nach künstlicher Lüftung wie ein Kino. Als Anne eintrat, wurde der Lärm eine Viertelstunde stiller. Alles schaute.

Der Ölmann lief ihr entgegen. »Es wird wohl höchste Zeit sein, daß ich mich vorstelle«, sagte er. »Fauß, Curtis Fauß aus Amarillo. Nett, daß Sie Ihre Freunde meinetwegen versetzt haben.«

»Es sind nicht meine Freunde.«

»Sondern?«

»Alte Bekannte.«

»Alte Bekannte gibts gar nicht. Je länger man jemanden zu kennen glaubt, um so weniger kennt man ihn. Und die neuen, die aus der Eisenbahn oder vom Schiff oder vom Hotel, die kennt man am besten.«

Er führte sie zu seinem Tisch. »Ich schlage einen Cognak vor, zur Unterlage, später dann was Richtiges. Oder einen Armagnac?« Anne nickte. Sie wunderte sich über alles. Curtis Fauß redete weiter: »Die beiden, die ich am längsten und besten kennen sollte, sind meine Söhne. Sie sind 15 und 16 Jahre alt und ich habe keine Ahnung von ihnen. Und sie wahrscheinlich auch nicht von mir. Obwohl wir jedes Weekend zusammen verbringen.«

Söhne, dachte Anne, Kinder. Er hat Kinder. Sie erinnerte sich nicht, daß von den Leuten, mit denen sie umging, jemals irgendeiner von Söhnen gesprochen hatte. In ihrem Metier gab es selten Zeit für Kinder. Da gabs nur Zeit für Ehrgeiz und Vorwärtsdrängen und Make-up.

Der Armagnac kam und war gut. Anne war redefaul. Sie setzte sich bequem in den Sessel, spielte mit dem großen Glas und spiegelte sich im Armagnac.

»Haben Sie keine Kinder?« fragte die Stimme nebenan. Anne schüttelte den Kopf. »Sind Sie verheiratet?«

Sie schüttelte heftiger den Kopf.

»Was tun Sie dann?«

Ja, was tat sie eigentlich? Daß sie Schauspielerin war, hatte sie in diesem Augenblick vergessen. Sie wollte es ihm auch nicht sagen; warum, wußte sie nicht. Sie war nicht gewohnt, über die Beweggründe viel nachzudenken.

»Ich lebe«, sagte sie.

»Ich frage wohl zuviel? Aber jetzt nicht mehr. Ich warte so ungern, wenn ich etwas wissen will.« Er machte ein ernstes, schuldbewußtes Gesicht.

»Sie können fragen, soviel Sie wollen. Es liegt ja an mir, zu antworten oder nicht«, sagte Anne langsam.

Zu einem weiteren Armagnac servierte er ihr unpersönliche, aber ganz nette Geschichten.

Er erzählte von einer brennenden Ölflamme in Rumänien, die unlöschbar aus dem Boden brannte und den Einwohnern dieses Orts eine Art Wallfahrteinnahme eintrug, erzählte von komischen Hotelverhältnissen in rumänischen Kleinstädten, in denen man nicht etwa ein Zimmer, sondern nur ein Bett mieten konnte und, wenn man von dieser Sitte nichts wußte, plötzlich nachts von einem Untermieter überrascht wurde; erzählte vom Fischfang in Cap Flor, und von einer Giftgasfabrik, die, während er dort war, in die Luft flog. Er behandelte sie wie einen guten Kameraden. Und seine Pfeife wurde nicht kalt dabei. Sie hörte zu und wunderte sich. Solche Geschichten hatte sie, seit sie denken konnte, nicht mehr gehört.

»Wollen Sie tanzen?« fragte er, als die Musik nach einer langen Pause wieder begann. »Ich möchte schon. Aber Sie sehen nicht aus, als ob Sie gerne tanzen würden.«

»Was wissen Sie schon von mir! Sie fragen ja gar nichts!«

»Was ich wissen will, weiß ich auch ohne Fragen.«

»Also tanzen wir.« Er führte sie auf die kleine Tanzfläche und zog sie fest in seine zwei nicht schüchternen Arme. Er tanzte schlecht, aber mit jungenhafter Freude.

»Na, wie ist's?« fragte er.

»Texas«, lachte Anne.

Er schüttelte sich einwenig. »Ich nehme Sie mit nach Texas, damit Sie sich dort öffentlich entschuldigen.«

»Nur deshalb?«

Er sah Anne forschend an, blieb eine Sekunde ohne zu tanzen stehen und bekam rote Ohren: »Spielen Sie nicht Eva mit mir. Ich bin ein Sohn Marthas, wissen Sie!«

»Was ist ein Sohn Marthas?«

»Kennen Sie nicht das Gedicht von Kipling?«

»Nein!«

»Dann kann man auch nichts machen.« Er tanzte weiter und gab sie etwas mehr dabei frei.

»Sie lesen Gedichte?« fragte sie.

»Bisweilen.«

»Komisch, ich habe gedacht, Ölleute aus Texas lesen keine Gedichte.«

»Europäer haben die dümmsten Begriffe über die Welt. Und sie bilden sich am meisten darüber ein. Das heißt, es gibt ja gar keine Europäer. Es gibt nur Leute aus Europa.«

»Nicht böse sein«, bat Anne.

»Ich bin nicht böse. Ich muß nur endlich sagen, was ich über Euch denke.«

»Wieso Euch? Ich bin ich. Und ich habe vielleicht etwas Dummes gesagt, aber nicht alle Europäer.«

»Sie sind ein wohlgeratenes Geschöpf dieser einst europäischen Welt. Wahrscheinlich eine letzte dieser Art. Später nicht mehr möglich. Oder vielleicht erst wieder nach dem nächsten Krieg. Aber immerhin. Sie sind nicht nur Sie. Eine Frau namens ... Donnerwetter, ich weiß nicht einmal Ihren Namen.«

»Anne Lund.«

Der Name sagte ihm nichts. Er wiederholte ihn nebensächlich.

Anne mußte sich in seine raschen und rasch gesprochenen Gedanken eindenken. Er gefiel ihr plötzlich, weil er mehr von ihr verlangte, in neuartiger Form verlangte. Sie könnte in seiner Nähe anders werden, dachte sie.

»Wir tanzen nicht mehr!« sagte sie.

»Doch, wir tanzen diesen Tanz zu Ende.« Er führte sie fester und schlechter und ein bißchen bösartig, bis die Musik stoppte.

Während sie an ihren Tisch zurückgingen, fragte Anne: »warum gibt es für Sie keine Europäer mehr?«

Er schien ihre Frage nicht gehört zu haben.

Sie wiederholte sie nicht. Er schwieg, sie schwieg. Lange. Als er wieder zu reden begann, sah er sie nicht dabei an.

»Gut, ich will Ihnen sagen, warum es keine Europäer mehr gibt. Ganz einfach, weil es kein Europa mehr gibt. Früher, vor zwölf, vierzehn Jahren, spürte ich, so oft ich herüberkam, hier geht etwas vor, etwas Gemeinsames. Der Krieg war ein gemeinsames Erlebnis! Der Nachkrieg war auch ein gemeinsames Erlebnis. In den großen Staaten gärte es, man rührte sich, tummelte sich, baute auf, es gab den gleichen wilden Unsinn in den Theatern von Paris, Wien, London und Berlin. Den gleichen Unfug der sogenannten »modernen Bilder«, den gleichen Übermut der Entwertung in Geld und Sitte. Und es war trotz alledem einheitlich und großartig. Man säuberte sich vom Krieg und hielt den Kopf schon wieder oben! Man gründete einen Völkerbund, denn es gab noch europäische Gesinnung und es gab noch europäische Erziehung, weil man noch an den Begriff Europa glaubte. Ich kam von außen, Jahr für Jahr, und ich konnte das spüren und ich war dankbar dafür.

Und was ist jetzt? Was ist Europa jetzt? Wenn ich durchreise, von Cherbourg bis ans äußerste Ende des Balkans, werde ich alle zehn Stunden von Soldaten gefragt, wie viel Geld ich bei mir habe. Zollbeamte untersuchen mich und ich muß lange Zettel unterschreiben und versichern, daß ich von nichts leben kann!

Wenn ich nach Wien fahre, finde ich meine alten Leute nicht mehr. Zwei Mitarbeiter haben sich erschossen, ihre Angestellten sind nach Australien verzogen, in Frankreich sitzt mein Agent seit Wochen zu Hause, schwermütig und arbeitsunfähig, sein Sohn ist ohne seine Erlaubnis nach Spanien gezogen und dort gefallen.

Spanien fällt natürlich ganz aus. Die beiden Regierungen machen ihre Erdölgeschäfte auf Staatskosten mit Schiebern. In Deutschland muß ich Angst haben, daß ich eingesperrt werde, weil ich nicht gern Eintopfgericht esse. In Rumänien war mein Agent auch bei der falschen Partei und sitzt jetzt im Gefängnis. Hier in Italien hat einer Angst vor dem andern und keiner traut sich die Wahrheit zu sagen. Und das Ganze ist eine europäische Geschäftsreise. Daß man sein Geld für gut gelieferte Ware erst nach Jahren und Clearingmanöver und tausend Scherereien oder gar nicht bekommt, ist nur noch die liebevolle Dreingabe! Ja, es gibt wohl noch ein paar kleine Staaten – Holland, Schweden, die Schweiz. Die bemühen sich wacker, sauber zu bleiben und vernünftig zu sein, aber die retten den Begriff Europa auch nicht mehr. Sie müssen sich abschließen, sie müssen sich Gesetze geben gegen alle Freizügigkeit, sie müssen eng werden wie im Mittelalter, statt größer zu werden und weiter, wie sie gern möchten, – um sich gerade noch behaupten zu können!

So also sieht Ihr Europa aus, Anne Lund. Zwanzig kleine Länder, gegenseitig mit hohen Zäunen verschlossen. Alles Geld was dazwischen steckt, wird für Kriegsmaterial ausgegeben und alle Kraft, die da ist, wird für den Krieg exerziert. Und in den Schulen wird marschiert und in den Universitäten wird Politik gemacht.

Die Mädchen tragen Uniformen und laufen hinter einer Fahne am Sonntag in Reih und Glied und die Mütter erlauben es. Die Frauen, die Mütter, die sogenannten Europäerinnen sind noch nicht einmal imstande, ihren Kindern zu erzählen, wie grauenhaft der letzte Krieg gewesen ist. Sie tun, als ginge sie das Ganze nichts an und treiben in ihrem Haushaltskram dahin.

Und dann kommt eine schöne, eine verwirrend schöne Frau, Anne Lund, und spricht irgend etwas von ›Ihr Amerikaner‹ und ›Wir Europäer‹. Und das soll sie nicht mehr tun!«

»Ich bin eigentlich Schwedin«, sagte Anne verwirrt, »ich lebe nur seit Jahren in Frankreich. Und ich habe das, was Sie da sagen, eigentlich gar nie so gesehen.«

»Das ist's ja eigentlich«, spottete er zahm. »Ihr lebt auf diesem Kontinent und ihr seht ›eigentlich‹ nicht, was darauf vorgeht. Und Sie sind ›eigentlich‹ Schwedin. Sie leben ›eigentlich‹ in Frankreich, und Sie glauben, das genügt.«

Anne hielt ihm ihre Hand entgegen, so daß er einschlagen mußte. »Danke«, sagte sie. »Ich muß Ihnen danken. Sie wissen sicher nicht, wofür. Aber es ist schon recht so.«

»Und jetzt noch etwas zu trinken«, sagte er, »es ist verdammt heiß hier drin.«

»Für mich nichts mehr«, sagte Anne und verdeckte mit der Hand ihr Glas. Er trank den Rest Sodawasser, der auf dem Tisch stand. »Gut, dann gehen wir in den Garten.«

Er winkte dem Kellner mit den Augen und zahlte. Er tat alles sachlich und war ganz dabei. Dann nahm er Annes Arm und führte sie zur Tür.

»Ich mag diesen Kellner gern, und er mag mich gern. Ich sehe es an seinen Augen«, sagte er.

Anne hörte zu. Sie wunderte sich. Sie hatte den Kellner gar nicht gesehen.

Der Garten war dunkel und still.

Er war frisch gesprengt. Man roch das Wasser und die Blumen. Ein Ölbaum duftete.

Curtis Fauß führte Anne. Sie spürte seinen Arm ungern wie eine gläserne Fessel.

»Schön, hier draußen«, sagte er.

Sie nickte.

»Es ist immer das gleiche«, fuhr er fort, »die gute Luft kriegt man umsonst. Die schlechte muß man bezahlen.«

Anne lachte nicht. Wieso komme ich hierher? wunderte sie sich. Und sie kam sich am Arm dieses fremden Mannes in diesem fremden Garten plötzlich selbst fremd vor.

Sie gingen den breiten Kiesweg entlang bis zu den Liegestühlen. Anne hörte nur das Knirschen des Kieses, nicht, was er sprach.

Bei den Liegestühlen machte er halt. »Hier haben wir uns heute morgen kennen gelernt«, sagte er.

»Kennen gelernt ist ein bißchen viel gesagt«, meinte Anne. »Sie haben mich angesprochen und ich habe zurückgesprochen. Sie kennen mich noch lange nicht.«

»Nein«, sagte er sachlich, »ich kenne Sie nicht. Aber bald ...«

Und dabei nahm er sie sachlich und fast geschäftsmäßig in seine Arme, kam, da er ihre benommene Ratlosigkeit spürte, ein paar Zentimeter näher, schob ihr Kinn zur Höhe seines Mundes und küßte sie mild und sauber. Sie regte sich nicht, sie atmete nicht einmal, sie blieb leblos wie eine Ware, aber etwas in ihr sagte ihm, daß sie abwartete, und so küßte er sie noch einmal, schloß sie dicht in die Hecke seiner Hände und öffnete ihre festgeschlossenen Lippen langsam.

Es war ein langer Kuß, frei von Leidenschaft und voll Dankbarkeit. Er kam aus einem jungen Herzen und war von einem oft betrogenen Mann.

Anne spürte das alles, und als er sie freigeben wollte, legte sie ihre Arme um seinen Hals und küßte ihn. Er ließ es geschehen, er regte sich nicht und in seiner Kehle hüpfte eine wilde Freude auf.

»Ich könnte Sie lieben«, sagte er, »ich könnte Sie unendlich lieben.«

Worte schreckten Anne auf. Sie schloß mit zwei Fingern seinen Mund.

»Nicht weiterreden. Es war schön. Gute Nacht.«

Sie ließ ihn stehen und rannte davon. Sprang über den Kies wie ein junges Ding, das von der Mutter ertappt wurde, und lachte leise vor sich hin. Die weiße Seide ihres Kleides hüpfte tänzelnd mit ihr. Es war so schön. Aber nur nicht weiter machen. Gute Nacht.

Später, oben in ihrem Bett, dachte sie nach und freute sich und dachte daran herum. Jawohl, es war schön, aber war's nicht etwa eine Bagatelle? Ein Mann trinkt Whisky, erzählt Geschichten und glaubt, er müsse sie im Garten küssen. War's nicht wie immer? Nur ein bißchen plumper und unbeholfener und ein bißchen anständiger? Morgen ist es vergessen.

Aber das Sicherste in ihr, das Unbestechlichste, das in der letzten reingehaltenen Ecke ihres Herzens wohnte, sagte ihr, daß es nicht war wie immer. Daß es anders war oder mehr und daß irgend etwas neu aufgegangen war. Und sie freute sich darüber. Sie fühlte eine weite Dankbarkeit.

Anne erwachte am nächsten Morgen früher als sonst, harmonischer, aufgeräumter. Sie sah die weißen Linien von ›la joie tremblante‹, das auf einem Haken hing, sah die graugoldenen Schatten, die das durch die Ritzen dringende Tageslicht in seine Falten zeichnete, und sie sah wieder, daß es schön war. Sie dachte ein bißchen an gestern, aber nicht ernsthaft, sie döste vor sich hin, und plötzlich fühlte sie ein Brennen und Krampfen in der Gegend des Magens, und lachte laut. Das war Hunger! Gemeiner, frecher Hunger! Sie war schon lange nicht mehr zu dem Genuß gekommen, Hunger zu spüren. Das Aufwachen und Aufstehen zu Hause war eine derart geregelte Zeremonie, daß sie allen normalen Gefühlen rechtzeitig vorbeugte.

Herrlich war dieser Hunger, und herrlich war, daß der Tag heute ihr gehörte. Sie würde tun, was ihr paßte. Keine Gymnastik, keine Arbeit, keine Störung. Als Frida mit dem Teetablett erschien, stürzte Anne sich mit der Gier eines jungen Hundes auf alles Eßbare.

Frida schaute prüfend zu. Dann zog sie langsam einen Brief aus der Schürzentasche: »Der ist abgegeben worden, heute früh um sieben! Mit dem Vermerk ›dringend‹. Hier weiß man wohl noch nicht, daß die Gnädigste sieben Uhr früh für 'ne unanständige Zeit hält.«

Anne beschaute den Brief, ehe sie ihn öffnete. Blaues Hotelbriefpapier und eine kleine Gelehrtenschrift. Drin stand: »Würden Sie mit mir einen Ausflug in die Campagna machen oder nach Ostia oder wohin Sie wollen? Ich habe nichts zu tun und würde mich sehr freuen. Curtis Fauß.«

Anne wunderte sich. Nüchterner konnte kein Ladenbesitzer seinen Schaufensterdekorateur einladen. Aber sie besann sich keine Minute, um zuzusagen und trug der sehr mißtrauischen Frida auf, seine Zimmernummer ausfindig zu machen und zu telephonieren.

Zwei Stunden später stand sie vor der Tür des Hotels. Curtis Fauß wartete schon. Er hielt seine Pfeife und ein Paket in der rechten Hand und wechselte beides erst umständlich in die Linke, ehe er Anne die Hand gab. »Hallo, Anne.«

»Hallo«, sagte sie und wunderte sich wieder. Sie wußte, daß sie sich immer über ihn und seine Art wundern würde und mehr noch über sich selbst, weil sie Spaß hatte an diesem neuartigen Verwundern.

Er führte sie zu einem kleinen blauen Dutzendfiat und sagte, daß er ihn für heute gemietet habe, ohne Chauffeur. Sie sah ihn an, sagte nichts und stieg ein.

»Also wohin?« fragte er.

»Campagna«, sagte sie. »Das klingt so schön. Aber Punkt sechs Uhr muß ich wieder hier im Hotel sein. Keine Minute später. Versprechen Sie mir das?«

»Pannen eingeschlossen?« fragte er, schloß die Türe, legte das Paket neben sich auf den Boden, begann seine Pfeife zu stopfen und anzuzünden.

»Alles eingeschlossen«, sagte Anne, »alles!«

Sie lächelte erst ein paar Sekunden später und er lachte auch und dann fuhren sie los. Die Stadt wimmelte von Militär. Einige Alpini-Korps feierten Regimentsfest. Grün-weiß-rote Fahnen hingen herum. Gesang und Johlen erfüllte die Straße. Die Luft war sommerheiß und zitternd. Die Frauen trugen übergroße Strohhüte und fröhlichbunte Kleider.

Er fuhr durch Straßen und Gassen und breite Plätze wie ein Römer.

»Kennen Sie denn den Weg?« fragte Anne.

»Nein!« Aber ich hasse Fragen. Wir werden schon irgendwohin kommen.«

Sie kamen an eine Wegkreuzung mit vielen großen Richtungsschildern.

»Wir nehmen die Breiteste, die Schönste«, sagte er, »das ist uns gemäß.«

Er hatte keine Autokarte und las auch nicht die Aufschriften. Er fuhr weiter auf der Schönsten und Breitesten.

»Auf dieser Straße kommen wir nach Ostia«, sagte Anne.

»Frauen wollen immer zuvor das Ende wissen«, brummte er.

»Also nicht! Fahren Sie, wohin Sie wollen«

»Großartig, wenn Sie ein bißchen böse wären!«

»Warum?«

Anne rückte sich in ihrer Ecke zurecht, wortlos protestierend. »Ich bin wie ich bin«, sagte sie etwas ruppig.

»Ich will Ihnen eine Geschichte erzahlen«, sagte Curtis Fauß. »Sie erinnern mich an eine Geschichte in Texas.« Und dann erzählte er eine lange Sache, der Anne nur halb zuhörte. Als er fertig zu sein schien, fragte sie: »Und dann?« »Aus«, sagte er.

»Ganz ohne Pointe ist auch folgende lange Geschichte«, sagte Anne spöttisch.

Fauß stoppte und stellte den Motor ab. Sein Gesicht war jungenhaft erschrocken. Er starrte sie an, ohne sie zu sehen.

»Sie haben recht. Jawohl, Sie haben vollkommen recht. Meine Geschichten kommen mir plötzlich selber langweilig vor. Gestern habe ich das auch schon einmal gemerkt. Früher nie! Das ist's nämlich, ja das ist's. Plötzlich kommen Sie. Und plötzlich ist alles anders. Von innen her nämlich. Ein anderer Maßstab, wissen Sie.« Noch immer starrte er Anne an, ohne sie recht zu sehen. »Zu Ihnen kann ich nämlich reden, ohne Angst zu haben, daß Sie mich mißverstehen. Ich kann einfach alles zu Ihnen sagen! Ich muß keine Geschichten zu erzählen, um die Zeit auszufüllen! Das ist großartig.«

Er ließ den Motor wieder an und gab Gas.

Sie rasten eine Weile schweigend an schwarz-weißen Steinpfosten vorbei. Die Straße war asphaltglatt und durch einen nicht endenden weißen Strich in zwei Teile gespalten.

Sie kamen nach Ostia. Es gefiel ihnen nicht. Der Strand war voll und laut und der Sand schmutzig und das

Stabilimento ungemütlich wie ein Kiosk der Weltausstellung. Sie fuhren weiter der Küste entlang. Die Sonne stand prall am Himmel, das Getreide war hoch und saftig und die Luft glasig warm.

»Irgend etwas muß geschehen gegen meinen Durst«, sagte Anne. Er hielt nach ein paar Kilometern vor einem Landgasthof.

»Das wird wohl richtig sein«, sagte er mit einem entwaffnenden, selbstverständlichen Lächeln, das sie ganz in Besitz nahm. »Nicht immer nur Hotel.«

Seltsamer Mann aus Texas, dachte Anne, und ging stumm hinter ihm her, denn es war richtig.

Er bestellte Landwein und Mineralwasser zum Mischen und frische Scampi mit Sauce tatare und nickte mit dem gleichen Lächeln wie vorhin, daß auch dies wohl richtig sein werde, Anne zu. Anne nickte ernst zurück. Noch nie in ihrem Leben hatte jemand auf eine so selbstverständliche und unausgesprochene Weise über sie verfügt. Und noch nie war sie so sehr ohne Protest gewesen.

»Das beste an Ihnen ist, daß Sie nicht fragen«, sagte Curtis Fauß unvermittelt. »Sie fragen gar nichts, überhaupt nichts. Mein Gott, wenn ich dran denke, was andere Frauen zusammenfragen! Sie sind so erholsam.«

»Das haben Sie gestern auch schon gesagt.«

»Ich werde es noch oft sagen, weil ich es bisher noch zu niemand habe sagen können.«

Die Scampi, der Wein und das Wasser kamen nach einer ziemlich langen Wartezeit aus den Händen einer dicken, nicht besonders freundlichen Wirtin, die eiserne Ohrringe und einen eisernen Doppelehering trug.

Da Curtis Fauß einen stummen Blick darauf warf, sagte sie: »Das Gold ist abgegeben und der Mann ist gestorben in Massaua, verstehen Sie. Porca Miseria.« Aber sie erlaubte sich keine Diskussion und ging rasch und nicht freundlicher ins Haus zurück.

»Und Sie sind also nicht verheiratet?« fragte Fauß.

»Nein«, sagte Anne. »Aber die Scampi sind gut. Cheerio!« Sie trank ihr Glas leer. Fauß seines auch. Er füllte nach und sagte: »Und jetzt die letzte Frage: Was tun Sie eigentlich?«

Es stand für Anne schon lange fest, daß sie ihm nichts von ihrem Beruf erzählen würde. Sie konnte nicht. Es erschien ihr unmöglich, ihm zu sagen: ich bin Schauspielerin. Ich bin hier, um in einem Film die Hauptrolle zu spielen. Ich sage zehnmal ›Ich bin traurig, daß Sie gehen, Marcel‹, ich schreite zehnmal den gleichen Gartenweg entlang, ich lasse mich zehnmal frisieren, ich lasse mich zehnmal schikanieren, bis eine Szene klappt. Nein, sie konnte nicht.

»Ich tue nichts«, sagte sie, »oder jedenfalls nicht viel. Ich bin eben da.«

»Gott sei Dank! Cheerio.« Er leerte das zweite Glas und füllte nach. Anne trank durstig und hielt ihm ihr leeres Glas entgegen »Fein, daß Sie trinken mögen«, sagte er. Er sah sie an. Er sah sie so an, daß Anne rot wurde.

»Das war beinahe eine Liebeserklärung«, fügte er nach einer halben Minute sachlich hinzu.

Dann lenkte er rasch ab.

Als er beim Zahlen mit der eisernen Wirtin wieder zu reden versuchte, stieß er auf unverrückbaren Widerstand. Sie steckte wortlos ihre Lirenoten ein und biß sich in die Lippen dabei.

»Der gefalle ich nicht«, sagte er zu Anne, während sie zum Wagen gingen, »das heißt wir gefallen ihr nicht. Sie ist neidisch.«

»Worauf?« Anne hatte nicht fragen wollen.

»Auf uns! Darauf, daß wir uns mögen. Darauf, daß wir zusammenpassen.«

Er faßte sie wieder am Ellbogen und half ihr in den Wagen. Dann zündete er sich auf seine umständliche Weise erst die Pfeife an, ehe er sich neben sie setzte. Anne dachte, daß sie sich noch nie wohler gefühlt habe als heute und daß sie sich noch nie weniger Mühe dazu gegeben habe. Dieser Tag kam wie ein Geschenk und erfreute sie wie ein Geschenk. Ihr Herz hüpfte, aber ihre Augen verrieten es nicht. Sie saß in ihrer Ecke, schwieg, träumte vor sich hin, bis Curtis Fauß, der genauso schweigsam Kilometer auf Kilometer geschluckt hatte, plötzlich hielt. Er war von der glatten Straße weg an eine Bucht gefahren, an die das Meer still herankam.

Hier gab es nur Sonne, Erde und Meer aber keine Menschen. Er zog eine Decke aus dem Wagen und nahm Anne am Ellbogen. »Mittagsruhe«, sagte er. Sie setzten sich nebeneinander in den braunen Sand. Das Meer reichte fast bis zu ihren Sohlen. Es gluckste freundlich und behäbig in langgezogenen Intervallen.

Anne hatte sich noch nie dem Leben näher gefühlt. Sie atmete kaum und redete nichts. Er saß stumm und aufrecht neben ihr. »Hierher gehörst du, hierher, neben mich.« Auch das sagte er bewegungslos, ein bißchen abwesend und fast, als geniere er sich.

Er genierte sich ja auch! Er traute sich nicht, an diese Wirklichkeit zu glauben. Da saß er, Curtis Fauß aus Amarillo, ein Businеßman, der Ölquellen, Ölbohrung, Öltürme, Ölverkauf und Ölverbrennung im Kopf hatte, neben einem unwirklich wirklichen Evasgeschöpf, von dem er nichts wußte, im Sand bei Ostia. Und er liebte sie. Er wußte das und fühlte das, obwohl er nicht wußte, warum, und obwohl er Angst davor hatte. Noch nie war er so wohltuend er selbst gewesen und noch nie hatte er gespürt, daß eine Frau geben konnte ohne zu nehmen. Von seiner Frau war er seit fünf Jahren geschieden. Das Urteil hatte ihr recht gegeben, obwohl sie, lang bevor die Detektive ihn mit der kleinen Woolworth-Verkäuferin erwischten, ihre Freundschaft mit jenem Chirurgen genoß. Zugunsten einer höheren Abfindung hatte sie auf die beiden Söhne verzichtet und war mit ihrem Chirurgen nach Mexiko gegangen. Von ihr wußte er nichts, gar nichts. Ohne Spur war sie durch sein Leben gegangen. Wahrscheinlich hatte er vieles oder alles bei ihr falsch gemacht. Man soll nicht mit zweiundzwanzig heiraten.

Das hatte auch der Krieg auf dem Gewissen.

Was später kam, waren Affären, zu Hause oder auf der Reise. Zurückgelassen hatten sie nichts. Sie reichten bestenfalls für Geschichten im Klub. Ausgefüllt und ergriffen wie heute war er noch nie gewesen. Es war schön. Er wäre am liebsten noch lange unbeweglich neben Anne gesessen wie in einem gläsernen Gehäuse um nichts zu zerstören – aber vielleicht wartete sie auf etwas.

Er lockerte seine steife Haltung und legte seinen rechten Arm um Annes Schulter. Sie blieb unbeweglich. Er verstärkte den Druck seines Armes, so daß sie aus dem Gleichgewicht kam und an seine Schulter fiel. »Das ist dein Platz! Hierher gehörst du.«

Sacht neigte er sich zu ihr, seine Stirn berührte ihre Stirn und ein warmer Strom ging durch seinen Körper und sein Herz. Er war verwirrt und glücklich und dachte: ich bin 40 und liebe zum erstenmal. Nun zog er sie fester an sich und küßte sie. Und als sie ihren Arm um seinen Hals legte, dachte er, was tut sie denn mit mir? Was tut sie denn? Sie kann alles mit mir tun. Ich gehöre ihr. Und als sie ihren Arm wieder löste, dachte er, jetzt bin ich einsam, aber ich will nie wieder einsam sein.

»Ich nehme dich mit nach Texas«, sagte er. Sie schloß ihm den Mund: »Nicht von später reden.«

»Aber du weißt doch, daß du zu mir gehörst?«

»Ja.«

»Na, also ...«

Sie lächelte glücklich und traurig und schüttelte den Kopf.

»Ist ein anderer Mann da?« fragte er rasch.

»Nein, nein.« Sie nahm seinen großen Kopf zwischen ihre Hände und sah ihm fest in die Augen: »Nein, kein anderer Mann.«

»Ist's, weil du mich noch nicht genau kennst? Das Familienregister und das Hauptbuch? Aber nein, so bist du doch nicht. Und du kannst jedes Jahr nach Europa fahren. Nach Rom und Paris, aber mit mir, nur mit mir.«

Anne atmete seine Worte ein. Sie war achtzehn, sie erlebte die erste Liebe. Sie spürte eine wundervolle Frische und Sauberkeit in sich.

Manchmal, früher, als Gretchen oder Ophelia, war ihr das auf der Bühne geschehen, aber im Leben nie! Es war wundervoll und beglückend, und es war ewig schade, daß es nicht dauern konnte.

»Also, was ist, sag doch etwas, Anne! Ich bin glücklich, bist du's auch?«

»Ja«, sagte Anne, »ich bin glücklich, ich weiß nicht, warum, aber ich bin glücklich.«

»Vielleicht hast du mich lieb?«

»Ja, vielleicht habe ich dich lieb.«

»Also, dann gibt's doch gar keinen Grund, warum ich dich nicht mitnehmen könnte!«

»Mich kann man nicht so leicht mitnehmen!«

»Warum nicht? Sag doch, warum nicht? Wir können heiraten, morgen, übermorgen, wenn du das meinst«, sagte er.

Jetzt lachte Anne herzlich.

»O du Mann, du ewiger Mann – gleich glaubt ihr, eine Frau will heiraten, versorgt sein, am heimischen Herd sitzen. Ich will das nicht.«

Er rückte ein bißchen weg und sah sie groß und erschrocken an. »Ja, aber was willst du denn?«

»Glücklich sein«, sagte sie schlicht.

Sie streckte ihre beiden Arme nach ihm aus und zog seinen guten und großen Kopf zu sich herüber. Sie küßte ihn und vergaß in diesem Kuß ihr bisheriges Leben. Dann barg sie ihren Kopf an seiner Schulter und fühlte, daß es so gut sei. Es war wie die Gebärde des Kindes, das sich zur Mutter flüchtet, nicht die der Frau, die ein Abenteuer sucht.

Ein leiser Wind ging über sie hin, Boote mit geblähten Segeln fuhren vorbei, Vögel kreisten über ihnen, sie sahen es nicht.

Der Heimweg war unvermeidlich. Sie hatte ihn sanft ermahnt, daß sie pünktlich zu Hause sein müsse und so saßen sie jetzt wieder zusammen in dem kleinen Wagen. Anne lehnte eng an seiner Seite und schmiegte ihre Hand an die seine, an den Ring des Steuerrades.

Eine Last lag auf ihr und sie wußte nicht, wie sie diese Last je los werden würde. Diese Last war ihr Beruf. Ihr plötzlich verhaßter, widerwärtiger Beruf. Dieses sich zur Schau stellen für Geld, dieses Lächeln und falsche Grimassen ziehen, dieses jämmerliche Proben und Proben, bis man sagen konnte: »Ich werde dich ewig lieben, Gaston.«

Er würde diese Welt verachten, wie sie sie jetzt verachtete, und er würde nie davon erfahren dürfen. Daß das schwer und nur mit Opfern zu erkaufen war, wußte sie.

Die Mühe begann schon jetzt. Er wollte den Abend mit ihr verbringen, hatte Vorschläge gemacht, aber sie hatte abgelehnt, ohne Begründung. Noch nahm er es als Scherz, aber wenn sie ihre Weigerung wiederholte, würde er beginnen mit Fragen und Mißtrauen und Schelten.

Als sie ausstiegen, nahm er das kleine Paket, das im Wagen lag und hielt es Anne entgegen, ungelenk und schüchtern wie ein Junge.

»Ich habe es dir heute morgen schon geben wollen, aber ich habe mich nicht getraut. Ich war nämlich zwischen 9 und 10 in der Stadt und bin vor jedem Laden stehen geblieben und hab an dich gedacht. Aber was mir gefallen hätte, wagte ich nicht zu kaufen und was du brauchen könntest, wußte ich nicht.«

»Dich könnte ich brauchen«, sagte Anne.

»Dann ist das im Papier das Falsche.«

Anne hatte Tränen in den Augen. Oben in ihrem Zimmer öffnete sie das Päckchen. Es enthielt ein Photographiealbum aus rotem Leder.

Das Leben ist mühsam, mühsam und beschwerlich, dachte Anne, als sie nachts zwischen zehn und elf zum fünftenmal mit Gaston die große Szene im Park probierte und: »Warum hast du nicht den Mut gehabt, mir alles zu sagen, Gaston?« nun in der fünften Betonungsart von Williams abgelehnt worden war.

»Also ein sechstes Mal«, sagte sie, zog Gaston am Arm und begab sich mit ihm zur Ausgangsstellung oben ans Parkgitter.

Sie dachte an Curtis Fauß. Wo er wohl jetzt wäre, und ob er sie wohl lange gesucht hatte und ob sie ihn um zwölf Uhr noch in der Bar fände.

»Sie träumen, Anne«, sagte Williams. »Ihr Gesicht hat den Ausdruck eines Jungfrautyps, seherisch, träumerisch sozusagen.«

»Vielleicht bin ich eine Jungfrau«, sagte Anne.

Wiliams entrüstete sich: »Sie sind doch ein Schütze, Anne, achter Dezember, Ascendent Waage. Alle Planeten unter dem Horizont. Typisch für Sie. Ganz typisch. Williams hat Ihr Horoskop im Kopf. Williams hat alle Horoskope seiner Stars genau im Kopf. Vielleicht haben Sie gemerkt, daß ich bei Mars-Pluto-Konjunktionen nie mit Ihnen probe, Anne.«

»Nein, das habe ich nicht gemerkt«, sagte Anne. »Wieso eigentlich Pluto? Ich dachte, der habe nur das Protektorat über die Unterwelt.«

Williams entschuldigte sich, daß er mehr wußte, als sein großgedruckter Star, und erklärte, daß Pluto, abgesehen von seiner Funktion in der griechischen Götterwelt, ein seit einigen Jahren neuentdeckter Planet sei, der die Eigenschaft habe, bösartig auf das menschliche Geschick einzuwirken!

In dem sonst keineswegs gesprächigen Gaston erwachte plötzlich Debattierlust und er fragte, ob nicht der neuentdeckte Pluto, der doch schon Jahrmillionen am Himmel stehe, das Gewissen der Astrologen belaste. Wie habe man denn bisher wagen können, Horoskope zu stellen, ohne alle Planeten zu kennen, und wie könne man denn diese Schwarze Magie jetzt noch wagen, wo sich wahrscheinlich noch verschiedene Unentdeckte im Weltall herumtrieben?

Für Williams war jeder Angriff gegen sein Weltbild ein Angriff gegen sein Gleichgewicht. Er verteidigte es und verteidigte damit sich selbst. Witze oder nur Witzeleien gab es auf diesem Gebiete nicht für ihn. Er nahm sich so ernst wie die Sterne. Das ging so weit, daß er Gaston, der sich an seinem Weltbild vergriff, nicht etwa als einen dummen Jungen abtat, sondern wissenschaftlich überzeugen wollte.

Der Einfluß der Planeten auf das Leben der Menschen hänge nicht davon ab, ob man ihre Namen kenne, er hänge auch nicht davon ab, ob Ungläubige diesen Einfluß leugnen würden, sondern dieser Einfluß sei ganz einfach da, meßbar und nachprüfbar durch die Erfahrung. Die besten Leute in Vergangenheit und Gegenwart hätten ihre Astrologen gehabt! Ramses, Cäsar, Wallenstein und der König von Bulgarien! Und wenn Cäsar gewagt hätte, seinem Astrologen zu folgen, dann wäre er an den Iden des März 33 nicht in den Senat gegangen.

Aber Gaston verlangte keine Weitschweifigkeit. Er blieb hartnäckig bei Pluto.

Anne hörte voll Ungeduld zu. Nicht nur, daß sie dieses Gespräch unnötig fand, sie konnte auch plötzlich nicht mehr verstehen, daß sie bisher die Kraft gehabt hatte, solche Kleinkriege mit anzusehen, ja bisweilen Spaß daran gehabt hatte, einzugreifen und die Parteien gegeneinander zu hetzen. Lächerlich war dieser lackierte Gaston.

Annes Sehnsucht nach Curtis war plötzlich so, daß sie glaubte, nicht mehr die Kraft zu haben, weiter hier herum zu stehen. Sie haßte Gaston, haßte Meyer, haßte Williams. Wie hatte sie es in dieser Luft aushalten können, acht Jahre, zehn Jahre? Der Geruch der Schminke machte ihr übel. Das Licht der Scheinwerfer tat ihren Augen weh. Und was sie gezwungen war zu reden, brachte ihrem Ehrgeiz nichts als Scham.

Ungnädig rief Williams wieder zur Arbeit. Anne holte Feuer aus ihrem Zorn, spielte gut und riß die anderen mit. »Die Welt war schön mit dir, Gaston«, hatte sie zum viertenmal so überzeugend geschluchzt, daß die Szene von Williams als gelungen betrachtet wurde.

»Diese Worte sind die dümmsten, die je in einem Drehbuch standen«, sagte Anne, während die Lampen verstärkt wurden und Williams mit dem Skriptgirl schimpfte. »Ich hoffe, daß sich das Publikum diesen Edelmut und diese Verlogenheit nicht mehr lange gefallen läßt. Ich jedenfalls weigere mich, weiterhin solchen hochtrabenden Unsinn zu reden.«

»Soviel ich mich erinnern kann, stammt das Drehbuch von Ihrem sehr geschätzten Dichter Charles Bridier.« Gaston verzierte seinen Spott mit maliziösem Grinsen.

Der kleine, dicke Meyer kam den Kiesweg entlang. Sein Gesicht war fahl im strengen Lampenlicht. Er sah aus wie ein Pudding.

»Was gibt's?« fragte Meyer wichtig.

»Nichts«, sagte Anne und drehte sich weg.

»Anne will von jetzt an selber Drehbücher schreiben«, sagte Gaston.

Theater hat keinen Sinn, dachte Anne, Film hat keinen Sinn, man kommt den Dingen nicht näher, man kommt sich nicht näher, man kommt den Herzen nicht näher. Sie spürte, daß etwas Wesentliches mit ihr geschehen sei und fühlte, wie sich ein neues Sehen über sie legte, ein unbekanntes, unbequemes, anspruchsloses und kompromißloses Sehen.

Sie dachte an Curtis Fauß, und ein Brennen stieg durch die Brust in Hals und Kehle.

»So bleiben, Anne«, rief Williams aufspringend. »So bleiben, Ihr Ausdruck ist wie ein Monddurchgang durch Jupiter. Inspiriert, abwesend, begnadet.«

Er rannte den Kiesweg entlang und brüllte den Beleuchtern etwas zu, klatschte in die Hände und rief die anderen wieder zur Arbeit zurück.

Die Gruppe setzte sich in Bewegung, die Blonde faßte wieder den kleinen dicken Meyer am Arm und Anne dachte, daß der Gang dieses Mädchens ihre Dummheit verrate. Sie wunderte sich, daß ihr das auffiel, wo sie doch an Curtis Fauß denken wollte. Ihr Gesicht war nicht mehr Monddurchgang durch Jupiter.

Eine Stunde später raste sie im Auto durch das schattenschöne und noch lange nicht nachtruhige Rom. Die Nacht adelt das an sich schon Vollkommene auf eine erhabene Weise. Die wohlgeformten Bäume, die auf gut geschnittenem Rasen ruhten, ließen sich von Scheinwerfern in Märchenbäume verwandeln, die Wasser und Faune der Brunnen bekamen Irrlichter zu Gespielen und die Straßen, die ihrer Tagestrauer beraubt waren, schienen mit dem Licht, das sie durcheilte, in den Himmel zu führen.

Anne nahm diese Abendschönheit mit überwachen Sinnen wahr, aber ihre Gedanken waren nicht dabei. Vor dem Hotel stand Curtis Fauß. Er rannte ihr entgegen, sie rannte ihm entgegen. Erregt standen sie dicht nebeneinander. Sein Kopf war heiß und seine Pfeife kalt. »Warum kommst du so spät?« fragte er rauh.

»Ich mußte«, sagte Anne traurig, denn sie wußte plötzlich nicht mehr, warum sie dem Muß gefolgt war.

»Warum?« fragte Fauß. »Du mußt nicht, wenn du nicht willst. Also du wolltest. Zu wem wolltest du? Du bist doch frei?«

Er hatte in den vergangenen Stunden das gesamte Hotelpersonal ausgefragt, ob sie wüßten, wo Anne Lund sei, mit wem sie weg sei und wann sie heimzukommen pflege. Da man ihn aber am Tag zuvor und heute mit der Schauspielerin gesehen hatte, erzählte man ihm nur, daß man Anne in Begleitung ihrer Zofe habe wegfahren sehen. Keiner erwähnte Annes Beruf, da man für selbstverständlich hielt, daß der Amerikaner ihn kannte. So war Curtis Fauß trotz seiner Fragen nicht weiter gekommen. Seine Unruhe führte seine Phantasie auf die falsche Fährte und die ewige Eifersucht, die dem noch nicht Besitzenden als Nebenqual beigegeben ist, gaukelte ihm Bilder vor, in denen er die lächerlichste Rolle spielte.

Er war nicht gewohnt, sich auf einer Geschäftsreise von einer Frau durcheinander bringen zu lassen und zweifelte plötzlich an sich selbst. Sein Herz war vollgestopft gewesen von Arbeit und kam, da sich Gefühle dazwischen drängten, in Unordnung und Aufruhr.

»Frei?« sagte Anne, »ja, ich bin frei, als Frau, aber es gibt doch auch alte Verpflichtungen.« »Ab heute nicht mehr«, sagte Curtis Fauß und führte Anne ins Haus.

»Wo warst du?«

»Auf dem Pincio.«

»Mit wem?«

»Mit den Leuten, mit denen ich am Tisch saß.«

»Wo sind sie jetzt?«

»Noch oben. Ich bin weggelaufen.«

»Warum?«

»Zu dir!«

»Und du wirst immer dableiben von jetzt an!«

»Immer, immer!«

Eine heiße Welle Glück überströmte sie. Es muß schön sein, mit Liebe befohlen zu werden und gehorchen zu dürfen, dachte sie.

Sie traten in die große, gästeleere Hotelhalle. Der Nachtportier grüßte, zwei Pagen sprangen auf.

Sie gingen bis vor den Lift, und Anne klingelte.

»Wohin?« fragte er barsch.

»Hände waschen.«

»Ausgeschlossen, ich lasse mir nicht noch einmal eine halbe Stunde rauben.« Anne fühlte wieder diese heiße Glückswelle von der Brust in die Kehle steigen.

»Ich möchte mich umziehen«, sagte sie sanft.

»Aha, das weiße Verführerkleid! Damit kannst du mich heute nicht fangen. Komm jetzt. Ich habe lange genug gewartet.« Er nahm ihre Hand und führte sie, die plötzlich keinen eigenen Willen mehr hatte, durch die Halle zurück, hinaus, über die Straße zum Parkplatz. Er öffnete die Tür seines Wagens, ließ sie einsteigen und ging ans Steuer. Er packte das Rad mit harten Händen und fuhr hart an.

So hätte er mich gern gepackt, dachte Anne. Sie fuhren kreuz und quer durch Rom, hinauf zur Villa Madama, dann hinunter zum Tiber, an der Engelsburg vorbei, dann ein paar Mal die Via del Impero entlang. Sie hätten genau so gut durch die Prärie fahren können, sie sahen nichts und sprachen nichts.

Anne war in verzweifelter Verwirrung. Er glaubt mir nicht, daß ich ihn liebe, dachte sie. Sagen nützte nichts. Beweisen! Ja, beweisen, – wie kann man es ihm beweisen, damit er für immer glauben würde?

Schon überlegte sie, daß sie Curtis die Wahrheit sagen wollte, die Wahrheit über ihren Beruf, über die Schauspielerei und über die hiesigen Filmaufnahmen, über ihre anfängliche Scheu, darüber zu reden; eine Scheu, die ihren Ursprung in der Einsicht hatte, daß er diesen Beruf verachten würde, mehr noch, eine Scheu, die aus der eigenen Unsicherheit kam, denn seitdem sie Curtis kannte, spürte sie eine erregende Entwertung ihres bisherigen Lebens. Jedoch sie verwarf die Absicht zu reden wieder, weil er sie vielleicht mißverstehen würde. Vielleicht würde er glauben, sie suche eine Ausrede auf Frauenart. Da ihr aber gar nichts anderes einfiel, faßte sie doch wieder eine Art Mut und wollte mit ihren Erklärungen beginnen, so sehr sich auch Hals und Kehle sträubten, aber sie kam nicht dazu, Curtis durchbrach das Schweigen selbst.

»Ich will nicht wissen, wo du gewesen bist. Du brauchst dich auf keine Ausrede zu besinnen. Du brauchst nicht so hart nachzudenken. Aber ich will nicht mehr leiden um dich. Wir sind doch keine Kinder, die sich unnötig quälen müssen, nur weil der eine seine Überlegenheit spürt.«

»Ich will nicht haben, daß du leidest, Curtis«, sagte Anne. »Ich liebe dich.«

»Hm«, machte er verächtlich. »Ich liebe dich. Um acht Uhr hab ich's noch geglaubt. Um neun auch noch. Aber dann hab ich mich geschämt über meine eigene Dummheit.«

Sie legte ihre Hand auf die seine ans Steuerrad.

»Curtis ...«

Er schüttelte sie ab.

»Das nützt so wenig, wie das schöne weiße Kleid.«

»Curtis, ich möchte, daß du mir glaubst. Wenn du Worten nicht glaubst, dann sag es mir, was ich tun soll, damit du überzeugt bist.« Annes Stimme war voll Demut.

»Du meinst, ich ließe mich jetzt von ein paar Küssen überzeugen.«

»Nein, das meine ich nicht. Ich werde dich nicht wieder küssen, bis du mir trotzdem glaubst.«

Curtis überlegte lange. Er fuhr rücksichtslos rasch auf der breiten, beleuchteten Via del Impero.

»Ich weiß etwas«, sagte er nach einer Weile. »Morgen wirst du mir deine Liebe beweisen können.«

»Warum erst morgen?«

»Ich habe meine Gründe dafür.«

»Wann morgen?«

»Am Nachmittag.«

Sie atmete auf. Nachmittags war sie frei und würde alles tun können, was er wollte. Vor dem Abend war ihr bang, vor sechs oder sieben kommenden Abenden. Einmal mußte sie reden, vielleicht morgen schon.

»Warum nicht am Vormittag?« fragte sie. »Soll ich dich den ganzen Vormittag nicht sehen?«

»Doch«, sagte er, »ich komme um neun Uhr zu dir und sage dir, was du am Nachmittag tun kannst.«

»Um neun Uhr schon«, sagte sie schüchtern. »Wann werden wir heute nach Hause kommen? Ich muß jetzt noch etwas essen, ich bin so hungrig.«

»Um neun Uhr schon, meine Liebe. Keine Sekunde früher und keine später, und wenn wir um fünf erst heimkommen.«

»Curtis, du liebst mich nicht mehr. Wozu dann die Probe morgen früh?«

Anne hatte tapfer sein wollen, aber man brauchte kein sehr geübtes Ohr nötig, um aus ihrer Stimme unterdrücktes Schluchzen herauszuhören.

Fauß stoppte den Wagen. Das Licht eines großen Kandelabers tauchte sein Gesicht in übergroße Helligkeit. Er sah ernst und undurchdringlich aus und er vermied ihren Blick, während er sprach:

»Du scheinst mit seltsamen Männern bisher zu tun gehabt zu haben, wenn du glaubst, Liebe kommt und vergeht von einem Tag auf den anderen. Ich bin kein besonders geübter Redner in diesen Dingen, Anne. Wenn ich mir's recht überlege, so ist es wohl heute das erstemal, daß ich einer Frau sage, ich liebe sie.

Früher, als junger Bursch, hab ich's vielleicht auch meiner Braut gesagt. Aber was weiß man denn von richtiger Liebe, wenn man jung ist. Da verwechselt man Sehnsucht und Begierde und den Wunsch nach einem eigenen Heim mit Liebe. Man kennt weder sich noch das Leben und man glaubt, man könne alles bezwingen, alles.

Na ja, und dann, nicht wahr, dann lernt man dazu, und je mehr man lernt und weiß, um so unruhiger wird ein Rad ganz innen. Und man schafft sich viel Arbeit und baut Betrieb um sich herum, um dieses Rad endlich anzuhalten, aber das Rumoren wird immer schlimmer. Lange bekämpft man dies mit falschen Mitteln.

Einmal, sehr spät, vielleicht mit Vierzig, kapiert man, was diese ewige Unruhe bedeutet. Sie ist nämlich nichts anderes als ewiges Suchen. Suchen nach der Ruhe, nach dem einzigen Menschen, der einem Ruhe bringen kann. Verstehst du das? Und dieses Rad dreht sich und dreht sich, einerlei, ob man verheiratet ist, Kinder hat, Arbeit hat, die einen aufsaugt; einerlei, das Rad dreht sich. Denn die Kraft, die es bewegt, läßt sich nicht bestechen und nicht belügen. Das Rad dreht sich.

Frauen sind keine Hilfe gewesen. Niemals. Und dann kamst du. Und das Rad war ruhig! Sofort! Kannst du verstehen, was das für mich hieß? Das Rad war still, Ruhe kam, herrliche, heitere Ruhe, gestern und heute, und ich hatte Frieden durch dich. Und ich war glücklich und ich glaubte, du seist es auch.

Ich war glücklich, Anne Lund, einen Tag lang. Und sogar jetzt, während ich alles sage, was mir in den Sinn kommt, während du neben mir sitzt wie zerknittertes Papier, sogar jetzt ist das Rad ruhig.

Und dann kommst du und sagst ›Du liebst mich nicht mehr, Curtis.‹«

Anne hatte sich nicht einmal zu bewegen gewagt, während seinen Worten. Sie hatte nicht alles genau erfassen können, sie hatte zu sehr gezittert dabei.

»Curtis«, sagte sie, »Curtis, das war schön.«

»Du hast Hunger«, sagte er mit einer rasch veränderten Stimme. »Wir wollen essen.«

Hart riß er die Bremse auf, und hart riß er den Hebel des ersten Ganges nach vorn.

Schweigend fuhr er in die Vittorio Veneto, hielt vor jedem Restaurant, stieg aus und schaute durch die Tür. Er kam immer rasch zurück und brummte etwas. »Nichts mehr los. Die stellen schon die Stühle auf die Tische. Phantasieloses Land. Bei uns in Texas gäbe es jetzt noch hundert Möglichkeiten. Klubs, Drugstores, Bars.«

»Wir wollen in die Stadt hinunterfahren, in eine Kneipe«, sagte Anne.

»Madame will in eine Kneipe«, sagte er spöttisch, »das wird interessant.« Dann fuhr er in die Altstadt, suchte ein paar Gassen ab und hielt vor einer beleuchteten Trattoria, vor der ein Rudel laut debattierender Männer stand.

Als Anne ausstieg, schwiegen die Männer und starrten sie an. Sie schaute durch ein schmales Fenster, hinter dem zwei Schinken aus Ton an einer Kette herunterhingen, in eine Art Wohngaststube. Ein dicker rotbackiger Mann teilte an einer Theke Spaghetti aus.

Curtis ging vor, Anne wäre gern an seinem Arm gegangen, aber sie traute sich nicht. Ein schmales Ecktischchen, auf dem Brotreste und Salamihaut herumlagen, war noch frei.

Anne setzte sich so rasch, als wolle ihr ein anderer diesen Platz rauben. Sie wußte nicht, ob sie mehr hungrig oder mehr müde war.

Der dicke Wirt rannte eifrig an den Tisch, fegte mit seiner Schürze den Schmutz vom Tisch auf den Boden und fragte ehrerbietig, was er bringen dürfe.

»Spaghetti«, sagte Anne, »mit viel Käse und viel Salsa di pomidoro. Zweimal.«

Curtis nickte, obwohl er nichts von der italienischen Unterhaltung verstand. Der Wirt beteuerte, daß er auch am Rost braten könne, bistecca oder costelette. »Nein, nein«, wehrte Anne ab, »Spaghetti, aber schnell und viel.«

Die Männer im Lokal, die vom Eintritt der Fremden bis zur eben erfolgten Bestellung jede ihrer Bewegungen beobachtet hatten, lachten. Es war eine Sympathiekundgebung für Anne.

»Ja, Anne, richtige Liebe macht bekanntlich hungrig. Das ist so eine Art Vorbeweis, nicht?«

Anne gab keine Antwort. Schwer ist es mit ihm, schwer, dachte sie, aber schön.

Der Wirt hatte seine Ehre in die Ausführung des Auftrags gelegt. Er stellte mit Elan zwei Suppenteller mit Spaghettibergen, einen Teller Käse und eine Terrine Bologneser Soße auf den Tisch. Anne mischte sich das Gericht kunstgerecht, wickelte Spaghetti um Spaghetti um die Gabel und aß gierig und rasch.

Curtis sah ihr zu, bemühte sich hie und da auch um

einen Bissen, aber nicht aus Hunger und auch nicht aus Überzeugung.

»Du ißt wie ein Maurer am Mittag«, sagte er.

»Aber mir ist gar nicht zumut, als ob ich für heute genug gearbeitet hätte. Im Gegenteil! Ich glaube, daß alle Arbeit noch vor mir liegt.«

»Das glaub ich auch«, sagte er. Und nach einer Weile fügte er hinzu: »Aber es wird eine lohnende Arbeit sein, denn ich hab dich lieb.«

Er sah Anne dabei nicht an, nahm seine Pfeife aus der Tasche und stopfte den Tabak mit dem kleinen Finger seiner rechten Hand zurecht.

Sie aß weiter. Er rauchte und betrachtete die bäuerlichen Männer an der Theke und an den andern Tischen. Sie trugen große schwarze Filzhüte, dunkle Stoff- oder Samtanzüge und schienen sich untereinander zu kennen. Wahrscheinlich gehörten sie auch zueinander.

»Was hältst du von diesen Männern?« fragte er Anne. Aber ehe sie antworten konnte, fiel ihm selbst die Erklärung ein. Texas fiel ihm ein und die großen Viehmärkte, die nachts die Farmer in die Marktstadt brachten und an die Bartheken. Aber in Texas trugen seine Leute braune, breitkrempige Hüte und hohe Schaftstiefel und abgenützte Reithosen, und ihre Gesichter waren rotbraun und voll Sonnen- und Sorgenfalten.

»Marktleute«, sagte er. »Wie zu Hause. Frag einmal den Wirt, ob Vieh- oder Gemüsemarkt.«

Anne winkte dem Dicken, der eilfertig herbeikam, und fragte ihn in ihrem stockenden Reise-Italienisch über seine Gäste aus.

»Si, si, Signora«, nickte er beglückt über ihr Interesse. »Frutta, verdura.« Und dann holte er zur Illustration einen großen Blumenkohl aus der Küche, Feigen, Tomaten, einen Kürbis und ein paar Stengel Fenchel und legte das Stilleben als Geschenk auf Annes Tisch. »E per la Signora«, sagte er zu Curtis, »per la bella Signora bionda.« Er war stolz und aufgeregt über seine Tat, und seine

Gäste klatschten ihm Beifall zu. Anne freute sich über die Ovation, sie nahm sie als Ablenkung. Curtis tat, als hätte er alles verstanden, lachte und schüttelte dem Wirt die Hand.

Was für eine verbohrte amerikanische Erziehung, die einem einreden wollte, Englisch sei Weltsprache und genüge für alle Reisen um die Erde. Morgen wollte er anfangen, Italienisch zu lernen. Aber dann fiel ihm ein, was morgen wäre. Sein Schicksal würde sich um neun Uhr entscheiden. Sein Schicksal hing von Anne ab. Und je mehr er sich in den Gedanken an morgen verbiß, um so mehr spürte er, daß er Anne gar nicht kannte. Er liebte sie, und er fühlte, daß er mit ihr bis ans Ende seiner Tage glücklich sein könnte, und er hatte geglaubt, mehr von ihr zu wissen sei nicht nötig. Aber vielleicht war es doch nötig. Ob sie wohl ihre Entschlüsse rasch wechselte? Er hatte die Erfahrung gemacht, daß Menschen, die oft ihre Wohnungen wechselten, genauso schnell ihre Entschlüsse wechselten. Auch bekamen sie rasch Streit.

Der Wirt hatte inzwischen die Teller weggenommen, und Annes Hände spielten mit den Tomaten und dem Kohl, der auf dem Tisch lag.

»Wie oft bist du in den letzten Jahren umgezogen, Anne?«

Sie sah ihn verständnislos an. Ihre Gedanken waren auch eigenmächtig herumgelaufen, aber in anderen Bezirken.

»Umgezogen? Gar nicht. Ich wohne seit sieben Jahren in der gleichen Wohnung in der Nähe vom Park Monceau. Ein bißchen altmodisch, aber ruhig und nett.«

»Warum bist du nicht umgezogen?«

»Warum? Ich habe kein Bedürfnis gehabt. Ich mag keine selbstgeschaffene Unruhe, mag nicht wegen neuer Tapeten und Vorhänge herumlaufen, mag nicht neue Möbel ausprobieren, mag nicht auf Handwerker warten.«

»Also aus Bequemlichkeit.«

Anne zuckte die Achseln: »Nenne es, wie du willst. Ich hab mir noch nie unnötige Gedanken darüber gemacht.«

Curtis empfand plötzlich Scham und Reue über sich. Er nahm Annes Hand und streichelte sie leise: »Ich bin so dumm, weil ich dich zu lieb habe, Anne.«

Ein heißer Strahl rann in ihr Herz: »Bleib weiter dumm und hab mich weiter lieb, Curtis.«

»Wir wollen gehen«, sagte er.

Anne nickte und rief den rotbackigen dicken Wirt. Curtis zahlte und gab ein gutes Trinkgeld. Der Padrone schüttelte ihm strahlend die Hand.

Als Anne und Curtis, beladen mit dem Gemüsestilleben, den Raum verließen, schwangen viele schwarze Hüte in der Luft, und ein unverständlicher Chor von Grüßen schallte ihnen nach.

»Nette Leute«, sagte Curtis.

»Du bist mir lieber«, sagte Anne.

Sie fuhren auf Umwegen ins Hotel zurück. Sie schwiegen wieder, aber es war kein fremdes Schweigen mehr. Was sie sahen, sahen sie gemeinsam, was sie dachten, brachte sie nicht voneinander weg.

Ehe sie ausstiegen, faßte Curtis Anne um die Hüfte, zog sie näher zu sich heran und küßte sie langsam und sobald er wieder spürte, wie ihm diese Frau, und nur diese, gemäß war, gab er sie frei. Er begleitete sie bis vor ihre Tür.

»Schlaf gut«, sagte er, »und vergiß nicht, morgen um neun.«

»Ich vergesse nicht«, sagte Anne. »Aber vergiß du bis dahin nicht, daß ich dich liebe.«

Die dicke Frida wachte noch. Sie hatte wie immer Patience gelegt. Ein Blick ins Gesicht ihrer Herrin genügte, um festzustellen, daß etwas Außergewöhnliches vorgefallen war.

»Die Patience ist heute auch nicht aufgegangen«, sagte sie und wollte das Zimmer verlassen, aber Anne hielt sie an ihrer gestärkten Schürze fest.

»Punkt acht Uhr morgen früh wecken, hörst du! Und wenn ich wie eine Tote schlafe, aufrütteln. Und ein Bad um 8 Uhr 05 und das Frühstück 8 Uhr 30. Und wenn du eine Minute zu spät kommst, dann gute Nacht!«

»Gute Nacht«, machte die dicke Frida und dachte sich ihr Teil.

Anne wußte, daß sie vieles falsch gemacht hatte in ihrem Leben, vieles halbfertig liegengelassen hatte, weil sie plötzlich diesen Widerwillen bekam, der größer war als jede vorhergegangene Freude. Aber morgen wollte sie nichts falsch machen. Morgen wollte sie alle Fehler ihres Lebens wiedergutmachen. Und wenn er sie fragte, ob sie später mit ihm nach Texas kommen wolle, würde sie ja sagen. Sie würde auf alles verzichten, was ihr Europa bisher erträglich gemacht hatte. Sie würde diesen Winter noch spielen, die alten Verträge mit dem Theater halten, aber keine neuen mehr schließen. Niemand würde ihr diese Entschlüsse glauben, niemand, so wenig kannte man sie. Nur Curtis würde ihr glauben. Die Direktoren und Agenten würden ihre Weigerungen zuerst für Manöver und Trick halten, weil sie von anderen nichts Besseres gewohnt waren, aber sie würde sie durch die Tat überzeugen! Sie würde dem Betrieb davonlaufen und glücklich werden. Anne wurde fröhlich bei diesem Gedanken.

Das kühle Leinen ihres Bettes tat ihr gut, und wohlig dehnte sie sich und ließ sich Gedanken zutreiben, verfangen und vergehen. Sie kreuzten um Texas, durch das sie damals gedankenlos hindurchgefahren war, und sie gaben sich Mühe, Reste aus der Erinnerung zu holen. Aber sie förderten nicht viel mehr herauf als die Bilder von weiten, weiten Straßen, von denen es damals hieß, daß sie, wenn man sie alle hintereinander setzte, siebenmal um die Erde reichen würden. Auch Bilder von viereckigen, weißgestrichenen Farmerhäusern mit Zinndächern sah sie und diese endlose Reihe von Briefkästen, die in Form von Botanisierbüchsen auf Holzpflöcken vorn an der Straße standen. Diese Briefkästen hatten die Landstraße familiär gemacht.

Aber sonst fiel ihr nichts von Texas ein. Dann dachte sie noch ein bißchen an Curtis. Sie liebte seinen Zorn und seine Härte, und sie liebte ihn wegen der Ehrlichkeit seines Kusses. Sie wollte nicht lange klügeln, weshalb sie ihn liebte, sie liebte ihn eben. Sie drehte sich zur Wand, nahm eine Ecke des Kopfkissens in den Arm und schlief bald ein.

Als Anne am Morgen aufwachte, lange bevor die dicke Frida klopfte, war ihr der gestrige Tag mit allen Konsequenzen sofort wieder lebendig, obwohl sie ihn im Traum verloren gehabt hatte. Ihr war zumute wie im Märchen, in dem der Freier von der Prinzessin die Aufgabe erhält, drei Rätsel zu lösen. Löst er die Rätsel falsch, hat er sein Leben verwirkt.

Da sie untätigem Warten nicht gewachsen war, hatte sie sich sorgfältig und umständlich zurechtgemacht und mit Überlegung einen hellblauen, einfachen Hausanzug gewählt. Spott über ein verführerisches Kleid mochte sie nicht noch einmal hören.

Dann hatte sie, da ihr noch eine lange halbe Stunde bis neun Uhr verblieb, nervös im Zimmer Ordnung gemacht, Schubladen aufgeräumt, in Wäsche, Manuskripten und Bildern gekramt und alle paar Minuten auf die Uhr gesehen. Vor keiner Premiere war ihr so schwindlig und bang gewesen. Sie glaubte, daß in ihrem eigenwilligen Leben noch keine so bittere Wartestunde gewesen sei wie diese.

Und gerade als sie den Entschluß faßte, hinüber zu Curtis zu gehen und ihm zu sagen, daß sie es nicht mehr aushalten könne, stand er vor ihr.

»Endlich«, sagte sie, »endlich«, und lehnte sich an einen Schrank. »Ich habe dich gar nicht klopfen hören.«

»Ich habe auch nicht geklopft, Anne. Solche Zeremonien sind manchmal zu komisch, nicht? Bei uns geht es doch um Größeres.«

Er sah sich im Zimmer um, nickte, nahm sie bei der Hand: »Wir haben uns noch nicht guten Morgen gesagt, Anne.« Anne küßte ihn rasch und scheu und kühler, als sie wollte.

»Du wachst schon lange, du hast peinliche Ordnung hier gemacht! Du hast dich daran erinnert, daß mir nichts entgehen wird, und du bist sehr nervös.«

»Ja«, sagte sie hastig, »Ja, ja, ja. Aber nun sag's schnell, Curtis.«

Er zog zwei Stühle vom Tisch, setzte Anne wie eine Puppe auf den einen und sich daneben, schlug die Beine übereinander, stopfte seine Pfeife und ließ sich Zeit.

Sie sah in sein Gesicht. Es war weder schön noch häßlich, weder interessant noch alltäglich, weder klar noch herb, – keines von den Worten, die sie sonst verwendete, paßte. Gut, könnte man es nennen, aber gut war ihr zu nichtssagend und formlos.

»Anne«, sagte er ruhig, »hör zu. Ich fliege heute nachmittag um vier mit einer Privatdouglasmaschine, die mir meine Gesellschaft zur Verfügung stellt, nach Syrakus und morgen weiter über Kairo, Khartum, Asmara nach Addis Abeba. Ich bleibe dann zehn Tage oder zehn Wochen dort. Das hängt davon ab, ob dem andern zu trauen ist oder nicht. Wenn die Bohrversuche positiv sind, kann man gleich etwas Solides damit anfangen, verstehst du. Wenn nicht, na, dann nicht. Und ich möchte dich fragen, ob du mitgehen wirst. Für immer. Von dort aus dann nach Hause zu mir, nach Texas.«

»Heute nachmittag um vier?« fragte Anne. Ihre Lippen brachten diese Frage kaum zustande, sie fühlte sich schwindlig und elend, und das Zimmer drehte sich mit ihr.

»Jawohl, um vier Uhr.« Er beobachtete sie scharf.

»Ich habe die Abfahrtszeit deinetwegen so spät angesetzt. Wenn es nur nach mir ginge, würde ich schon früher fliegen. Bei solchen Geschäften können ein paar Stunden entscheidend sein.«

»Um vier Uhr heute nachmittag«, sagte Anne tonlos. »Aber, Curtis ...« und sie sah den kleinen Meyer aufgeregt und wichtig herumrennen und nach ihr suchen, und sie hörte Williams brüllen, und sie sah die unvollendeten Szenen, die Gaston und die Blonde noch mit ihr zu drehen hatten, und sie sah zwei, vier, sechs Rechtsanwälte miteinander wegen gebrochener Verträge streiten, und sie sah ihre Wohnung, ihre nette, kleine Wohnung am Park Monceau, geschlossen, gepfändet oder versteigert. Sie wußte nicht recht, was man in einem solchen Fall mit einer Wohnung tat. Heute nachmittag um vier Uhr!

»Du scheinst von diesem Plan nicht sehr entzückt zu sein.«

Curtis' Stimme war kalt und ruhig und ohne Verständnis. Er sog an seiner Pfeife, aber er ließ Anne nicht aus den Augen.

»Curtis, du mußt verstehen«, sagte Anne gehetzt und flehend, »ich kann nicht plötzlich davonlaufen. Ich muß mein bisheriges Leben liquidieren. Das ist nicht bis heute nachmittag um vier Uhr fertig. Ich hab doch bisher auch gelebt, ich muß ...« Sie wollte noch viel mehr sagen, aber ein Blick in sein versteinertes Gesicht machte sie stumm. Das Zimmer und die Welt drehten sich in ihr. Sie war zum Sterben müde. Wieder falsch gemacht, dachte sie, wieder nicht kapiert. Wieder Fehler, Fehler. Darf ich denn nie zur Ruhe kommen? Ich möchte so gern glücklich sein, so gern. Und plötzlich konnte sie sich nicht mehr beherrschen, und Tränen flössen still und stetig über ihr Gesicht, so still wie Blut, das aus einer Wunde fließt.

»Nicht weinen, Anne«, sagte Curtis ruhig. »Tränen sind Weiberwaffen, aber du brauchst keine Waffe gegen mich. Ich weiß, daß du ein Leben aufzugeben hast. Ich weiß, daß du nicht unbelastet durch die verflossenen Jahre hast gehen können und nicht etwa nur untätig gewartet hast, bis du in Rom einen Mann Curtis Fauß treffen wirst. Das weiß ich, fühle ich, verstehe ich, aber darum handelt es sich nicht.

Es handelt sich darum, ob du die plötzliche Kraft hast für das Überschwengliche. Ob du Vertrauen zu mir hast. So großes Vertrauen, daß du dich mir auslieferst, daß du mit mir gehst, sofort. Dieses Vertrauen ist Liebe, Anne!«

Anne hatte zugehört und dabei gedacht, ich weiß, weiß alles, du brauchst nicht zu erklären, was du willst, und ich liebe dich, weil du so rücksichtslos willst, aber mein Film, mein grauenhafter, abscheulicher, glückmordender Film. Laut sagte sie:

»Curtis, darf ich eine kleine Bitte sagen?«

Er nickte.

»Laß mich in acht Tagen nachkommen.«

Er schüttelte den Kopf: »Ich will nicht unser gemeinsames Leben mit Kompromissen anfangen, Anne. Ich will alles von dir. Und ich verspreche dir alles von mir. Alles. Du, das ist ein heiliges Wort.«

In Annes Kopf rumorten Widerspruch, Wunsch, Begierde, Überlegung, Pflicht. Und diese Liebe, diese neue, alles überzeugen wollende hingebungsfreudige Liebe wollte siegen. Wozu lebte sie denn? Wozu hatte sie bisher gelebt? Worauf hatte sie denn gewartet, wenn nicht für das, was Curtis verlangte und was Curtis gab? Und sie würde mit ihm gehen, wie er es wollte.

Aber schon wieder schob sich die Vernunft vor. Sie konnte ja gar nicht so einfach davonlaufen. Die dicke Frida würde hinter ihrem Rücken zu Meyer laufen und in der Halle würde man ihre gepackten Koffer sehen, und der Portier würde sie an Williams verraten, ohne böse Absicht, nur erstaunt fragen: »Madame Lund ist schon fertig mit den Aufnahmen? Man hatte doch für drei Wochen Zimmer bestellt?« Sollte sie an alle Angestellten Schweigegelder verteilen? Oder sollte sie nicht lieber jetzt sofort Curtis sagen, was sie ihm zwei Tage lang verheimlicht hatte? Sollte sie ihm nicht lieber sagen: Schau, ich war dumm und hab dir nicht gesagt, daß ich mitten in Filmaufnahmen stecke. Und schon faßte sie trotz Curtis forderndem durchdringendem Blick den Mut zu reden, aber schon kam ihr seine enttäuschte und gequälte Stimme zuvor: »Besinne dich auf keine langen Reden, Anne, auf keine Ausreden oder Kompromisse. Es gibt nur ein kurzes Ja oder ein kurzes Nein. Und ich glaube, zum Ja müßte man sich weder besinnen noch weinen. Aber ich fürchte, ich ahne das andere ...«

»Curtis«, rief Anne, »Curtis, hör mich doch erst an. Sei doch nicht so hart. Es gibt ein Ja, das vorher erklären will, damit du es verstehst.«

»Ein Ja, wie ich es will, versteht sich ohne Erklärung.«

»Gut Curtis, ich komme in ein paar Tagen nach.«

»Du mußt so viel Vertrauen zu mir haben, Anne, daß du mir die Regelung deiner Verpflichtungen überläßt. Und zwar sofort. Glaubst du nicht, daß ich alles fertigbringe, was du willst?«

»Doch, das glaube ich, aber du mußt vorher wissen, um was es sich handelt, Curtis.«

»Nein, ich muß vorher wissen, ob du um vier Uhr mit mir gehst oder nicht...«

»Ich kann heute nicht um vier Uhr, Curtis«, rief Anne verzweifelt. »Heute noch nicht, übermorgen! Du mußt ...«

Curtis stand brüsk auf, schob seinen Stuhl mit Lärm zur Seite: »Ich muß gar nichts, ich weiß Bescheid. Der Bescheid heißt nein. Schade, Anne, ewig schade.«

Mit ein paar großen Schritten war er an der Tür. Anne glaubte diesen Schritten nicht, ihr verzweifelnd hoffendes, ängstliches Herz rief: »geh' nicht fort, bleib da«, und ihr gemarterter suchender Verstand rief »finde das richtige Wort, das richtige Wort.« – und da schlug die Tür ins Schloß und war zu. Anne rannte durchs Zimmer, stolperte, fiel, stand auf und riß die Türe auf und rief ihm, der schon am Ende des langen Korridors ging, »Curtis, warte doch. Ich komme. Ich gehe mit dir. Curtis, komm noch einmal zurück, Curtis, Curtis ...«

Aber er drehte sich nicht mehr um. Steif und gerade ging er noch ein paar Schritte in der gleichen Richtung, dann bog er um die Ecke und war plötzlich nicht mehr da.

Anne lief in ihr Zimmer zurück und faßte blitzschnelle Entschlüsse. Anziehen, weggehen, mit Williams reden, mit Meyer reden, einen Anwalt nehmen, packen, und um drei Uhr würde sie in Curtis' Zimmer sein und sagen:

»So, ich fahre mit.« Und dann würde sie ihm erklären, und er würde bereuen, und alles wäre wieder gut. Noch sechs Stunden blieben ihr, keine Sekunde vertrödeln, rasch.

Frida, falls sie diesmal nicht, wie sie es zu ihrer Pflicht rechnete, gelauscht haben sollte, war durch ihren sechsten Sinn im rechten Moment ins Zimmer getrieben worden. »Packen«, rief ihr Anne, die schon umgezogen war, zu. »Gepäck bis drei Uhr bereitstellen. Ich fahre heute nachmittag ohne dich. Du fährst morgen nach Paris.«

Plötzlich fiel ihr ein, daß sie im Flugzeug nichts mit ihren Schrankkoffern anfangen könne und in Abessinien nichts mit ihrer Garderobe, und so gab sie Weisung, einen leichten Flugkoffer zu kaufen und das Nötige für vier Wochen darin unterzubringen.

Frida, deren sechster Sinn wohl vom guten Gehör durch eine direkte Leitung unterstützt wurde, war nicht erstaunt, aber energisch. Wenn Anne tue, was jener Herr da wolle, sei sie für ihr Leben ruiniert, meinte sie. Und kein vernünftiger Mensch könne da stumm zusehen. Und mit dem treuen Dienen ihrerseits sei's dann aus. Und man lese immer in den Zeitungen von den Handlungen im Affekt. Meistens sage dann der Richter, der Täter sei im Augenblick der Tat unzurechnungsfähig gewesen, und das sei gegenwärtig auf Madame anzuwenden; seit zwei Tagen schon, mit Verlaub zu sagen. Und sie packe nicht.

»Dann laß es bleiben.« Anne knallte die Tür zu, rannte durch das weitläufige Hotel, durch den Garten in ein Taxi und beschwor den Chauffeur, so schnell er könne, auf den Pincio zu fahren. Oben vor dem für die Aufnahmen abgesperrten Teil hieß sie ihn warten und rannte den Kiesweg entlang, den sie schon so viele Male unter Williams Kommando begangen hatte, nach Meyer und dem Regisseur rufend. Meyer kam neugierig hinter einer Baumgruppe hervor. Schweiß perlte auf Stirn und Kinn. Sein blaues Hemd klebte an ihm und zeichnete den sonst vom Schneider wohlverborgenen gekrümmten Rücken ab. Seine graue Hose hing wie ein zusammengenähter Lumpen an ihm. Faun, dachte Anne, Waldschrat. Es graute ihr vor ihm. »Wo ist Williams?« herrschte sie ihn an. »Aufnahme«, sagte er wichtig. »Sie können ihn jetzt nicht sprechen.«

»Hab dich nicht so«, rief Anne, »hol ihn sofort.«

Wenn Anne jemanden duzte, bewies es Verachtung. Sonst hielt ein glattes, sauberes Sie Distanz.

»Williams jetzt stören, heißt die Aufnahme kaputtmachen. Eine Stunde kostet 5 000 Franken!«

»Gut«, rief Anne und zog einen Ring vom Finger, »da, zahl den Bettel. Damit kannst du sogar vier Stunden lang die Aufnahmen unterbrechen.«

Sie warf ihm den Ring zu, den er ungeschickt auffing und betrachtete und ihr wieder zurückgab. Dann ließ sie ihn stehen und suchte Williams.

Sie fand ihn zwei Seitenwege weiter oben auf einem Rasenplatz unter einer Gruppe von Kastanienbäumen. Er hielt eine Rede an die Operateure, denen die italienische Sonne zu schaffen machte: »Zugegeben, in Paris mögt ihr eure Sache verstehen, aber hier müßt ihr genau so umlernen wie alle Maler, die bisher vom Norden in den Süden gezogen sind. Rom gibt seit Jahrtausenden allen Künstlern die gleichen Probleme auf.«

Anne ging auf ihn zu: »Ich m u ß Sie zehn Minuten unterbrechen, Williams.«

Ihm war gleich nicht wohl bei diesem Ton. Sicher hatte sie den Mond im Widder. Er schickte die Beleuchter weg und fragte sanft, was Anne wünsche. Bei widriger Mondkonstellation nutzte nichts als Sanftmut.

»Wieviel Arbeitstage habt ihr noch für mich in diesem Film, Williams? Präzise, irdische Antwort, ohne Astrologie.«

»Hier etwa 14, im Atelier 15 bis 20.«

»Was kostet ein Arbeitstag?«

»Zwischen 10 000 und 50 000 Franken.«

»Was wird es mich kosten, die 30 Arbeitstage zu stornieren?«

»Ihr Vermögen, Anne, Ihr Leben, Ihren Ruf.«

»Was wird es mich kosten, die dreißig Arbeitstage so zu verlegen, wie es mir paßt, etwa zwei Monate später?«

»Eine halbe Million Franken und Ihren Namen.«

»Um den Namen braucht ihr euch nicht zu kümmern. Wie rechnet ihr die halbe Million aus?«

»Kontraktbruch, Konventionalstrafe, Schadenersatz, Arbeitsausfall. Eine halbe Million ist billig gerechnet! Außerdem zweierlei Anwaltskosten, Ihre und unsere! Macht zweihunderttausend. Ich habe noch nie einen schüchternen Anwalt getroffen.«

»Wieviel Tage könnt ihr hier ohne mich arbeiten?«

»Vier, vielleicht auch fünf.«

»Ihr werdet einen Monat ohne mich auskommen müssen, Williams, ihr werdet jetzt hier noch eine Woche arbeiten, dann werdet ihr in Paris die Szenen, in denen ich nichts zu tun habe, drehen. Die Organisationsmehrkosten trage ich.«

»Wahnsinn, Anne Lund.« Der Mond im Widder war sicher nicht allein Ursache zu diesem Diva-Wahnsinn. Wahrscheinlich stand Pluto über dem achten Haus.

»Zugegeben«, sagte Anne, »Wahnsinn, plötzlich ausgebrochener Wahnsinn. Soll schon einmal vorgekommen sein in diesem Beruf. Aber ich muß diesen Wahnsinn begehen. Ich schicke euch einen Advokaten zu weiteren Diskussionen. Selbst habe ich leider keine Zeit dazu! Auf Wiedersehen, Williams « Sie reichte ihm mit diesem weitausholenden Schwung, der immer ein bißchen Spott und Verachtung enthielt, ihre Hand zum Abschied.

Williams hielt sie fest. »Anne«, sagte er, »Anne Lund ich meine es gut mit Ihnen. Sie haben einen wirklichen Freund an mir. Ich verehre Ihr Talent, achte Ihre Persönlichkeit, deshalb darf ich Ihnen raten. Seien Sie vernünftig! Ruinieren Sie sich nicht! Es gibt kein Come back mehr beim Film, wer einmal weg ist, ist weg. Von allen grausamen Institutionen in dieser Welt ist der Film die grausamste. Es wäre schade um Sie!«

Anne zerrte ungeduldig, um ihre Hand aus seiner Fessel zu befreien, aber er gab nicht nach:

»Sie werden bereuen, was Sie heute tun, Anne. Sie haben Pluto im achten Haus. In zwei Tagen ist er durch. Ich schaue mir nachher Ihr Monatshoroskop genau an.«

»Unnötig«, rief Anne und riß sich mit Gewalt los. »Nett, daß Sie sich solche Mühe um mich machen, Williams, aber hoffnungslos. Ich muß fort. Vielleicht für immer.« Sie drehte sich rasch um und ging. Williams lief ihr nach und packte sie am Zipfel ihrer Jacke.

»Anne, ein anderer Vorschlag. Sie können zwei, drei freie Tage haben, Urlaub auch abends. Das wird Ihren Nerven gut tun! Ich drehe dann die Szenen, in denen Sie nichts zu tun haben zuerst. Nach ein paar Tagen kommen Sie dann erfrischt zurück und lachen über Ihre heutige Ansicht.«

»Danke Williams, aber ich glaube, der Fall Lund ist hoffnungslos.«

Anne lief mit langen Schritten denen er hüpfend nachzukommen suchte, vorwärts. Anne lief schneller und schneller, ihre Sehnsucht jagte sie.

»Adieu«, rief sie, »adieu, Williams. Gute Zeit!«

Auf dem Weg ins Hotel überlegte sie klar und schnell: Direktor fragen, Anwalt besuchen, Koffer kaufen, packen, Curtis. Und ihr hämmernder Kopf wiederholte diese Aufgaben wie ein Marschlied.

Die Sache mit dem Hoteldirektor klappte. Es gehörte zu seiner Berufsauffassung, rasch zu handeln, alles zu ahnen und nichts zu fragen. Er war entzückt, Madame Lund behilflich sein zu können und verschaffte ihr eine sofortige Audienz beim besten Anwalt Roms.

Dieser wohnte in einem mächtigen Marmorhaus an der Via Venti Settembre, hieß Cavaliere della Fontana, war Mitte Fünfzig, schlank und beweglich und hatte den gelblichen Schimmer der Leberleidenden in Haut und Augen.

Anne saß ihm in einem hohen Gobelinstuhl gegenüber Was sie ihm erzählte, hörte er höflich, aber skeptisch an. Sie gefiel ihm, schien auch begabt zu sein, aber hysterisch. Also musste man sie warnen.

Er wußte tausend Einwände, zuletzt den, daß er als Italiener vor dem französischen Gericht nicht auftreten dürfe. Er betrachtete sich vorläufig nur als Vermittler zwischen Madame und der Filmgesellschaft, solange, bis Madame ihre Ansichten widerrufen werde.

Anne spielte nervös mit ihren Händen. Sie hatte keine Zeit. Sie mußte um drei Uhr bei Curtis sein.

Geduld ist eine schwer zu erlernende Kunst, Cavaliere«, sagte sie. »Ich kann mir diesen Luxus heute nicht mehr leisten. Ich kann es mir auch nicht leisten, Ratschläge anzuhören. Ich brauche exakte Hilfe.«

»Gut«, meinte der Anwalt. »Dann beginne man damit, Vollmachten zu unterzeichnen. Zwei Vollmachten mit je zwei Duplikaten.«

»Mir kommt es auf ein paar Dokumente mehr oder weniger gar nicht an«, sagte Anne. »Nur rasch muß es gehen, so rasch als möglich.« Das Flugzeug starte um vier Uhr nach Abessinien.

Unwiderruflich. Keine Minute früher, keine später. Sie hörte dabei Curtis' Stimme und errötete vor Glück.

»Das Flugzeug nach Syrakus startet morgens um zehn

Uhr«, bemerkte der Anwalt ruhig. Er war plötzlich besorgt um diese neue Klientin. »Das nächste geht fahrplanmäßig erst übermorgen.«

»Ich habe eine Privatmaschine«, sagte Anne kühl.

Cavaliere della Fontana zog es vor, wieder auf seine Materie einzugehen. Er klingelte seiner Sekretärin und begann zu diktieren. Anne hörte zu und betrachtete das schreibende Mädchen. das wenig von römischer Schönheit an sich hatte. Wahrscheinlich war sie von der Frau des Anwalts engagiert worden.

Die Sekretärin schien das Protokoll nicht gleichgültig zu schreiben. Es kam Anne vor, als hätten ihre Zwischenfragen einen gehässigen Unterton.

»Sagen Sie, Cavaliere, warum ist jeder, ohne zu überlegen sofort und hoffnungslos gegen meinen Plan? Warum rät man mir unglücklich zu sein? Warum ist jeder gegen das Glück?«

»Weil Glück nicht dauerhaft ist.«

»Was ist dauerhaft? Etwa Ruhm, Namen, Einkommen?«

»Auch nicht. Aber Ihr Glück, Madame, ist durch Gewalttat erkauft, hervorgerufen durch eine Art Verwirrung. Deshalb raten wir zur Mäßigung.«

»Jeder, der nicht liebt, hält Liebe für Verwirrung.«

»Ich bin auch verheiratet, Madame.«

Anne gab sich Mühe, Antwort und Lachen zu unterdrücken.

»Das habe ich nicht anders erwartet, Cavaliere. Also gönnen Sie mir mein Glück. Ich weiß, daß ich die Verantwortung dafür allein tragen muß.«

Der Anwalt diktierte weiter, und das schwarzhaarige Mädchen mit dem schlechten Teint schrieb. Blatt auf Blatt wanderte durch die Maschine auf das Pult. Grundstock der Akten für den Fall Lund.

»Sehen Sie, Cavaliere«, sagte Anne und deutete auf die Akten, »das ist das einzige, was mich noch mit meinem früheren Leben verbindet, beschriebenes Papier! Menschen nicht. Ich gebe nichts auf als Verträge. Verträge heißen Geld. Und wenn ich noch soviel zahlen muß für meine Freiheit, dann ist das nichts anderes als das Zurückgeben eines Lohnes, den ich für Dienste bekam, die mir nicht mehr passen.«

»Madame«, sagte der Anwalt, »es tut wohl, so reden zu hören. Aber es gehört zu meiner Berufspflicht, nicht an Märchen zu glauben.«

Anne hatte einige Minuten vor zwölf zehn verschiedene Formulare unterschrieben, eine Rolle Duplikate in der Hand und einen informierenden Brief an ihren Pariser Anwalt unterschrieben. Sie konnte gehen.

Als sie die gelbliche Hand des Cavaliere della Fontana zum Abschied hielt, war ihr, als liege die gröbste Arbeit hinter ihr.

Auf dem Heimweg kaufte sie rasch noch einen leichten Flugkoffer und war kurz vor halb ein Uhr wieder im Hotel. Jetzt nur noch packen und dann Curtis. Ihr Zimmer strahlte jene übertriebene, aufdringliche Ordnungswut aus, die Frida stets als Äußerung ihres Protestes an den Tag legte.

Sie hatte nebenan Patiencen gelegt und kam herübergerauscht.

»Drei sind nicht aufgegangen«, sagte sie mit unverhohlenem Triumph.

»Mein Leben lang habe ich mir eine gescheite Zofe gewünscht«, sagte Anne. »Es ist mir nie geglückt.«

Sie schickte Frida weg und packte. Abessinien bedeutete Hitze. Sie hatte wenig Ahnung, was für Kleider eine Frau in Abessinien brauchen mochte. Jedenfalls legte sie alles, was an Bühne, Film, Sport und Winter erinnerte, wie auf einen Scheiterhaufen zusammen, auf dessen Spitze sie die Adresse ihrer Schwester Maria heftete. Sollte wenigstens Maria Spaß an dem haben, was die anderen Wahnsinn nannten.

Während sie hin und her lief, war eine neue, singende Freude in ihr. Sie freute sich auf Curtis, auf seine Stimme, auf seinen Zweifel, auf sein abweisendes Gesicht. Und auf die Freude, wenn er dann wissen und glauben würde! Rascher, als sie gehofft hatte, war sie mit dem Packen fertig.

Sie sah sich im Zimmer um. Schränke standen auf, Kram lag herum. Trotzdem – sie war fertig. Curtis hat recht, man kann ein Leben in vier Stunden liquidieren. Und jetzt ist es fertig, aus, zu Ende, Schluß.

Und sie war schon bereit zu einem neuen Anfang. Ihr Herz hatte aufgeräumt mit allem Plunder wie ihre Hände, und nun war endlich Platz für ihn. Nur für Curtis. Anne war fröhlich, gläubig, leichtsinnig, als sie aus dem Zimmer ging und schlug die Tür zu wie ein junges Mädchen, das das Haus der Eltern unter Protest verläßt.

Sie klopfte an Curtis Zimmertür, und ihr Herz klopfte mit.

Aber von drinnen kam kein Laut. Anne klopfte noch einmal, stärker. Drinnen blieb alles still.

Plötzlich flammte eine wilde Angst in Anne hoch. Sie drückte auf die Türklinke, ohne Erfolg. Das Zimmer war verschlossen.

Die Angst jagte Anne durch die Stockwerke, die Treppe hinab. Beim Portier stammelte sie ein paar vom Verstand unkontrollierte Worte. Wo war Curtis, wo war Mr. Fauß? Er hatte sie für drei Uhr bestellt und für vier Uhr das Flugzeug. Der Portier begriff. Sofort begreifen gehörte zu seinem Metier.

Mister Fauß sei abgereist, sagte er sanft. Heute morgen gegen zehn Uhr. Erst habe er seine Abreise für vier Uhr angekündigt, dann jedoch seinen Plan geändert und ziemlich rasch und, wie es schien, in großer Eile das Hotel verlassen. Adresse? Nein, eine bestimmte Adresse habe er nicht hinterlassen. Auch keine Mitteilung. Er, der Portier, bedauere unendlich, der gnädigen Frau nichts Weiteres überbringen zu können. Er sprach wie ein Irrenarzt zu einer Kranken. Er hatte Mitleid mit der schönen Frau, die immer so rasch und stolz durch die

Halle geschritten war. Jetzt lehnte sie elend an seinem braunen Tisch und schrieb, ohne zu wissen und zu wollen, mit den Fingern Buchstaben auf den Bauch des Holzes.

»Fort«, sagte Anne mechanisch, »fort, also fort.«

Sie wußte nicht, ob sie laut sprach oder nur dachte. Sie konnte nicht anderes denken als dieses Wort. Fort, also wirklich fort. Und von weit her fiel ihr ein, daß sie schon einmal so an einer Portiersloge gestanden war, daß sie schon einmal fort, also fort, gesagt hatte, ohne zu wissen, ob ihre Lippen oder ihr Herz redeten, daß sie schon einmal so wie jetzt ins Leere gestarrt hatte. Sie wußte nicht mehr, wie das Stück hieß, sie wußte nur noch, daß sie damals gedacht hatte, wenn mir das im Leben geschehen würde, würde ich klüger sein. Ich würde nachgeben, würde mein Glück halten. Ich würde alles tun, um es zu halten! Und jetzt? Sie hatte verloren und war verloren.

Annes Füße bewegten sich in der Richtung zum Lift. Ruhe wollte sie, sich einschließen in einem kleinen Viereck, in dem sie niemanden sah, ein Bett zum Weinen und Denken. Oben würde sie ein Stückchen liquidiertes, zusammengepacktes Leben finden. Was tun damit? Was hatte sie ohne Curtis auf der Welt zu suchen? Curtis allein gab ihrer Welt den Sinn. Während sie langsam, ohne zu sehen, zwei oder drei Schritte vorwärtstaumelte, stieß sie irgendwo an. Sie hob den Kopf, blicklos, mechanisch, und dann sah sie etwas. Sie sah zwei, die Hand in Hand zueinander gehörend, an ihr vorbeigingen. Zwei Fremde; die Frau klein, schmal, lebhaft, der Mann mittelmäßig, zäh, zufrieden. Anne blieb stehen und schaute ihnen nach. Warum nur die, warum nicht ich? Glück ist für jeden da! Und plötzlich geschah es, daß zwei Fremde ihr Mut gaben, zwei, die nichts mit ihr zu tun hatten und nie etwas mit ihr zu tun haben würden, zwei, die vorübergingen.

Es ist noch nicht alles verloren, dachte Anne. Ein bißchen Zeit ist verloren. Aber ich lebe, und er lebt! Und das ist das Wichtigste. Ich bin hier, und er ist dort. Aber Entfernung läßt sich gutmachen. Nur Tod ist unwiderruflich.

Und der Mut, der aus dem Glück der beiden Fremden strahlte, zog in sie ein, besetzte ihr Herz und ihren Kopf, und machte, daß sie sich straffte, umwendete und aufrecht durch die mittagwarme Halle dem Ausgang zuging.

Warum nur die, warum nicht ich? Glück ist für alle da. Hol es, pack es, gib dir Mühe! Das war ihre neue Melodie. Glück will verdient werden, erobert werden. Und sie wollte es verdienen und sich Mühe geben, denn sie kannte den Preis.

Im Reisebüro sagte man ihr, daß das nächste Kursflugzeug übermorgen früh 10 Uhr 15 nach Abessinien fliege, am Abend des vierten Tages in Addis Abeba lande und mit Bordverpflegung und Übernachten in Syrakus, Kairo und Asmara 7000 Lire koste. Aber man brauche die Erlaubnis der Regierung für die Einreise nach Abessinien.

Anne hörte aus dieser Auskunft nur das Wort übermorgen heraus. Übermorgen war ein unerträglicher, unaushaltbarer, ferner Termin! Sie fragte nach dem Preis eines Privatflugzeuges. Der Beamte nannte achtlos eine fünfmal so hohe Zahl. Er glaubte nicht an die Kundin. Anne überlegte. Sie hatte nicht so viel Bargeld, und niemand, niemand würde ihr leihen. Weder der kleine, dicke Meyer noch Williams noch der Cavaliere della Fontana.

Blieb nur, Schmuck zu verkaufen.

Aber da war nicht viel Schmuck. Glitzernde Bühnengeschmeide, Halbedelsteine, die dekorierten, Familienschmuck, der nichts eintrug. Da war nur der klare, rechteckige Smaragd von Charles, sein einziges Geschenk. Sie hatte es nach der Premiere seines ersten Stückes bekommen. Anne freute sich ein bißchen über die Idee, daß das einzige Geschenk ihres früheren Freundes dazu benutzt werden konnte, Geld zu beschaffen, damit sie so rasch als möglich zum neuen Freund käme. Geschieht ihm recht, ich habe nichts mehr mit ihm zu tun.

Doch während sie Auftrag gab, das Privatflugzeug zu bestellen, während der Angestellte telephonierte und sie sich die praktischen Einzelheiten des Ringverkaufs überlegte, überfiel sie der grauenvolle Verdacht, daß der Smaragd nicht echt sein könnte!

Charles wäre zu allem, also auch zu dieser Täuschung, fähig gewesen.

Und in dieser neuen Angst spürte sie, wie sehr sie sich geändert hatte, seitdem sie Curtis liebte. Vor Curtis war sie nicht imstande gewesen, einem Geschehnis auf den Grund zu kommen. Sie hatte nie gewußt, was es heißt, eine Sache durchzuängstigen. Meist half der Zufall, abzubrechen, wegzufahren. Sie dachte rasch an die Affäre mit dem Mädchen Sonja. Was war mit diesem Mädchen wohl geschehen? Wahrscheinlich hätten sie sich gut verstanden, wenn sie sich jemals ehrlich ausgesprochen hätten.

Doch jetzt war der Smaragdring wichtiger. Wenn er nicht echt wäre, wäre sie verloren. »Ich verlasse mich darauf, daß das Flugzeug in einer Stunde bereit ist«, erklärte sie dem Angestellten scharf, während sie ihm ihre Adresse aufschrieb. »Der Auftrag ist definitiv. Der Scheck liegt in einer halben Stunde hier.«

»Und wer besorgt die Einreiseerlaubnis nach Abessinien?« fragte er maliziös.

»Sie natürlich, ich habe keine Zeit!«

»Das ist nicht so einfach.«

»Einfach ist nichts im Leben, und doch lebt man.«

»Frauen brauchen eine Spezialerlaubnis für Abessinien, Ausländerinnen wird sie selten erteilt. Im besten Fall erhalten Frauen von Offizieren und Kolonialbeamten die Genehmigung. Aber nur im besten Fall.«

»Wozu habt ihr dann eigentlich Abessinien erobert?« fragte Anne spottend. »Sagen Sie der Behörde, ich sei die Braut von Mister Curtis Fauß, der eine Spezialerlaubnis für mich bekommen hat. Ich konnte aber wegen meiner

Filmaufnahmen, die der Regierung ebenfalls gemeldet wurden, nicht vorher abkommen und mit Mr. Fauß fliegen. Schwierigkeiten werde ich also nicht haben.«

Sie sah den Angestellten suggestiv an. Er begann aufzuhorchen, nickte und versprach lässig, sein Möglichstes zu tun.

»Im übrigen«, Anne deutete auf das Plakat an der Wand, das Mussolinis Unterschrift trug und an allen Wänden hing: ›Me ne frego‹ ... ich kümmere mich nicht um euch!

Damit hatte sie den jungen Mann gewonnen. Er lachte und Anne ging.

Sie fuhr ins Hotel zurück, holte angesichts der schweigsamen Frida den Ring aus der Kassette, fragte den Direktor nach der Adresse eines anständigen Juweliers und war zehn Minuten später in der Via Roma in einem Laden, der wie ein großer grauwattierter Schmuckkasten aussah.

Hochmütig reichte sie dem Juwelier den Ring. Der Juwelier, der mehr Gold und Steine an sich trug, als für einen Mann gut war, besah sich erst die Besitzerin und dann den Stein. Er nahm ihn, legte ihn unter eine Lupe, verglich ihn mit anderen aus seinem Tresor, und dann maß er noch einmal Anne und schätzte sie ab. Anne blieb stumm und kalt und verbarg ihr Zittern.

»Müssen Sie den Stein heute verkaufen?« fragte der Juwelier. Er war überaus sorgfältig gekleidet, und auch seine Stimme war sorgfältig.

»Heute, jawohl«, sagte Anne steif.

»Schade«, meinte der Juwelier, »wenn ich ein paar Tage Zeit hätte, könnte ich mehr dafür erzielen und Ihnen mehr dafür geben.«

Gott sei Dank, betete Anne. Sie war von einer Riesenlast befreit. Äußerlich unbewegt, sagte sie: »Darum handelt es sich nicht, ich muß den heutigen Preis wissen.«

Der Juwelier wollte gern die menschlichen Hintergründe dieses Verkaufs durchschauen, aber er wurde nicht klug daraus Um Zeit zu gewinnen, begann er zu reden. Anne unterbrach ihn brüsk. »Zur Sache, bitte. Also wieviel?«

Der Juwelier zögerte. Er wünschte sich so viel Menschenkenntnis wie Materialkenntnis.

»Was dachten Sie?« fragte er.

»Ich dachte gar nicht«, sagte Anne. »Ihr Renommée ist gut, deshalb frage ich Sie!«

Die Antwort war schlauer, als sie wußte.

»Dreißigtausend«, sagte der Juwelier und sah sie fest dabei an.

»Fünfunddreißigtausend«, sagte Anne schnell. Sie dachte an das Flugzeug und an Curtis. Am Abend des vierten Tages würde sie in Abessinien sein. Der Juwelier begann wieder eine lange Suada. Anne hörte sie wie aus weiter Ferne und zeigte eine halbe Minute Geduld. Dann sah sie auf die Uhr. Zwanzig Minuten vor drei Uhr. Sie hatte nicht mehr viel Zeit.

»Ich kenne den Unterschied zwischen Einkaufen und Verkaufen«, unterbrach sie seine Rede. »Beim Verkaufen-Müssen wird Weiß zu Schwarz, und Vorteile werden Fehler. Dieses Gesetz ist alt wie die Welt. Aber ich muß in fünf Minuten gehen. Bis dahin müssen wir uns geeinigt haben.«

Der Juwelier, der gewohnt war, Geschichten zu hören von einer plötzlich verarmten Freundin, für die man Schmuck verkaufen müsse, oder von einer Erbschaft, mit der man nichts anfangen könne, staunte über die brüske Wahrheit. Seine gut erprobten Manöver waren hier nicht am Platze. Aber er wollte den Ring haben. Er war 50 000 wert.

»Dreißigtausend«, sagte er. »Mein allerletztes Wort.«

»Er ist fünfzigtausend wert«, sagte Anne, »aber sie kriegen ihn für 33 000.«

»Bene«, sagte der Juwelier.

Die Verrechnung ging rasch und reibungslos im Privatbüro vonstatten. Den Scheck trug Anne auf das Reisebüro, um nichts Geringeres dagegen einzutauschen als die Anweisung, in vier Tagen bei Curtis zu sein.

»Haben Sie sich das ägyptische Visum besorgt?« fragte der Angestellte, der sich an Hand des Schecks plötzlich intensiv für den Flug interessierte.

Anne schüttelte den Kopf.

»Das englische?«

Anne sah ihn groß an: »Wozu?«

»Weil Sie es brauchen«, sagte der junge Mann lakonisch.

Annes Paß lag in der Reisetasche im Hotel. Sie hatte nicht die geringste Absicht, wegen zweier Stempel auch nur eine Viertelstunde zu verlieren. Sie fühlte ihr Ziel wie einen Magnet vor sich. Alles andere ging nebenher und war nicht wichtig.

»Bringen Sie mir die beiden Beamten auf den Flugplatz«, sagte sie, als handle es sich darum, einen vergessenen Regenschirm nachzutragen.

»Das geht nicht«, sagte der junge Mann, »Sie müssen selbst mit dem Paß ...« Anne unterbrach ihn scharf: »Es geht!« Sie legte einen Geldschein von hohem Wert auf den Tisch. »Und damit geht es sogar ausgezeichnet.«

Um sich jeder weiteren Diskussion zu entziehen, wandte sie sich rasch zum Gehen. Unter der Tür drehte sie sich noch einmal um und deutete wortlos auf die berühmten Worte des Diktators: »Me ne frego«.

Im Hotel stand die dicke Frida fertig zum Begräbnis. Ihr Gesicht war in entsprechende Falten gezogen, und ihre Gestalt verströmte Beileid ringsum. Für sie war Anne Lund von jetzt ab tot.

Sie nahm die Anordnungen für die Wohnung in Paris entgegen, als höre sie die Verlesung eines Testaments und den Brief an Williams, als reiche ihr die Tote aus dem Grab noch etwas Unerledigtes herauf.

Sie hatte recht. Anne war auch tot. Tot für alles, was nicht Curtis hieß. Sie sprach und hörte ihre Stimme nicht, sie schaute und sah ihre Umgebung nicht, – Herz und Kopf hämmerten: Curtis, Curtis, Curtis – darin ging alles andere unter.

Auf dem Flugplatz stand eine kleine Kompanie beamteter Männer, die auf Anne warteten. Anne sah über sie hinweg. Das Flugzeug glitzerte in der Sonne. Nun war alles gut. Sie lächelte. Das Lächeln gehörte Curtis, aber die Beamten buchten es für sich.

Herrlich, daß plötzlich das, was andere Wirklichkeit nannten, für sie zur Bühne wurde. Sie agierte jetzt auf dieser Bühne, sie lebte nicht dort. Ihre einzige Wirklichkeit war die Liebe zu Curtis. Sonst existierte nichts.

Mit unbeteiligtem Lächeln reichte sie ihren Paß in die Mitte der Männerkompanie. Der junge Mann vom Reisebüro flüsterte ihr zu, daß es mühsam gewesen sei, die Beamten aufs Flugfeld herauszubekommen, überaus mühsam, jedoch in Anbetracht von Madame Lunds Namen ...

Anne winkte ab.

»Beeilen Sie sich, rasch, rasch«, rief sie in die Gruppe der stempelnden und schreibenden Männer. Ihre Angst sah plötzlich schwarze Ungeheuer. Sie mußte weg von hier, augenblicklich weg.

»Ich könnte Ihnen das Hotel Mascotte in Addis Abeba empfehlen, das einzige Luxushotel dort. Es ist besser als das Imperial. Im Imperial haben die Zimmer keine Wände, die zur Decke reichen. Sie hören in Dreiviertelhöhe auf. Dann führt ein zwanzig Zentimeter breites Luftloch ins andere Zimmer. Wenig angenehm für eine Dame.«

Anne hörte den Reisebüromann, als spräche er aus den Wolken. Sie würde wohnen, wo Curtis wohnte, und wenn das Zimmer überhaupt keine Wände hätte. Auch das Stimmengewirr des stempelnden Männerchors hörte sie, als käme es aus der Ferne und ginge sie nichts an. Visum für Ägypten nur für einmalige Durchreise. Visum für Rückfahrt durch Sudan muß in Addis Abeba besorgt werden. Aufenthaltserlaubnis in Abessinien gilt nur zehn Tage. Zehn Tage, hörte ihr inneres Ohr. Zehn Tage jubelte ihr Herz! Zehn Tage mit Curtis würden Jahre ihres Lebens aufwiegen. Dafür gab's kein Visum.

Ihr Mund antwortete den Männern mit den mechanischen Worten, die sie stets für Reporter und dergleichen bereit hatte und diese Worte funktionierten automatisch wie eine Klingelleitung. Auch heute wirkten sie. Die Männer lächelten. Anne lächelte zurück, maskenhaft, ungeduldig. Sie wollte endlich fort. Ihre Wartekraft war aufgebraucht.

Sie fragte nach dem Piloten, aber der Pilot war noch nicht da. Erst kam eine Reihe Uniformen aus der Flughalle, dann noch eine Reihe. Alle taten amtlich, alle redeten viel. Anne sah nicht hin. Sie war nervös und hatte jetzt genug von hier.

Sie war noch nie geflogen. Früher, in ihrem fast vergessenen Leben, hatte sie ihrem Aberglauben nachgegeben und ihren Launen; und die Launen waren gegen das Fliegen.

Jetzt gab's keine Launen mehr. Jetzt ging alles unter in dem großen Gefühl. Sie war dankbar, daß sie endlich einem Gefühl folgen durfte, dem richtigen Gefühl. Folgen war schön! Gehorchen auch! Aber man mußte wissen, wem man folgen konnte!

Nach viel zu langen Minuten kam einer aus der Flughalle, der Rohrstiefel trug, eine Lederhaube und eine Sonnenbrille. Endlich, dachte Anne, endlich, und sie rief es auch. Sie rief so laut, daß sogar die Uniformen horchten. Bald würde sie festgeschnallt neben dieser Lederhaube sitzen und zu Curtis fliegen. Es würde sein wie auf dem fliegenden Teppich im Märchen. Sie hatte nun ihr eigenes Märchen. Sie hatte es sich selbst geschrieben! Anne ging auf den Piloten zu.

»Wir werden hoch fliegen«, sagte sie.

»Nicht so hoch«, meinte er. »Nicht über Berge. Wir fliegen übers Meer nach Syrakus.«

Anne hatte nicht die Berge gemeint, aber sie war's zufrieden.

Wir fliegen übers Meer, klang auch sehr gut. Es klang schön zu der guten Melodie, die ihr Märchen sang.

»Ich vertraue Ihnen«, sagte sie.

Aber sie meinte, ich vertraue dem Leben und allem, was es von jetzt an mit mir tut.

Dann stieg sie über das schmale Trittbrett in das silbergraue Flugzeug, setzte sich auf ihren Sitz und wartete.

DRITTER TEIL

Maria

Maria Barthoud war zwei Jahre jünger als ihre Schwester Anne Lund, zwei Zentimeter kleiner und zwei Zentimeter rundlicher. Ihre Augen zeigten wohl das gleiche, frische Bergseegrün, doch die Pupille wurde durch hellbraune Flecken getrübt und war verschwommen. Auch die Haarfarbe, durch chemische Mittel hell gehalten, hatte die natürlichen grauweichen Schimmer, der den Aschblonden die jugendfrische Sauberkeit verleiht, verloren, nur der Teint war der gleiche – der klare, gesunde, durch feinen Makel gestörte Apfelteint der Schwedin.

Maria war in ihrer äußeren Erscheinung der nicht ganz geglückte Versuch der Natur, der Anne zum Vorbild hatte. In ihrem Wesen war Maria die Volksausgabe von Anne. Sie hatte die gleichen Anlagen, aber es fehlte ihr überall an den letzten zwei Zentimetern.

Niemand hätte ihr vorwerfen können, daß sie dumm sei, aber der gänzliche Mangel an Selbstkritik ließ sie nie dazu kommen, klug zu sein oder klug zu gelten. Vor sieben Jahren hatte sie aus Neigung und Bequemlichkeit der konventionellen Werbung des Herrn Philippe Barthoud, der die lukrative Vertretung eines Lyoner Seidenhauses innehatte, nachgegeben und lebte seither an seiner Seite weder glücklich noch unglücklich, wobei äußerlich und innerlich alles geregelt schien. Mittelmaß sei hygienisch, sagte M. Barthoud, und Hygiene spielte nebst der feinen Seide eine große Rolle in seinem Leben.

Die einzigen Seitensprünge, die sich Maria erlaubte, waren alle Abstufungen des Neides auf ihre Schwester Anne. Die Seitensprünge von Monsieur Barthoud waren seiner Frau überhaupt nicht bekannt.

Dieses mittelmäßige Leben an der Peripherie von Paris, in der Rue Ancelle in Neuilly sur Seine, wurde plötzlich durch die Morgenpost, die Annes Brief brachte, und durch die Ankündigung des Zollamtes, daß zwei Koffer abzuholen seien, unterbrochen.

Diese Gewalttat kam wie eine Feuerfackel in die bürgerliche Ruhe geschleudert und entfachte einen verheerenden Brand. Anne, die zwei Zentimeter Größere, das Vorbild, die Beneidete, die an allen Plakatsäulen Großgedruckte, war verschwunden. Anne hatte sich selbst von ihrem Postament heruntergeholt und war irgendeinem Irrsinnigen nach Abessinien nachgereist. Maria war aufgewühlt und entsetzt. Und da die Nachricht auf nüchternen Magen kam und sie sie außerdem allein zu bewältigen hatte – M. Barthoud war schon mit der Winterkollektion auf der Reise und sollte erst aufs Wochenende zurückkommen – wurde sie nicht mit ihr fertig. Verstört, unglücklich, erschüttert, konnte sie sich nicht anders helfen, als mit Ilka, dem neuen Hausmädchen, den Fall durchzusprechen. Denn Ilka war ja selbst ein besonderer Fall. Sicher würde sie, die aus Wien kam und in Marias Augen noch etwas von dem abenteuerlichen Reiz des politischen Schicksals an sich trug, über Annes Fall aufklärend reden können. Mit einer französischen Zofe hätte Maria nie über Skandal geredet, da jede Französin sofort eine teuflische Lust zur dramatischen Bearbeitung auch nur der kleinsten Historie zeigt. Damit wäre Maria nicht gedient gewesen. Doch Ilka war klüger, und reden, reden mußte Maria jetzt. Ihr Instinkt, der nur unter der Lava der Bürgerlichkeit verschüttet war, sagte ihr, daß bei Anne etwas Absonderliches vorgefallen war. Diese Flucht war mehr als Sensationslust oder Reklametrick, schließlich hatte Anne ja auch ein Bankbuch und wußte, was gebrochene Verträge in der Filmwelt kosten. Verträge zu brechen, konnten sich heutzutage nur Regierungen leisten. Beim kleinen Mann ging's noch um Recht und Unrecht.

Madame Barthoud flüchtete sich im hellblauen Schlafrock, Lockenwickel im Haar, zu Ilka, die gerade Ölflecken aus der weißen Tennisjacke ihrer Herrin entfernte. Das Zimmer, in dem Ilka arbeitete, hatte den großartigen Namen »Office«, es standen aber nur eine Nähmaschine und weißlackierte Kleiderschränke, ein Korb mit Flickwäsche und ein Bügelbrett herum und die verschossene Blumentapete konnte dem Raum auch keinen besonderen Glanz mehr geben.

Hier wurde gebügelt, genäht, hier hing im Sommer die Wintergarderobe und im Winter die Sommergarderobe; hier standen Monsieur Barthouds Musterkoffer und die gefüllten Gläser mit Quittenmarmelade, auf deren spezielle Zubereitung der Hausherr großen Wert legte.

Madame Barthoud flatterte aufgeregt vor diesem nicht gerade dekorativen Hintergrund umher.

Ilka war bis vor wenigen Wochen Studentin der Medizin im achten Semester an der Universität Wien gewesen. Sie behandelte die Flecken der Tennisjacke wie eine Krankheit; das Office war eine Art Laboratorium für sie. Eine unheimliche Ruhe ging von ihr aus. Sie sah, während Madame Barthoud umherflatterte, mit ihrem gefaßten Krankenschwesternblick von ihrer Ölfleckentherapie auf und ließ geduldig einen Schwall nur halbverstandener Worte über sich ergehen. Als sie ungefähr kapiert hatte, legte sie sogar die Tennisjacke aus der Hand. Der Fall interessierte sie.

Zeichen von Interesse waren bei Ilka immerhin erstaunlich, denn seit sie von zu Hause weggemußt hatte, wurde sie das lähmende Gefühl nicht los, daß sie nie wieder, nie wieder etwas interessieren würde – ihr eigenes Leben inbegriffen. Daß die berühmte Filmschauspielerin Madame Barthouds Schwester war, hatte Ilka gewußt, weil ihr diese Tatsache damals beim Engagieren gewissermaßen als besondere Attraktion der Stellung vor Augen geführt wurde. Aber sie hatte es hingenommen, wie alles seit dem 16. März. Daß nun plötzlich etwas Menschliches aus dieser Tatsache entstieg, packte sie. Sie sah den Fall Lund nicht als gewesene Medizinstudentin, auch nicht als Hausmädchen der Madame Barthoud, sondern als junge, neugierige, sehnsuchtsvolle Frau. Sie witterte etwas. Sie wußte nicht was, aber sie witterte etwas Echtes.

»Ihre Schwester hat nie vorher gesagt, daß sie lebensmüde sei oder Abscheu habe vor dem Filmbetrieb?« fragte Ilka. In ihrer Stimme lag noch etwas Ärztliches, überdeckt von der Neugierde der Frau.

»Nie, nie, nie!« Madame Barthoud schraubte jedes »Nie« einen Ton höher. »Und ich habe sie gut gekannt, ich habe jede verborgene Falte ihres Wesens gekannt. Und jetzt erst merke ich, daß ich nichts von ihr gewußt habe, gar nichts.« Maria fingerte nervös durch ihre Lockenwickel und machte ihr alarmierendes Gesicht.

»Man kennt niemals jemanden«, bemerkte Ilka ruhig. Sie hätte gern noch viel mehr gesagt: Beobachtungen, die sie in den letzten Wochen gesammelt hatte; aber ihr Französisch, das aus den Schulbüchern der österreichischen Mittelschulen stammte, reichte noch nicht dafür aus.

»Hätten Sie plötzlich eine gloriose Karriere aufgegeben wegen eines Mannes, wegen irgendeines hergelaufenen Liebhabers?« fragte Madame Barthoud, der eigentlich ihre eigenen Fragen wichtiger waren als Ilkas Antworten.

»Darüber nachzudenken hat man mir nie Zeit gelassen«, sagte Ilka. »Aber es muß wohl ein besonderer Mann sein, der Ihre Schwester zu diesem Entschluß gebracht hat.« Nach einer kleinen Pause fügte sie hinzu, wobei ihre Augen einen sehnsüchtigen Glanz bekamen: »Vielleicht noch nicht einmal ein besonderer Mann, sondern eben nur der ›Richtige‹.«

»Unsinn,« rief Madame Barthoud entsetzt, »der Richtige! Was wissen Sie von Männern, Sie Kind. Der Richtige! Wer ist der Richtige für eine Frau? Etwa der, der ihren Wert vermindert, sie aus ihrem Milieu holt, sie in egoistischer Absicht wegen ein paar Liebeswochen aus ihrer Bahn wirft? Der Richtige ist immer der Vernünftige! Merken Sie sich das für später!«

Ilka schüttelte den Kopf.

»Ich glaube nicht, daß Madame recht hat«, sagte sie. »Man kann doch sein Leben nicht mit Vernunft führen. Alles, was um uns herum vorgeht, ist Unvernunft, häßliche Unvernunft. Liebe jedoch, Liebe ist herrliche Unvernunft.«

»Wie alt sind Sie?« fragte Madame Barthoud ironisch.

»Dreiundzwanzigeinhalb«, sagte Ilka, ernst wie ein Geheimnis. Sie kam sich alt und erlebnisbeladen vor.

»Sie Kind.« Maria verzog spöttelnd ihren nicht gerade weichen Mund. »Wo kämen wir Frauen denn hin, wenn wir nicht unserer Vernunft nachgingen.«

Ilka bedauerte in diesem Augenblick die Frau, die ihr Unterkunft und Brot verschaffte.

Maria ereiferte sich weiter: »Was werden unsere Leute im Schwedischen Klub dazu sagen? Jeden ersten Montag im Monat haben wir uns abends im Café Bernadotte getroffen. 40 oder 50 gute schwedische Frauen! Alle waren stolz auf Anne. Und ich war Sekretärin der Vorsitzenden. Ich kann mich dort nicht mehr sehen lassen! Unmöglich. Und nächstes Jahr wird dann Kersten Moberg Sekretärin. Sie wartet schon lange darauf. Dort bin ich erledigt! Und wahrscheinlich bei Granvilles auch. Es ist zu entsetzlich, Kind! Und dabei reden Sie vom ›Richtigen‹. Alle, alle, im Schwedischen Klub und bei Granvilles, werden Annes Verhalten für völlig unrichtig halten!«

Maria Barthoud war dem Weinen nahe. Aber ihre schwedische Erziehung war doch noch stärker als ihr Zorn, und so gelang es ihr, die Tränen zurückzuhalten.

»Danken Sie Gott, Kind, daß Sie bei uns ins richtige Haus gekommen sind!« Madame Barthoud klopfte Ilka auf die Schulter und fühlte sich in ihrem Schmerz wie ein Missionspfarrer: »Mit Ihren Ansichten schutzlos und allein im großen Paris, nein, das wäre nichts.«

Ilka nickte. Wozu widersprechen? Widersprechen nutzt nie!

Je länger Madame Barthoud Annes Fall laut mit sich besprach, um so unverzeihlicher wurde er.

Und was würde wohl in den Koffern sein? Bühnenkram, übertriebener, verrückter Ballast wie alles, was mit Anne zusammenhing. Ihr Blick fiel auf die Ölflecken der Tennisjacke. Sie ärgerte sich über diese Flecken. Das Putzen erschien ihr als bedauernswertes Manifestierenmüssen von Vernunft, wo doch nebenan bei Anne nichts waltete als gewalttätige Unvernunft.

In einer Aufwallung von Selbstgefühl, Großmut und Geberlaune nahm sie die weiße Tennisjacke vom Tisch und hielt sie dem jungen Mädchen entgegen:

»Hier, ich schenke Ihnen die Jacke. Sie war von einem guten Schneider. Ich habe mir nur gute Sachen geleistet, auch ohne das Theatereinkommen meiner Schwester.«

Ilka dankte verlegen. Sie mußte erst lernen, Kleidungsstücke anzunehmen.

Madame Barthoud fiel diese Verlegenheit nicht auf. »Beeilen Sie sich mit der übrigen Arbeit«, sagte sie. »In einer Stunde gehen wir zusammen aufs Zollamt und holen das Gepäck meiner Schwester.«

Sie flatterte, von hellblauer Seide umwogt, hinüber in ihr Zimmer, zwar noch keineswegs beruhigt, jedoch so beschwichtigt, daß sie ihre Morgentoilette beendigen konnte.

Zwei Stunden später standen die beiden Frauen vor dem Schalter des Zollamtes, hinter dem die Koffer der Anne Lund in Verwahrung lagen.

Der Beamte war offensichtlich guter Laune. Es machte ihm Spaß, diese Damenkleider Stück für Stück aus dem Koffer zu nehmen, sorgfältig zu prüfen, ob sie getragen seien, und die ängstlichen und dabei lächelnden Gesichter der beiden Frauen zu beobachten.

Madame Barthoud half ihm, kleine Flecken oder sonstige Spuren des Getragen-Seins zu entdecken, und Ilka packte die Kleider, die mit dem Vermerk »zollfrei« aus dem Examen hervorgingen, achtsam wieder in den Koffer. Sportkleider, Straßenkleider, Pelzcapes, Badekostüme, Reithosen, Morgenröcke, hübsch, bunt und systemlos.

»Hübsche Sachen«, sagte der Beamte höflich. »Madame wird viel Erfolg damit haben.«

Ilka dachte an zwei Beamte, mit denen sie vor noch gar nicht so langer Zeit zu Hause in Wien zu tun gehabt hatte und wunderte sich, daß es in Frankreich noch Beamte mit Privatmeinung gab. Und als sie hörte, daß plötzlich dieser Mann im Ton höchster Begeisterung plötzlich rief: »Mon Dieu, c'est une chose!« schaute sie ihn gründlich an und nahm sich vor, dieses Gesicht nicht so rasch wieder zu vergessen. Aber es ging ihr wie ihm, sie sah nur noch das weiße, glänzende Kleid, ›la joie tremblante‹, das hier in dem graudunklen, schlechtriechenden Schalterraum des Zollamtes wie eine Offenbarung strahlte.

Der Beamte, der das Kleid kunstgerecht mit zwei Fingern hochhob, schmunzelte mit Kennermiene.

»Das ist das Beste, Madame, das hat was gekostet!« Maria atmete verwirrt. Sie starrte dieses weiße, gleißende Gebilde an und sah sich schon in einem hellerleuchteten Spiegelsaal in diesem Kleide tanzen. Sie war die Schönste und die Männer rissen sich um sie.

Auch Ilka starrte fasziniert auf das Kleid, das sie plötzlich in eine andere Welt versetzte. Also das gab's wirklich! Es gab Menschen, die solch ein Kleid ersonnen hatten, eine Welt, in der man solche Kleider tragen konnte und eine Welt, die Raum hatte für Frauen, die solche Kleider trugen!

Ilka seufzte. Auch Madame Barthoud seufzte. Plötzlich verstanden sich die beiden Frauen, die bisher durch Berge von Herkommen und Erleben voneinander getrennt waren, ohne ein einziges Wort.

Ilka war in Grinzing aufgewachsen, in einem niedrigen, weißgestrichenen Vorstadthaus, nebenan und gegenüber hingen im Herbst die grünen Besen der Weinbauern aus den Fenstern.

Ilka hatte ihre Freizeit im Park von Schönbrunn verspielt, sie war mit Mitzi und Fritzi um Maria Theresias Gloriette herumgerannt und hatte im Belvedere für Prinz Eugen geschwärmt. Sie hatte im Stefansdom ihre Kommunion empfangen und vor der Albertina ihr erstes Rendez-vous mit dem Breitner-Hans gehabt, Sie war Samstag abends auf der Kärtnerstraße gebummelt und Sonntags mit Fritzi und Mitzi auf den Tulpingerkogel und den Leopoldaberg gestiegen. Sie hatte den Duft des Wienerwalds geatmet und die Frische der Donau. Sie hatte ein bisschen Singstunden genommen, weil Musik zu Wien gehörte und sie war zweimal im Monat vier Stunden lang vor der Oper gestanden, um den besten Stehplatz zu ergattern, weil das auch zu Wien gehörte. Und in den Ferien war sie im Salzkammergut oder am Wolfgangsee im Dirndl herumgegangen und hatte die Fremden verulkt.

Und ihr Vater, der Kommerzialrat Wahla, hatte das Bändchen der Habsburger im Knopfloch getragen!

Maria war in Stockholm aufgewachsen, im dritten Stock eines imponierend strengen Steinhauses der Drottninggatan. Von den Fenstern ihrer Schule hatte sie die weißen Segelboote auf dem Mälarsee gesehen und Sonntags war sie mit Gudrun und Hella in die Schären gefahren. Sie hatte im Skansen, dem Museum im Freien, nicht etwa, wie sie sollte, schwedische Geschichte gelernt, sondern Rendez-vous gehabt mit Knud Gularson und in den Ferien war sie mit den Jungens und Mädchen hinausgefahren nach Saltsjö zum Baden oder nach Dalarö, und abends, wenn sie zusammensaßen, hatten sie Punsch getrunken und Bellman-Lieder gesungen.

Während des Weltkriegs hatte sie gelernt, daß Schweden nur der Landkarte nach in Europa liegt und sie hatte Mitleid zu haben gelernt mit den andern merkwürdigen Völkern, die scheinbar plötzlich nichts mehr zu essen hatten, kein gültiges Geld mehr besaßen und sich gegenseitig ihre Männer niederschossen. Nachdem der Krieg vorbei war, hatte sie nie wieder etwas von Politik gehört, und als ihre Schwester Anne nach Paris ging, hatte sie zum erstenmal gesehen, daß man auch in Frankreich eventuell würde leben können.

Nichts war gleich im Werden und Wesen der beiden Frauen, Maria und Ilka, dem Alter nach waren sie fast durch eine Generation getrennt, aber jetzt, in diesem Augenblick, hier vor dem weißen Kleid in dem grauen Raum, dachten und fühlten sie dasselbe.

Sie wurden gleichermaßen begehrlich und sehnsüchtig. Sie sahen plötzlich in eine andere Welt und wollten in ihr leben. Sie wären bereit gewesen, für Dinge, die sie bisher geleugnet hatten, das zu opfern, was sie bisher gedacht hatten. Beide waren für einige Sekunden Frau geworden, nichts als Frau, und das in jenem vollkommenen, reinen Sinn, den der Mann nur mißversteht.

Der Beamte rüttelte sie aus ihrem Wachtraum auf, indem er den weiteren Kofferinhalt untersuchte. Er übergab das weiße Kleid Ilka, die es streichelnd zu den übrigen legte. Die Berührung mit dem schweren, weichen Stoff tat ihr wohl.

Dem noch halbvollen Koffer entstiegen weiterhin zwei schwarze Abendkleider, ein Fuchscape und ein heller Mantel. Die drei im Raum schenkten den Dingen keine große Beachtung. Sie waren in Gedanken weit fort. Der Beamte tat seine Pflicht wie ein Examinator, Ilka wie die Lageristin eines Modenhauses, die täglich tausend Kleider gefühllos berühren kann. Und Maria tat gar nichts. Sie wollte nur rasch weg von hier, nach Hause, vor einen langen Spiegel.

Als die Koffer durchgesehen waren, mußten Gebühren ausgerechnet werden, Schreibgebühr, Stempelgebühr, Durchsehgebühr, Lagergebühr; aber Zoll kosteten die Sachen nicht. Maria fand, daß der Staat eine komplizierte Angelegenheit sei, aber Ilka war der Ansicht, solange man noch mit Gebühren davonkäme, sei nichts schlimm. Dann bekamen sie die Koffer von ihrem Beamten ausgehändigt. »Ich danke Ihnen sehr«, sagte Maria höflich und ungeduldig.

»Sie brauchen nicht zu danken«, sagte der Beamte. »Aber es war doch eine große Mühe für Sie!« »Nein, es war ein Vergnügen«, lächelte der höfliche Franzose.

Die drei wußten nicht, daß vor gar nicht so langer Zeit ein anderer höflicher Franzose die gleichen Worte zu einer jungen Frau gesagt hatte, die auch von der ›zitternden Freude‹ naschte.

Zu Hause ließ Madame Barthoud sofort die Koffer auspacken und übergab, was sie nicht probieren wollte, Ilka für die Schränke im Office. Dann schloß sie sich mit dem weißen Kleid in ihrem Zimmer ein.

Sie studierte es genau, ehe sie es anzog. Unten im Saum fand sie Partouts Firmenmarke, in die eine fünfstellige Nummer und ›la joie tremblante‹ hineingeschrieben waren. Daß sie nicht selbst auf diese Idee gekommen war! Natürlich, so und nicht anders konnte dieses Kleid heißen. Zitternde Freude! Zitternd warf Maria ihr Kleid weg und zitternd legte sie die kühle schwere Seide des weißen Abendkleides über sich. Solch ein Kleid hatte sie sich, seitdem sie denken konnte, erträumt!

Sie trat vor den Spiegel. Etwas so Vollendetes war noch nie an ihrem Körper gewesen. Diese Seidenpracht war eine Schöpfung, nicht nur ein Kleid. Sie trat ein paar Schritte vor, ein paar zurück, sie probte wie zu einer Krönungsfeier. Keine Frage, das Kleid war ein klein bißchen zu eng und ein klein bißchen zu lang: die üblichen zwei Zentimeter, die Anne besser war. Anne! Sie hatte die Schwester und was mit ihr zusammenhing, völlig vergessen und schob sie auch jetzt sofort wieder aus ihren Gedanken. Sie überlegte nicht einmal, was Anne wohl mit der ›zitternden Freude‹ erlebt haben mochte. Neid, Eifersucht, Geltenwollen, Neugierde schwiegen plötzlich und nichts anderes war mehr in ihr als die Sehn-

Place de l'Opéra

sucht, dieses Kleid und seine Verpflichtung zu tragen. Sie überlegte schnell und bestimmt, obwohl ihr sonst strategische Fähigkeiten fremd waren, wie sie das Ziel am raschesten erreichen könnte. Monsieur Barthoud würde nicht vor Samstag zurück sein. Bis dahin blieben noch fünf Tage. Unmöglich, so lange zu warten.

Sie überschlug im Kopf andere Möglichkeiten. Mit Kersten Moberg oder Eugénie Granville konnte sie ausgehen, aber sie lehnte im selben Moment diese noch vagen Vorstellungen ab. Was man im landläufigen Sinn Freundin nannte, hatte sie nicht. Frauen sind gut Freund miteinander, solange sie sich nicht ins Gehege kommen. Sobald sie unter den ewigen Jagdgründen dieselben aussuchen, gibt's kein Verzeihen mehr.

Sie würde allein gehen, zuerst in die Oper und dann bei Marmand, wo sie und M. Barthoud gut bekannt waren, essen. Oder vielleicht würde sie sich nach der Oper mit Ilka treffen und Ilka als gefahrlosen Begleiter irgendwohin auf den Montmartre mitnehmen.

Jedenfalls heute abend, jawohl, heute abend, Dienstag, würde sie die graue Kette ihrer langweiligen Tage unterbrechen.

Maria ging zum Telephon und bestellte einen Logensitz in der Oper. Sie fragte nicht, was gegeben würde, sie fragte nur nach der genauen Anfangszeit, und als sie hörte, präzis sieben Uhr dreißig, seufzte sie erleichtert auf, denn sie hatte gefürchtet, die Oper habe ihre diesjährige Saison schon beendet.

Dann trat sie noch einmal kritisch vor den Spiegel, liebkoste die weiße, schmiegsame Seide, obwohl sie über den Hüften spannte, beschloß, den Tag über aus Gründen der Kasteiung nichts zu essen und nahm energisch zum zweitenmal den Telephonhörer in die Hand, um mit ihrem Friseur eine lange und gründliche Sitzung für drei Uhr dreißig zu verabreden.

Sie hatte alle Nebenprodukte einer gewissenhaften Überlegung ausgeschaltet und sagte sich halblaut vor wie ein Feigling, der nicht gern ins Wasser geht: Ich will, ich will, ich will! Und ich werde!

Sie war von gesunder Konstitution, was den Zustand ihrer Seele mit einbeziehen soll. Sie war nicht hysterisch und nicht hypokritisch; das einzige Hindernis, das sie zu überwinden hatte, war ihr bürgerliches Gleichmaß. Und das überwand sie erfolgreich mit der Therapie: Es geht, es geht immer besser, immer immer besser.

Zehn Minuten vor halb acht trat eine elegante, hochmütige Dame in die Loge Nummer sechs der Großen Oper und belegte im Vollgefühl ihres Tuns den rechten Vordersitz. Wie sie Opernglas, Tasche und Programm an der rotsamtenen Logenbrüstung zurechtlegte, wie sie den Rock ihres weißen Abendkleides raffte, um Platz zu nehmen, wie sie sich auf dem Samtfauteuil zurechtrückte, das Programm mit der behandschuhten Rechten zum Lesen vor die Augen hielt, das alles war der Stil der Marguerite Gautier um die Jahrhundertwende. Es war großes Theater einer großen Frau, berechnet, von hundert Operngläsern verfolgt zu werden. Und es wurde sofort lächerlich im Jahre 1938 in der halbleeren Schläfrigkeit der Oper in Paris

Große Gesten benötigen Publikum genau wie große Frauen. Die Zuschauer erst werten oder entwerten eine Szene, die der Schaubarkeit wegen gespielt ist.

Maria Barthouds In-die-Loge-Rauschen wäre also ein höchst lächerliches Unternehmen gewesen, wenn es auch nur ein einziger Mensch in der Großen Oper beachtet hätte. So blieb es jedoch ebenso unbeachtet wie wirkungslos und Maria hatte sich nicht einmal ihrer Theatralik wegen zu schämen.

Aber da ihr Selbstkritik fern lag, war sie mit sich und dem Universum in diesen Minuten völlig zufrieden.

Ihr nach der neuesten Mode hochgekämmtes, allzu blondes Haar wölbte sich wie ein Krönchen um das hochgetragene Haupt. Die Augen taten zwar, als würden sie die Worte des Programms studieren, sie hatten jedoch höchstens den Titel ›Don Juan‹ erfaßt und keineswegs die Namen der Sänger.

Um so mehr genoß sie ihr eigenes Spiel und fühlte sich als Mittelpunkt eines Kreises, der in Wirklichkeit keine Peripherie hatte. Es schien, als würde sie, ein weißer Lichtpunkt im dunklen Logenrund, allein bleiben in ihrer Ecke. Die Parkettsitze füllten sich langsam.

Das Haus wurde nach einiger Zeit verdunkelt und das Orchester begann. Die zärtliche Mozart-Melodie hüpfte wohltuend über sie hin. Sie drang nicht tief in sie ein, aber dazu war sie ja auch nicht gekommen. Sie genoß die Tatsache ihres Wohlangezogenseins als ein Spiel, das sie dem Hause bot.

Irgendwann während des ersten Aktes knarrte die Tür ihrer Loge, und irgend jemand setzte sich rasch auf den Fauteuil nebenan. Maria spürte dieses Eintreten nur an dem Windhauch, der ihre nackten Schultern streifte. Sie fühlte sich unliebsam gestört. Nachbarschaft tat ihrer dekorativen Wirkung Abbruch.

In der Pause bat der junge Störenfried Maria um ihr Programm. Er sah sie dabei kaum an. Maria zeigte mit einer erhabenen Geste, daß das Papier auf der rotsamtenen Brüstung zu seiner Verfügung läge. Diese Geste nahm der junge Mann in sich auf. Er genoß sie. Er verstand, was dahinter lag, denn außer seinen normalen fünf Sinnen hatte er den sechsten, am besten entwickelten Sinn für Humor. Er nahm mit übergroßer Verneigung des Programm und verbarg sich dahinter.

Später legte er es wieder behutsam auf die Lehne zurück und fragte Maria in altmodisch gespielter Grandezza, ob es Madame heute abend gefalle.

Er trug einen hellgrauen Sommeranzug, schien sehr jung zu sein, hatte einen Wald ungeordneter, dunkelbrauner Haare und sprach das harte Französisch, das man in den Balkanländern lernt. Die Häufung dieser Tatsachen erlaubte Maria keine liebenswürdige Antwort.

Er hörte nicht auf ihre Worte, betrachtete sie nur. Es war ein analysierender, unverhohlener Blick, der alles wahrnahm. Dann drehte er sich brüsk weg und schaute ins Parkett hinunter.

Auch Maria drehte sich ostentativ nach rechts. Der junge Mann spürte das mehr, als er es sehen konnte, und amüsierte sich.

Maria hatte entschieden Pech mit ihren Bewegungen. Keine gelang ihr heute.

Der zweite Akt begann. Sie ließ ihn über sich ergehen wie eine laue Dusche, ohne sonderlich erfrischt zu sein. Der Jüngling nebenan störte sie. Er rutschte auf seinem Fauteuil umher, die Beine unruhig übereinandergeschlagen, und wechselte damit ab, seinen Kopf einmal mit der rechten, einmal mit der linken Hand zu stützen. So gern sie ihn zurechtgewiesen hätte, so fand sie es doch unter ihrer Würde. Also ertrug sie ihn.

Die zweite Pause schien länger zu dauern. Die Parkettleute liefen im Foyer umher. Maria zögerte, ob sie aufstehen sollte. Der junge Bursche war wortlos hinausgerannt. Daß sie sich plötzlich langweilte, wollte sie sich nicht eingestehen. Die Mühe, die Vorbereitung, die Eleganz waren umsonst. Das Leben blieb unromantisch wie bisher, da half kein noch so schönes Kleid. Außerdem hatte sie Hunger. Den ganzen Tag über diese Kasteiung wegen der zwei Zentimeter! Kein Wunder, daß sie nun vor Hunger nervös wurde.

Sie dachte an ein saftiges Beefsteak mit Zwiebeln. Sie würde zu Marmand gehen und den Maître durch ihre Bestellung in Erstaunen setzen. Wahrlich, um zu solch einem Genuß zu kommen, hätte sie weder zwei Stunden beim Friseur noch drei bald bei ›Don Juan‹ aushalten müssen. Das hätte sie billiger haben können.

Haushaltungsbuch und Portemonnaie spielten eine große Rolle bei Maria Barthoud.

In diesem Augenblick trat der junge Mann wieder in die Loge, zwei Sandwichs in der einen Hand, eine Orangeade in der andern. Maria sah jetzt, daß er groß war und schmal und rücksichtslos in sein Brot biß. Sie beneidete ihn ein bißchen. Er fühlte ihren Blick und hielt ihr ein Sandwich entgegen: »Darf ich Ihnen das anbieten?«

»Danke«, sagte Maria indigniert. »ich hebe meinen Hunger bis zum Souper auf.«

»Hunger?« lachte er. »Sie haben Hunger? Das paßt aber ganz und gar nicht zu Ihrer Toilette. Viel eher paßt es dazu, daß Sie bis zum Souper w a r t e n.«

Er dehnte dieses Wort so, daß es nur noch aus Spott und Hohn bestand.

»Ich mag kein Brot«, sagte Maria ganz verwirrt und ärgerlich, »ich möchte Beefsteak.«

Jetzt lachte er wieder, herzlich, knabenhaft und frisch. »Beefsteak, rotes, blutiges Beefsteak, mit vielen Zwiebeln womöglich, so wie wir's zu Hause machen, und d i e s e s weiße, weiße Kleid! Sagen Sie, warum gehen Sie denn nicht jetzt, wenn Sie Hunger haben? Warum warten Sie denn, bis es Zeit ist zum S o u p e r? Warum denn immer in den alten, ausgefahrenen Geleisen rollen? Ich merke nämlich schon längst, daß der ›Don Juan‹ Sie nicht interessiert. Sie langweilen sich hier im Haus! Geben Sie's zu!«

Maria probierte ein noch indignierteres Gesicht, aber sie war zu verwirrt, um auch nur Entrüstung fertig zu bringen. Was redete dieser Barbar für eine wilde Sprache mit ihr, mit einer Dame? War er etwa ein Kommunist? Antwort würde sie diesem Menschen jedenfalls keine geben. Aber unter seinem spöttischen Blick sagte sie doch widerwillig, daß sie zu gut erzogen sei, um einfach wegzulaufen, wenn ihr etwas nicht passe.

Er schien nicht auf ihre Worte zu hören und betrachtete sie gründlich, während er die beiden Brote aß und Limonade trank: »Mit mir brauchen Sie keine Faxen zu machen, Madame. Es ist doch alles ganz klar: er ist heute nicht gekommen, hat Sie sitzen lassen, na, und jetzt halten Sie durch, aus Trotz und Zorn.«

»Das ist nicht wahr«, brauste Maria auf. »Absolut nicht wahr! Überhaupt, was geht Sie das an?«

»Da haben Sie recht. Angehen tut mich das gar nichts. Aber wie langweilig wäre das Leben, wenn man immer nur täte, was einen angeht!«

Irgend etwas an dieser Ansicht bezwang sie so, daß sie sagte: »Sie sind unerhört! Sind Sie immer so?«

»Ja«, sagte er, »genau so. Aber nun geben Sie mir bitte zu, daß meine Beobachtungen zwar frech, aber richtig waren, nicht wahr? Ich muß das nämlich wissen für meine psychologischen Studien.«

»Frech und falsch!« triumphierte Maria.

»Nicht möglich!«

»Doch, sehr möglich!« Maria wurde plötzlich von Bekennermut gepackt. Schließlich, warum sollte sie nicht einmal mit einem Kommunisten reden!

»Ich bin allein ins Theater gegangen, ich habe allein ein Billett bestellt, es gibt keinen, der mich versetzt hätte! So, und damit wird die Debatte geschlossen!«

Es läutete. Das Parkett füllte sich wieder, und der Vorhang hob sich.

»Damit fängt die Debatte an«, lachte er. Seine Stimme war rücksichtslos und laut.

Maria wurde wieder hart und böse. Sie beschloß, sich dieses Benehmen nicht länger gefallen zu lassen. Sie tat ihm das durch ostentatives Zurseiterücken kund und raffte den Saum ihres Kleides hoch, damit er nicht mit seiner Aura in Berührung komme. Er bemerkte noch irgend etwas, das aber von der beginnenden Musik verschlungen wurde. Dann hörte und sah er auf die Bühne.

Die Dekorationen und Kostüme, die der üblichen ›Don Juan‹-Inszenierungstradition entsprachen, gefielen ihm nicht. Er überlegte sich während dieses dritten Aktes bessere Entwürfe, andere Farben, originellere Kostüme und hatte die weiße Dame nebenan ganz vergessen.

Seit einer Theatersaison war er Bühnenbildner am Stadttheater in Zagreb, glaubte noch, daß das Leben gefügig sei und hatte noch Pläne, Ideen, Wünsche und Hoffnungen, die über sein Ich hinausgingen. Er war fünfundzwanzig Jahre alt und war nie verheiratet gewesen.

Seit vier Jahren fuhr er in seinem offenen kleinen Wagen im Frühsommer nach Paris, übernachtete unterwegs bei Bauern, hatte Spaß beim Herumtreiben und schaute sich dann in der Stadt in den Theatern um. Immer schimpfte er dann, weil in vorgerückter Saison schon dritte Besetzung spielte, trieb sich aber doch überall herum, fuhr zum Abschluß ans Meer und rutschte die Riviera entlang über Italien wieder nach Hause.

Er war unablässig, ohne große Verantwortung und meist guter Laune. Seine Freunde hielten ihn für einen erfreulichen Zeitgenossen.

Maria war anderer Ansicht. Obwohl sie sich Mühe gab, den Vorgängen auf der Bühne zu folgen, gelang es ihr nicht, den Ton dieses jungen Menschen aus dem Gehör zu bekommen.

Was für unerzogenes Gesindel sich heutzutage in Paris herumtreibt! Diesem Burschen da wollte sie ihre Ansicht noch zu verstehen geben. O, sie würde ihn lehren, wie man mit einer Dame spricht!

Doch als es wieder hell wurde, wußte sie nicht, wie beginnen. Sein Gesicht war zu impertinent. Und als er fragte, wie es jetzt mit einem Sandwich wäre, schüttelte sie wortlos den Kopf.

»Eigentlich haben Sie recht, daß Sie sich hier langweilen«, sagte er. »Kommen Sie, gehen wir zusammen in ein nettes Restaurant zu einem guten Beefsteak.«

»Unmöglich«, sagte sie rasch. »Das kann ich nicht.«

»Warum können Sie nicht? Warum immer diese ›Staatsanwaltsgattin‹?«

Sie schwieg.

»Oder habe ich doch recht? Kommt er noch zu einem verspäteten Rendez-vous? Dann strecke ich die Waffen.«

»Ich verbiete Ihnen, sich in meine Angelegenheiten zu mischen.«

Sie stand auf und wollte ins Foyer, vergaß aber dabei ganz, ihre Bewegung zu kontrollieren. Der junge Mann, an Form und Linie interessiert, bemerkte sofort das Außergewöhnliche des Kleides, das sie trug.

Das war kein Abendkleid, sondern ein Kunstwerk. Und mit dem Spürsinn, auf den er stolz war, sagte er sich, daß zwischen der Haltung dieser Frau und der Rasse des Kleides eine Diskrepanz bestehe, die er aufzuklären habe. Sie konnte dieses Kleid unmöglich ausgewählt haben.

»Tragen Sie das Kleid für eine spezielle Firma?« fragte er.

Marias Entsetzen war so groß, daß sie ihre Worte nicht mehr kontrollierte: »Sie haben die schlechtesten Manieren, die ich je bei einem Mann bemerkt habe. Wenn Ihnen an Rekorden etwas liegt, so haben Sie jedenfalls den erreicht, der größte Rüpel zwischen Paris und Stockholm zu sein.«

Sie riß wütend ihr Cape vom Garderobenständer und wollte davongehen. Sie wußte zwar nicht wohin, nur weg aus der Nähe dieses Lümmels, allein sein, irgendwo weinen. Weinen über den verlorenen Abend, weinen über die verlorene Illusion.

Der ehrliche Ton ihrer Erregung traf das Ohr des Mannes. Er traf auch sein Herz.

»Madame, nicht böse sein. Ich möchte Ihnen gern erklären.« Er nahm Marias Hand und zog sie von der Türe weg.

»Bitte, nichts übel nehmen. Ich werde alles sagen, wirklich alles, und Sie werden verstehen und mir verzeihen!«

Maria, die sich nun nicht mehr Mühe zu geben brauchte, indigniert auszusehen, sondern ehrlich gekränkt und beleidigt war, ärgerte sich, daß sie ihn nicht ohrfeigte und stehen ließ, sondern sich in die Loge zurückziehen ließ.

Sein Gesicht, von der kleinen roten Birne beleuchtet, zeigte ehrliche Zerknirschung.

»Hören Sie, bitte. Die Sache ist nämlich so: Ihre Art, sich zu tragen und zu bewegen, ist Fin de Siècle. Passé, verstehen Sie. So war man, als man noch Zeit hatte, in Schachtelsätzen zu sprechen und in Vierspännern auf Besuch zu fahren. Ihr Kleid dagegen ist kühnstes, modernstes Wagnis. Es ist so, daß man den, der es entworfen hat, kennen lernen möchte. Es ist grandios, aber es paßt nicht zu Ihnen. Und ich muß immer Schlüsse ziehen, kombinieren, ich darf nichts auf dieser Welt einfach hin nehmen, gedankenlos. Das ist meine Natur, verstehen Sie! Im Beruf brauche ich das auch. Ich bin nämlich Bühnenmaler und Regisseur. Ich schieße übers Ziel. Das mag sein. Aber es tut mir leid. Verzeihen Sie mir!« Sie schwieg, und er schmeichelte weiter: »Bitte, bitte! Verzeihen Sie. Ich seh's an Ihren Augen, daß Sie beginnen, nicht mehr bös zu sein. Das ist nett von Ihnen, o so sehr nett. Ich weiß nämlich, daß Sie nett sein können. Und Sie werden mir auch sagen, wie diese Diskrepanz zwischen Kleid und Wesen entstanden ist. Etwas stimmt nämlich nicht. Ich weiß nur nicht was. Aber wenn Sie sagen würden, Sie hätten das Kleid in dem oder jenem großen Haus selbst gekauft, dann würde ich an mir zweifeln. Jawohl, an mir, an meiner Menschenkenntnis, an meinem Künstlertum, an meiner Begabung. Bitte, bitte verstehen Sie das!«

Er sprudelte Satz auf Satz in schmeichlerisch hitziger Art heraus. Er sah dabei aus wie ein treuherziger Sünder, der ein Pfund Kirschen gestohlen hat und dem Obsthändler den Grund seines Hungers erklärt.

Maria hörte ihm, da sie solche Worte noch nie gehört hatte, nicht ungern zu, aber sie zeigte ihm das nicht.

Erst als er sie noch einmal dringend bat, ihm zu erklären, wie sie zu dem Kleid gekommen sei – denn auch die Möglichkeit, daß der Schneider ihr Freund sei, müsse er aus Gründen der Künstlerpsychologie ausschalten –, sagte sie, jedoch nicht barsch oder böse, daß das ihr Geheimnis sei.

»Nachher verraten Sie mir dieses Geheimnis, nicht wahr?« flehte er, »wir gehen jetzt in ein Dalmatiner Restaurant. Der Wirt ist ein Landsmann von mir, auch aus Sarajewo, dort trinken wir einen guten, sauberen Wein und essen kleine nette Sachen, die am Rost gebraten werden, und dann erzählen Sie mir das Geheimnis, zum Beweis, daß Sie mir verziehen haben.«

Maria sagte weder ja noch nein. Er nahm ihr Cape vom Garderobehalter und zog sie sanft mit sich durch den langen Wandelgang die Seitentreppe hinab. Draußen winkte er einem Taxi. Maria wußte nicht, was sagen und was tun. In seinen Worten lag irgend etwas, was sie packte. Weder von Monsieur Barthoud, noch bei Granvilles, noch im Schwedischen Klub hatte sie je so etwas gehört. Sein Denken war neu für sie und fremdartig und deshalb wohl faszinierend. Sie war plötzlich so neugierig, daß sie nachgab und mitging. Sie wollte etwas erfahren von dieser seltsamen anderen Welt. Aber reden, reden konnte sie nicht. Mit einer Geste bat sie, daß er die Fenster öffnen sollte.

Straße am Montmartre

Warme süßliche Sommerluft drang von außen herein. Die Straßen waren ruhig und leer. Auf den Rohrstühlen vor den Cafés saßen Männer wie schwarze Klötze. Wenig Frauen. Die Männer sahen müde und gelangweilt aus. Paris bei Nacht. Maria seufzte ein bißchen. Diese halbdunklen, verschlafenen Straßen, die zum Montmartre führten, glichen nicht der Illusion, die sie sich früher, als Paris ein noch unbekannt lockendes Ziel für sie gewesen war, geträumt hatte. Nichts glich in Wahrheit der früheren Illusion. Alles ist Schwindel, nur die Illusion ist schön. Maria legte die Hände flach an die Knie und fühlte angenehm die weiche Seide des Kleides. Unwillkürlich seufzte sie noch einmal.

»Was ist los?« fragte die Stimme nebenan. »Unglücklich, böse?« Seine Stimme hatte Spott und Frechheit verloren und klang dunkel und angenehm.

»Nicht unglücklich und nicht böse«, sagte Maria, »aber ...«

»Aber?« wiederholte er.

»Unnötig, ganz und gar unnötig ist das alles ...«

»Bravo, das erste vernünftige Wort! Ich weiß, daß wir noch gute Freunde werden!«

»Wozu?« fragte Maria gedehnt. »Mit Ihnen möchte ich nicht befreundet sein.«

»Nicht schon wieder bereuen«, bat er und wollte ihre Hand fassen. Aber sie nahm ihre beiden Hände fest in eigenen Gewahrsam, obwohl ihr sein hartes, abgehacktes Balkan-Französisch jetzt schon ganz melodisch vorkam.

»Wie heißen Sie eigentlich?« fragte Maria.

»Ivo«, sagte er.

»Wie weiter?«

»Ivo genügt für heute.«

»Schade, daß Sie schon wieder frech werden«, sagte Maria.

»Schade, daß Sie immer wieder in die Rolle der Frau Steuerinspektor zurückfallen.« Da Maria sich tiefer in ihre Ecke zurückzog, fuhr er begütigend fort: »Das soll nicht frech sein! Das soll Sie nur auf etwas aufmerksam machen, was man gewöhnlich die übrige Menschheit nennt. Die lebt nämlich auch! Außerhalb Ihres bedeutenden Lebens. Und die sollen Sie sich ein bißchen ansehen. Sie werden staunen, was da alles los ist und was es da für Gesetze gibt. Man kann nämlich lernen, vom Leben lernen, meine ich.«

Er hat nicht unrecht, dachte Maria, aber daß man jüngeren Leuten nicht recht geben sollte, gehörte auch zu ihrem Ehrenkodex.

»In Eurem Leben ist das Wichtigste die Zeremonie«, sagte Ivo. »Der Mensch ist Nebensache. Und jetzt komme ich und sage, daß ich nur Ivo heiße, und das beleidigt euch schon. Gut, zugegeben, ich komme irgendwoher und gehe wieder fort. Wahrscheinlich sehen wir uns nie wieder. Aber das hindert doch nicht, daß wir gut Freund sein können, einen Abend lang. An diesem Abend können Sie von mir mehr erfahren als von irgendeinem, dessen Stammbaum und Familienregister Sie seit Jahrzehnten kennen.«

»Mag sein«, sagte Maria bezwungen.

Er streckte ihr seine Hand entgegen. Maria schlug ein.

»Na, also.«

»Ich heiße Maria«, sagte sie so rasch, als würde sie ihren Mut schon in der nächsten Minute bereuen.

»Nett, daß Sie mir Ihren Namen sagen! Ich hätte ihn aber gar nicht gebraucht. Ich habe Sie Madamchen getauft.«

»Madamchen«, wiederholte sie gedehnt.

»Nun ja, Madamchen. Das ist ein Begriff, ein Komplex. Bestimmt nichts Beleidigendes. Sicher nicht.« Er fügte das hinzu, weil er spürte, wie sie sich wieder zurück ziehen wollte. »Madamchen ist etwas sehr schwer zu behandelndes, übrigens.«

Das versöhnte Maria. Sie lächelte ein wenig. Der Wagen hielt bald vor einem bunt beleuchteten Viereck, das ›Alla bocca di Cattaro‹ hieß. Weintrauben aus Glas schmückten den niedrigen Eingang. Ivo zahlte und ging rasch mit Maria durch die Tür.

Hinter einem klirrenden Perlvorhang schwang ein dicker Steingutzwerg einen übergroßen, grünen Weinkrug. Es roch nach Essen. Der schmale Vorraum sah nicht gerade einladend aus. Ivo nahm Maria am Arm und führte sie rasch ins Lokal.

»Hier ist's nett«, sagte er. Über die Breitseite des Raums zog sich ein offener Kamin. Ein dicker Koch mit hoher Mütze drehte am brennenden Feuer einen langen Spieß. Er grüßte Ivo vertraut. Auch die beiden Kellner grüßten vertraut. Vier Tische waren besetzt. Aber die paar Leute machten so viel Lärm, als müßten sie für die sechs oder acht anderen leeren Tische mitsorgen.

Ivo steuerte Maria an einen Ecktisch, den er gut zu kennen schien. Auf einer rotkarierten Decke stand eine Tischlampe in Form einer Weintraube. Ivo drehte sie an, noch ehe sie saßen. »Nicht wahr, hier ist's nett?« sagte er noch einmal.

»Ja«, sagte Maria, ohne zu wissen, was er nett fände.

Die beiden Kellner eilten mit langen Karten an den Tisch, stellten sich hintereinander auf, aber behielten die Karten in der Hand. »Den Weißen wie gewöhnlich?« fragte der Größere, der ein auffallend gut geschnittenes Gesicht hatte und genauso wilde braune Haare wie Ivo. Ivo nickte und erklärte Maria, daß der Rote zu schwer sei und müd mache. Der eine Kellner ging und der andere trat vor. Wie die Ablösung einer Wache. Auch er sah gut aus und hatte einen dominierenden Blick.

»Sarma wie gewöhnlich?« fragte er.

Ivo schüttelte den Kopf. »Machen Sie uns eine große Auswahl Schindelbraten und eine große Schüssel gemischten Salat.«

»Risotto, Kartoffeln?« fragte der Kellner.

»Madamchen wird nein sagen, fürchte ich.« Er schaute Maria an, die mit dieser Bemerkung einverstanden schien.

»Was ist Schindelbraten?« fragte sie.

»Fleischstückchen, die am Spieß gebraten werden, Hammel, Rind, Kalb, Leber, Peperoni, Champignons, Zwiebeln, nacheinander aufgereiht wie Kastanien auf einer Schnur. Schmeckt großartig.«

Er war jungenhaft und voller Heimatstolz.

»Heute esse ich alles«, sagte Maria. »ich habe Hunger.«

»Fein, daß Sie Hunger haben. Ich mag Frauen nicht, die immer sagen, daß sie keinen Hunger hätten. Die essen dann heimlich in der Küche. Und wenn einer heimlich ißt, tut er noch mehr Heimliches!«

Der Kellner kam mit einem Steinkrug und schenkte ein. Der Wein war hellgelb.

»Der ist richtig«, sagte Ivo und hob sein Glas: »Chivili.«

Sie hob ihr Glas und sagte: »Skol.«

»Wir werden wohl das gleiche meinen«, sagte Ivo. Maria trank und aß dann gierig eine große Scheibe Bauernbrot. Er füllte nach, und sie trank hastig das zweite Glas.

Als sie es auf den Tisch stellte, fühlte sie ein feines Prickeln in den Fingerspitzen und eine wunderbare Leichtigkeit im Kopf.

»Gut?« fragt er.

Maria nickte und schien mit dem Dasein einverstanden.

»Er wächst auf Curzola«, sagte er.

»Wo ist das?«

»Eine kleine wilde Insel.«

»Und kriegt man morgen einen arg schweren Kopf von diesem Curzola?«

»Nicht immer an morgen denken. Nicht immer nur an die Folgen denken! Den Augenblick leben. Ja, Madamchen, das ist wirklicher Lebensgenuß! Man muß den Mut haben zur reinen Freude, ohne nachzudenken.«

»Vielleicht«, sagte Maria gefügig.

»Sicher«, bestätigte er. »Ich hab's erprobt. Wissen Sie, was eines der häßlichsten Wörter der Sprache ist?« Maria schüttelte den Kopf.

»Verdauungsspaziergang. Also: Verquickung von Naturfreude und medizinischer Absicht! Genauso gräßlich wie beim Trinken an morgen denken.«

Maria lachte. »Sie sind doch ein Kommunist!«

»Wieso?«

»Weil Sie so reden.«

»Sie glauben, das sei Kommunismus?«

»Nein, aber wenn einer so komisch redet ... Niemand weiß doch eigentlich, was wirklich ein Kommunist ist.«

»Sie sind richtig, Madamchen«, sagte Ivo. »Endlich sind Sie richtig.« Er trank ihr zu und füllte die Gläser wieder. Sie hatten den Steinkrug fast leer getrunken, als der Schindelbraten kam.

Der Kellner zelebrierte ihn wie eine Kulthandlung. Er hatte lange schöne Hände. Maria sah ihm zu. Ivo folgte ihren Augen.

Als der Kellner gegangen war, sagte Ivo:

»Sie haben recht, Madamchen, er ist schön. Alle unsere Männer sind schön. Wir haben die schönsten Marinesoldaten der Welt. Aber diese Schönheit ist nicht etwa nur äußere Form, sie kommt von innen, wissen Sie!«

Maria hatte zwar artig zugehört, aber keine Sekunde versäumt, dem Schindelbraten zuzusprechen. Sie arbeitete wie ein Farmer am Mittag ohne zu reden ihren Teller leer. Er sah ihr belustigt zu. Hungrig war er nicht. Er aß, weil er immer essen konnte. Er betrachtete ihre Hände, die kräftig waren, einfach und nicht besonders schön und überlegte, wie der Mann wohl aussehen mochte, der zu ihr gehörte. Wo dieser Mann wohl jetzt gerade steckte? Und ob er ihr vielleicht dieses Kleid, dieses grandiose Gebilde, gekauft hatte? Unmöglich!

Wieder flammte seine Neugierde auf, diese erregbare Künstlerneugierde, die seine Arbeit und sein Leben behexte und er wußte wieder deutlich, warum er hier saß mit dieser Frau, die nicht zu ihm gehörte und die ihm nicht einmal vertraut war.

Als Maria mit dem Essen fertig war, sagte er dann auch in seiner direkten, undiplomatischen Art:

»Jetzt also die Kleidgeschichte, Madamchen, dann erst Dessert.«

Und Maria, angenehm gesättigt und bester Laune, erzählte gefügig, aber knapp und ohne persönliche Stellungnahme die Tatsachen, die wir schon wissen.

»Na hör«, sagte er, »na, geh! Die Lund ist Ihre Schwester!« Er betrachtete sie eingehend wie ein Malmodell. Aber er fand weder eine Ähnlichkeit heraus noch sonst etwas, das seine bisherige Ansicht über Maria umgeworfen hätte. »Na, so was!«

Maria genoß sein Staunen, wie sie es früher bei Granvilles und im Schwedischen Klub genossen hatte; und sie wußte zugleich, daß dieses Genießen von etwas Unverdientem hiermit sein ruhmloses Ende gefunden hatte.

»Früher habe ich meine Schwester beneidet, jetzt hört das auf.«

Maria hätte Ivo kein besseres Stichwort geben können!

»Madamchen«, brauste er auf, »Madamchen! Jetzt müßten Sie anfangen, ihre Schwester zu beneiden. Gerade jetzt! Spüren Sie denn nicht die Wandlung? Spüren Sie denn nicht, daß sie endlich ›Frau‹ geworden ist, daß sie endlich ›leben‹ wird? Sicher hat sie schon lang den ganzen Filmbetrieb satt gehabt, sicher hat sie sich schon lang nach dem Unbestimmten gesehnt und jetzt hat sie ihn gefunden. Und dann ist's doch klar, daß man wegwirft, was man wegwerfen kann, daß man bezahlt und frei wird. Besitz ist doch Ballast! Man braucht ihn, ja, man wünscht ihn, sammelt ihn an, lebt für ihn, weil man meistens nichts anderes hat, wofür man leben kann. Aber glücklich macht er nicht. So glücklich, daß man sich stark fühlt und sicher und daß man nicht mehr nach dem ›wozu eigentlich?‹ fragt. Nein, so glücklich macht er nie. Hat man aber dann die Antwort, die allein gültige Antwort, dann ist die Wahl leicht. Fort mit dem Ballast, her mit dem Menschen!«

»Glauben Sie?« fragte Maria heiser.

»Glauben? Ich weiß das, ich spüre das! Ich kenne Frauen. Ich weiß, daß die besten ihre Liebe eingesperrt haben in einen goldenen Schrein und daß sie bereit sind, alles andere, Sicherheit, Familie, Geld, zu opfern – ach, das ist kein Opfern, es ist nur ein Wegwerfen – wenn sie den

Schrein für den Richtigen öffnen können. Jeder glaubt, er würde lieben können! Aber lieben dürfen, das ist den meisten heute versagt! Die Frauen sagen, es gebe keine richtigen Männer mehr, und die Männer sagen, es gebe keine richtigen Frauen mehr. Ich weiß nicht, wo der Fehler liegt. Vielleicht ist es eine der Zeit-Strafen, die über uns verhängt sind. Ist ja auch egal! Hauptsache, daß wieder einmal ein bißchen mehr Glück in die Welt gekommen ist.«

»Glauben Sie denn, daß Anne bisher nicht glücklich war?«

»Ja, das glaube ich.«

»Und glauben Sie wirklich, daß die meisten Frauen nicht lieben dürfen?« Maria, die noch nie solche Gedanken mit solcher Sicherheit vortragen gehört hatte, war voll kindlicher Angst, Wißbegierde und Erregung. Ivo hatte ein bißchen Mitleid mit ihr und streichelte ihre Hand. Sie war warm, und die Adern traten blau und grob aus der Haut.

»Lesen Sie doch die täglichen Notschreie, Madamchen. Zu Dutzenden stehen in allen Tageszeitungen der Welt die Notsignale. Junge einsame Frau sucht Anschluß. Mann in den besten Jahren, schuldlos vereinsamt, sucht Kameradin. Und das sind nur solche, die den Mut haben zu schreien, die meisten bleiben stumm! Und dann lesen Sie die Zahlen der Scheidungen. In Paris werden täglich 100 Ehen geschieden! Aber das sind auch wieder nur die Mutigen. Die meisten bleiben zusammen und harren aus. Mut zur Konsequenz, Madamchen, der ist so selten wie Genialität.«

»Sie zählen nur die schrecklichen Sachen auf«, wagte Maria zu sagen. »Es gibt doch auch täglich Hochzeiten.«

»Heiraten, eine Familie gründen, versorgt sein oder Verantwortung für andere tragen, hat mit der Liebe, von der wir jetzt sprechen, nichts zu tun! Das sind soziale Maßnahmen mit privater Initiative. Man bejaht sie aus irgendeiner Stimmung heraus. Später hat man ihre Verpflichtungen zu tragen. Diejenigen, die sie tragen, stopfen sich voll mit Verpflichtungen, füllen nicht nur den Kopf und den Tag damit aus, sondern auch das Herz und die Nacht, werden nervös davon und überlastet, und der Arzt verordnet ihnen dann einen Monat Vichy.«

Maria lachte gepreßt. Es schien ihr plötzlich, als habe sie das alles vor langer, urlanger Zeit schon einmal gehört oder gedacht. Und es war, als breche sich ein Lichtstrahl Bahn durch dichte Lagen von Schutt.

»Ich muß mich an das, was Sie sagen, erst gewöhnen«, sagte sie leise.

Er streichelte wieder ihre Hand. Für ihn war diese Berührung das Beruhigen eines Kindes, das zum erstenmal von der Hexe hört. Er fühlte nichts dabei. Aber durch Maria schoß ein so heißer Strahl, daß sie erschreckt und verwirrt ihre Hand vom Tisch nahm und tat, als habe sie etwas in ihrer Tasche zu suchen.

»Was ist die Ursache des Universalbegriffes ›nervös‹?« begann er wieder. »Indigestion, seelische Indigestion, hervorgerufen durch Überfütterung oder falsche Fütterung. Weil die Menschen unglücklich sind und nicht richtig leben dürfen, ziehen sie sich als Ersatz tausend Dinge heran – Mätressen, Grundstücksspekulation, politische Ambitionen, Geschäftsvergrößerung, Poloklub, Bienenzucht – und füttern ihr arbeitsloses Herz damit. Das aber kann nichts verdauen, was nicht seine Sache ist. Und seine Sache wäre die Liebe. Also leidet es an Indigestion. Die Ärzte aber nennen es nervös und verordnen Vichy.«

Maria übersah in diesen Sekunden klar wie noch nie ihr Leben und das Leben von Monsieur Barthoud und das Leben von Granvilles und das Leben der Leute im Schwedischen Klub und sie fühlte sich schwindlig, als stehe sie auf einer schmalen Eisenbrücke, der plötzlich beide Geländer abgerissen wurden. Sie sah ihn an. Er war schön und jung. »Sie haben recht«, sagte sie schlicht.

Ivo tat diese Bestätigung wohl.

»Und wie ist das mit Ihnen, Madamchen? Sind Sie verheiratet?«
Maria nickte.
»Glücklich?«
»Mein Gott ...«, sagte sie.
»Haben Sie einen Geliebten?«
»So direkt hat mich noch niemand gefragt.«
»Mut, Madamchen!«
»Nein«, sagte sie und genierte sich ein wenig.
»Nie gehabt?«
»Nie.«
»Wieso nicht?«
»Mein Gott«, sagte Maria noch einmal, »das kommt wohl vor.«
»Treue oder Mangel an Gelegenheit?«
»Nicht so viel fragen, bitte.«
»Ich möchte Sie nicht plagen. Ich möcht' Ihnen eher was Gutes tun. Wie kann ich das machen? Etwa jetzt ein Dessert?«
Maria schüttelte den Kopf: »Nein, kein Dessert!«
»Obst vielleicht, oder Käse?«
Sie hob abwehrend ihre Hände: »Nichts, bitte nichts.«
Er griff nach ihren Händen, die sie ihm jetzt überließ.
»Sie sagen zu oft ›nicht‹, Madamchen. Haben Sie Angst vor mir?«
»Ich habe keine Angst, aber ...
»Aber?«
»Ich weiß nicht ...«
»Soll ich Sie heimbringen?«
»Nein, auch nicht heimbringen.«
»Also, dann trinken wir noch etwas.«
»Ja.«
»Endlich ein ›Ja‹, Madamchen!«
Er winkte dem Kellner und bestellte geheimnisvoll.
»Erzählen Sie mir von sich. Madamchen. Was tun Sie tagsüber? Was tun Sie abends?«
Was tue ich eigentlich? überlegte Maria. Zerknirscht

kam sie zu der Erkenntnis, daß sie nichts tat. Jedenfalls nichts, was zu berichten sich lohnte. Und sie hatte sogar den Mut, es ihm zu sagen.

»Nichts ist nicht viel«, sagte er spottend. »Und damit waren Sie bisher zufrieden?«

»Ich war immer beschäftigt und habe nie darüber nachgedacht«, sagte Maria. Ihre Stimme hatte den schuldbewußten Ton eines Beichtkindes.

Ivo lachte, und weil ihm ihr ängstliches Gesicht leid tat, schob er sein Glas auf ihre Seite und rückte nach.

Der schöne Kellner kam mit dem Wein. Er war von dunklerer Farbe als der aus Curzola, süßer, spritziger. Ivo erklärte, daß er bei Ragusa wachse in besonders geschützter Lage, auf dem Gut eines Freundes. Nicht viel sei davon im Handel.

Maria lauschte andächtig in dem Gefühl, sich keine Silbe von Ivos Worten mehr entgehen lassen zu dürfen.

»Und sind Sie zufrieden mit diesem Nichts, Madamchen? Haben Sie nicht manchmal gedacht oder gehofft oder gewünscht, es könnte anders sein?«

Maria spürte befangen seine Nähe und sah ihn kurz an. Schön war er, schön und jung, aber ein bißchen roh. Sie bekam gute Gedanken und gute Vorsätze in seiner Nähe. Sie nippte am Wein. Er schmeckte gut. Sie wagte einen größeren Schluck, aber Antwort gab sie keine.

»Lesen Sie Zeitung?« fragte Ivo plötzlich.

»Das schon«, sagte Maria, froh, wieder einmal ja sagen zu können.

»Für Menschen ohne Phantasie ist die Zeitung ein großartiger Lehrer. Lesen Sie viel Zeitung, Madamchen. Alles, Leitartikel, Feuilleton, Sport, Annoncen. Und dann vergleichen Sie das fremde Leben mit Ihrem eigenen! Und dann werden Sie plötzlich sehen, w i e v i e l Sie tun müssen, um zu leben, richtig zu leben, meine ich. Speziellen Rat kann ich Ihnen nicht geben, weil Sie ja nichts erzählen.«

»Erzählen?« wiederholte Maria gedehnt. »Ich wüßte

nicht, wo anfangen, ich wüßte wirklich nicht ...«

»Irgendwo, ganz egal wo, ich kann dann kombinieren, zusammendenken ...«

»Hat keinen Sinn.« Maria schüttelte den Kopf. »Es hört zu schnell wieder auf, alles ...«

Er sah sie groß an, verstand, legte rasch seinen linken Arm ganz um ihre Schulter und sagte leise: »Wenn Sie wüßten, wieviel netter Sie jetzt sind als vorhin, in der Loge, wenn Sie das wüßten, hätten Sie Grund, eitel zu sein.«

Das war nicht ganz das, was Maria hören wollte; sie bedeutete ihm mit einem Blick, daß er den Arm wieder wegnehmen sollte.

Er tat es und flüsterte spöttisch: »Frau Steuerinspektor.«

»Sie sind klug und dumm zugleich, Ivo.«

»Sagen Sie das noch einmal«, bat er.

Sie wiederholte es lauter, weil sie dachte, er habe nicht recht verstanden.

»Wissen Sie, daß Sie mich zum erstenmal Ivo genannt haben, Madamchen?!«

»Ach so«, sagte sie erschrocken.

Er lachte vergnügt. »Wir werden doch noch gute Freunde werden, Maria.«

Da sie wieder schwieg und zu überlegen schien, sagte er: »Freund sein ist nicht zum Fürchten, Madamchen. Unter Freund sein verstehe ich, Einfluß haben auf ein Leben. Ob lang oder kurz, spielt keine Rolle.

Einfluß haben auf das Denken eines anderen. Verstehen Sie, was ich meine, Maria?«

Jetzt nickte Maria heftig und schluckte ein paarmal rasch Sie nahm sich vor, nicht wieder in ihr altes Mißtrauen zurückzufallen, sah ihm groß und voll ins Gesicht und freute sich.

»Also auf gute Freundschaft.« Er hob sein Glas.

Das kleine Lokal hatte sich inzwischen gefüllt. Man hörte fremdländische, weiche Laute. Die Gäste schienen sich untereinander zu kennen. Maria vergaß, daß sie in Paris war.

»Hier gefällt's mir«, sagte sie. »Ich will niemals mehr in irgendein anderes Lokal gehen.« Sie fühlte, wie frei und leicht ihr Kopf war und wie zentnerschwer ihre Knie, aber auch das gefiel ihr.

»Und ich habe eben fragen wollen, ob wir nicht lieber weggehen sollten«, sagte Ivo.

»Wohin?«

»Zu mir!«

»Nach Jugoslawien?« fragte Maria erschrocken.

»Madamchen, das ist großartig!«

Ivos Haarschopf tanzte, so sehr lachte er. Wieder legte er seinen Arm um ihre Schultern, aber diesmal wehrte sie es ihm nicht.

»Nein, nein, wir bleiben in Paris.«

»Erzählen Sie mir lieber ein bißchen von sich«, sagte Maria, die sich der Ursache seines Lachens plötzlich schämte. »Sie machen sicher merkwürdige Experimente mit Ihrem Leben.«

»Ich kann nichts erzählen von früher. Das würde mich wegbringen von Ihnen, in die Vergangenheit; aber ich will bei Ihnen bleiben. Natürlich habe ich eine Menge Geschichten auf Lager. Ich bin einmal sechs Wochen mit Zigeunern als Zigeuner verkleidet in einem Hauswagen durchs Land gefahren, habe Schirme geflickt und Messer geschliffen, aber solche Geschichten können Sie auch in Magazinen lesen, dazu brauchen Sie mich nicht!«

»Brauche ich Sie überhaupt?« fragte Maria, stolz und erschrocken über ihre plötzliche Koketterie.

»Ja, Sie brauchen mich. Zufälle ohne Sinn gibt es nicht. Wir dürfen sie jedenfalls nicht als nebensächlich ansehen. Sie brauchen mich, gerade heute, wo Sie zum erstenmal Anne Lunds Kleid tragen, brauchen Sie mich.«

»Warum?«

»Weil Sie noch nie geliebt haben.«

Maria fuhr heftig zurück und sah ihn groß an.

»Nein, nein«, beruhigte er sie. »Keine Angst. Mich brauchen Sie nicht zu lieben. Ich will nur der sein, der Ihnen zum erstenmal sagt, was Liebe sein kann. Ich bereite Sie vor, ich mache Sie neugierig, mehr will ich nicht.«

»Ich will nicht neugierig werden!« sagte Maria und gab sich Mühe, das Zittern ihrer Stimme nicht hören zu lassen.

»Mich müssen Sie nicht zu täuschen versuchen. Madamchen!«

»Aber ich will nicht!« Maria stampfte leicht mit dem Fuß unter dem Tische auf.

Ivo streichelte ihr die Hand: »Ich weiß, es ist kein leichter Tag für Sie. Ich würde Ihnen wünschen, Madamchen, daß Sie bald Ihr Leben ändern könnten. Von innen her ändern, meine ich. Sie haben sich im Lauf des Abends schon verändert. Sie sehen besser aus.«

Wirklich, der Wein, die Erregung und das rosa Licht gaben sich Mühe, Marias Gesicht zu verschönern. Das gleichmäßig Starre war weggewischt und hatte einer unruhigen Neugier Raum gegeben. Frisur und Aufmachung waren nicht mehr ganz so tadellos wie in der Auslage eines Friseurladens. Sie sah menschlich aus und glich nicht mehr ihrem Wunschbild vom Fin de Siècle.

»Sie sind aus gutem Material gemacht«, fuhr Ivo fort, ohne seine Prüfung aufzugeben. »Schließlich sind Sie die Schwester der Lund; Sie haben die gleiche Erbmasse, irgendwo muß doch das gleiche Talent stecken. Wahrscheinlich ist es nur verschüttet. Wahrscheinlich hat sich bisher keiner gefunden, der es zutage gefördert hat.«

»Ich bin nicht nur die Schwester der Lund«, brauste Maria auf, »ich bin ich!«

Sie legte ihre Erregung, die von anderen Tiefen kam, in Worte, die sie verbergen sollten, aber Ivo hatte ein feines Ohr für falsche Töne.

Er streichelte ihre Hand und nickte ihr zu. Der Blick war ein Gemisch von Spott, Überlegenheit, Wohlwollen, Sachkenntnis und Freude. Maria errötete hilflos.

»Darf ich du zu dir sagen, Madamchen?« Maria schüttelte erst den Kopf, nickte aber dann nach einem Blick auf seinen spottend geschlossenen Mund, der sich zurückhielt ›Frau Steuerinspektor‹ zu sagen.

»Ich kann aber nicht so rasch du sagen«, meinte sie kindlich, »ich würde mich immer versprechen.«

»Du mußt nicht du zu mir sagen, wenn du nicht willst. Du mußt gar nichts zu tun, was du nicht willst. Aber für mich, verstehst du, gehört dieses du zu meinem Wohlbefinden. Es hat eigentlich gar nichts mit dir zu tun, verstehst du?«

Das verstand Maria nun keineswegs. Sie gab sich Mühe, an seinen Worten herumzudenken, aber ihr Kopf war viel zu müde dazu. Der alte Teil Maria, der leicht zu kränkende, überlegte zwar rasch, ob das wohl eine Beleidigung sei, aber der neue Teil Maria schüttelte diesen Gedanken ab. Der neuere Teil Maria war in einem höheren Sinn zufrieden. Er brachte es sogar zu einer gewissen philosophischen Betrachtung über die Ereignisse dieses Abends, auch wenn sie sich nur in drei kleinen Worten ›seltsam, wirklich seltsam‹ manifestierten.

Es war seltsam für Maria Barthoud, um halb 8 Uhr allein in die Oper zu gehen und jetzt nach Mitternacht mit einem fremden jungen Mann in einer jugoslawischen Kneipe allein zu sitzen. Und wenn man Maria Barthoud kannte, wußte man, daß ›seltsam‹ nicht zu ihren Hauptworten gehörte. Sie hatte weder ihr bisheriges Leben noch ihre Handlungen als seltsam empfunden. Ihre Hauptworte waren wie ihre Taten geregelt und in Ordnung. Und da sie Stimmung, Ivo, Kneipe, Welt, Leben und sich mittendrin so sehr als Gipfel des Seltsamen empfand, wagte sie sogar, was sie selten tat, diese Stimmung zu bekennen, und sie sagte wieder mit heftigem Erröten: »Es ist seltsam, Ivo, wirklich seltsam.«

Ivo tätschelte ihre Hand und Schulter, wie er ungefähr ein Pferd, das ungern Hürden nimmt und doch gut gesprungen ist, gelobt haben würde. Er war ein bißchen müde, sah Maria wohl klar als Gestalt und Begriff neben sich, trotzdem war er weit weg von ihr.

Er gähnte ein wenig und war faul, aber sein anderes Ich träumte sich in eine glückliche Ruhe.

»Ja, Kind«, sagte er sanft, »es ist seltsam, aber nicht unangenehm.«

»Sind Sie müde?« fragte Maria, »wollen Sie gehen?«

»Du brauchst keine Rücksicht auf mich zu nehmen«, sagte Ivo. »Ich bin nie müde, oder immer müde, wie man's nimmt.«

Und nun traute sich Maria eine absonderliche Tat zu. Sie fragte plötzlich etwas, das sie schon während des ganzen Abends hatte fragen wollen. Etwas, das sie plagte, wie es jede Frau, die nicht viel Ahnungsvermögen hat, geplagt hätte. Sie fragte Ivo, ob er schon viele Frauen geliebt habe.

»Nein«, sagte er rauh. »Viele nicht. Aber es hat jedesmal seinen Sinn gehabt.«

»Wieso?«

»Weil die Richtige dabei war.«

»Wo ist die Richtige jetzt?«

»Gestorben.«

»Wirklich gestorben?« fragte Maria erschrocken, »oder nur für Sie tot?« Vor dem Tod hatte sie noch den Schrecken des Kindes.

»Richtig gestorben«, wiederholte Ivo. »Unwiederbringlich, unwiderruflich.«

»Schade.« Maria hätte ihm gern etwas Besseres gesagt oder getan, aber sie traute sich nicht.

»Vorbei, Madamchen. Vielleicht hat auch das seinen Sinn. Prost! Einen Schluck auf die Liebe. Chivili!«

»Skol«, sagte Maria und trank, obwohl sie keine Lust mehr dazu spürte.

»Du hältst Dich wacker, Madamchen«, sagte Ivo. »Bist überhaupt ein ganz lieber Kerl.«

Maria bekam heiße Backen. Ivos Lob rieselte vom Herzen bis in die Knie und hinauf in die Schultern. Wie schön, daß er einmal traurig war, dachte sie; und frech ist er nur, um nicht zu zeigen, wie es um ihn steht. Sie hätte zu gern gewußt, wie lange er noch in Paris bleiben würde, aber sie hatte Angst vor der Antwort. Sie hatte plötzlich überhaupt ein bißchen Angst, aber sie wußte nicht, wovor. Worte und Gedanken hatten sie so verwirrt, daß sie am liebsten jetzt ein paar Minuten geweint hätte, an seiner Schulter. Weinen tut immer gut, aber weinen, jetzt vor ihm, das war wohl das Unmöglichste. Haltung bewahren, befahl sie sich. Er tut's auch, obwohl in merkwürdiger Form.

»Weißt du Madamchen, wenn du einmal lieben, ich meine richtig lieben, wirst, fällt alles andere von dir ab. Dann vergißt du deine Verzierungen und wirst du! Das könnte eine Gefahr für dich sein in deinem Alter.«

Obwohl sich Maria Mühe gab, nicht zusammenzuzucken bei diesem heiklen Wort, war die unwillkürliche Bewegung stärker als ihre Energie. Ivo spürte das sofort und er drückte mitleidig-zärtlich ihren Arm: »Du darfst dich nicht unnötig aufregen. Ich zähle die Minus auf, ehe ich dir die Plus zeige. Kommst du an den Richtigen, dann erlebst du die große Religion. Dann tust du Dinge, die du bisher noch nie getan hast. Dann verstehst du auch deine Schwester. Dann möchtest du alle Menschen in deiner Umgebung glücklich sehen.« Seine Stimme hatte etwas beschwörend-faszinierendes. Wenn Maria die Augen geschlossen hätte, würde sie geglaubt haben, ein Hypnotiseur versuche sich an ihr. Sie lauschte gespannt, jedoch er schwieg ziemlich unvermittelt.

Plötzlich zog er seine Uhr: »Zwei Uhr, Madamchen. Ich glaube, es wird Zeit zum Gehen.«

»Gern«, sagte Maria gefügig.

»Gehst du wirklich gern, oder sagst du nur gern, weil du brav sein willst?«

»Es muß alles einmal ein Ende haben, nicht?«

»Zwischen uns gibt's noch lange kein Ende, auch wenn wir jetzt gehen«, sagte Ivo.

Maria fühlte schon wieder diese Röte vom Hals aufsteigen und erhob sich rasch, damit er ihre Verlegenheit nicht sehe. Sie erhob sich jedoch zu rasch für ihren Kopf, der schwer war und nun plötzlich schwindelte. Um nicht zu fallen, hielt sie sich am Tisch fest, tappte zwei Schritte vorwärts, verwickelte jedoch ihren rechten Fuß in die Schnur der Tischlampe, stolperte und stürzte, obwohl sie sich noch in letzter Sekunde an die Tischkante klammern konnte, zu Boden.

Die Kellner rannten, und die Leute sprangen von den Tischen auf.

Plötzlich war Maria Sensation. Allerdings eine andere Art Sensation, als jene, die sie sich um 1/2 8 Uhr in der Oper ersehnt hatte. Ivo war allen zuvorgekommen, hatte Maria aufgehoben und sah ihr nun teilnahmsvoll und ganz ohne Spott in die Augen.

»Armes, hast du dir weh getan?«

Vom Nebentisch trat ein großer, dicker Mann mit Brille auf sie zu, behauptete Arzt zu sein, und trug seine Hilfe an. Auch die beiden schönen Kellner murmelten etwas von helfen. Maria, in der Mitte der vier Männer, lächelte. Ihr Gesicht war ein wenig verzerrt, aber das Lächeln kam aus dem Herzen. Sie war gern Mittelpunkt.

»Es ist nichts«, sagte sie, »wirklich nichts.« Dann sah sie an sich herunter, und dann verging das Lächeln rasch.

Das Kleid, das schöne, glänzendweiße Kleid, hatte vorn einen dunkelbraunen Fleck und an der Seite einen langen Zickzackriß. Die Farbe des Flecks sah recht hartnäckig aus. Und der Riß verlief in unbarmherzigen Zickzacklinien wie ein schlecht geöffneter Briefumschlag.

Maria nahm sofort die volle Tragweite dieses Geschehens in sich auf. Aber sie behielt Haltung: »Das Kleid braucht einen Arzt, nicht ich«, sagte sie zu dem Fremden und stützte sich auf Ivos Arm. Der Scherz trug ihr Beifall ein. Die Leute im Lokal setzten sich beruhigt wieder auf ihre Plätze und nickten ihr von dort aus zu.

Der schöne Kellner schleppte Seife, Tuch und einen

Eimer Wasser herbei, mit dem er einen Krankensaal hätte fegen können. Sogar der Koch wollte sich an der Säuberungsaktion beteiligen, aber seine Schürze war nicht so, daß sie ihm das nötige Vertrauen verschafft hätte. Ivo schickte ihn wieder fort.

Maria lächelte, winkte jede Hilfe ab und bat Ivo, jetzt mit ihr wegzugehen.

Der Abgang war gut. Ivo zahlte rasch und viel, bot Maria den Arm und führte sie, begleitet von den tiefen Verbeugungen der Kellner und dem Winken der Gäste, durch den stickigen Vorraum am Gipszwerg vorbei ins Freie hinaus.

»Du hast dich wacker gehalten«, lobte er draußen, während sie auf ein Auto warteten.

»Nicht der Rede wert«, sagte Maria und in diesem Augenblick war sie überzeugt davon. Was bedeutete ein zerrissenes beschmutztes Kleid im Vergleich zu seinem ernsten Mitgefühl?

Ihr Knie schmerzte zwar ein bißchen, aber auch das war jetzt nicht der Rede wert. Ivo hauchte einen Kuß auf ihr Haar. Das war besser als jede Medizin.

Als sie ins Taxi stieg, sagte sie: »Neuilly, Rue Ancelle.« Ivo murmelte dem Chauffeur etwas ins Ohr. »Sag ihm, er soll vorsichtig fahren«, rief sie ihm noch zu, und dann sank sie, reichlich müde und zittrig, in die nicht gerade appetitlich riechende Ecke dieses alten Vehikels. Ivo setzte sich in die andere Ecke und holte ihre Hand zu sich herüber. Das Rütteln des Wagens und der Leder- und Benzingeruch gefielen ihr nicht. Es wurde ihr ein bißchen übel und das Hämmern in den Schläfen verstärkte sich.

Plötzlich war ihr alles wieder fremd, auch Ivo. Sie hätte ihn gern gefragt, ob sie ihn noch einmal sehen und wie lange er in Paris bleiben würde. Aber sie konnte plötzlich nichts sagen. Sie freute sich auf ein kaltes Bad und ein frisches Bett.

»Taxis stinken«, sagte sie.

»Dagegen gibt's ein Mittel«, sagte er.

»Was für eins?« fragte sie laut.

»Aussteigen.«

»Zu Fuß gehen?«

»Nein, zu mir kommen, ins Hotel.«

»Ausgeschlossen«, sagte sie rasch und heftig. Sie versuchte, ihre Hand freizumachen.

»Dableiben, Madamchen, nicht dumm sein, nicht Frau Steuerinspektor spielen.«

»Ich will nicht«, sagte sie noch heftiger und riß sich los. Sie war plötzlich wach und hatte Kopfschmerzen.

»Warum nicht?«

»Darum!«

»Du tust mir leid, Madamchen.«

»Das macht nichts.« Sie war plötzlich böse auf Ivo.

»Du wirst dein Nein bereuen. Du wirst es Zeit deines Lebens bereuen. Morgen schon wirst du anfangen mit der Reue und weinen. Und du wirst sehen, daß Reue über etwas Unerlebtes die schrecklichste Art von Reue ist. Ich kenne dich doch.«

Wenn er sagen würde »Ich liebe dich«, dann vielleicht, dachte Maria. Aber er sagt es nicht. Er sagt Dummes und Kluges durcheinander. Aber er sagt nicht das Richtige. Und sie spürte, daß irgendeine Kraft in ihr aufstand. Dumm war er, daß er das nicht spürte! Sie hatte ihn für klüger gehalten. Sie zog sich in ihre Ecke zurück, aber er rückte ihr nach.

»Sei doch kein Kind! Früher, weißt du, Fin de Siède, hat man sich so geziert. Damals war das guter Ton. Heute muß man selber mitmachen wollen.«

»Aber ich will nicht«, sagte Maria heftig und böse. »Und noch einmal, ich will nicht.«

Ivo versuchte es mit Lachen. Das Lachen half nichts. Er versuchte es mit Gekränktsein und Schweigen. Maria hatte sich in einen Eisberg verwandelt. Sie war enttäuscht, bitter, unglücklich, sie haßte und liebte ihn zugleich.

Ein paar Straßenecken weiter, im Faubourg St. Honoré, hielt der Wagen. Ivo stieg aus und hielt von draußen seine Hand Maria zur Hilfe entgegen.

Was dann geschah, war nichts anderes als der Reflex einer gewaltigen Enttäuschung. Keine Überlegung, keine vorbedachte Klugheit hätte Maria je so blitzschnell und so bestimmt handeln lassen.

Mit wilder Kraft stieß sie Ivos Hand so zurück, daß er taumelte. Während dessen schlug sie die Wagentüre zu und rief dem Chauffeur zu: »Rue Ancelle, aber rasch!«

Der Chauffeur schien sich über nichts zu wundern. Knarrend riß er den Gang durch und startete so rasch er konnte. Unsanft flog Maria, die noch auf der Kante des Polsters saß, zurück in den Fond.

Der Stoß tat ihr wohl. Sie hätte gern noch mehr solcher äußeren Stöße ertragen, um die inneren zu vergessen. Sie war unglücklich wie noch nie zuvor. Sie hatte Mitleid mit sich.

Während sie die leeren, dunklen Champs-Elysées entlang rollte, sah sie überklar, wem sie entgegenfuhr. Sie sah greifbar nahe Monsieur Barthouds schwarzen Schnurrbart und seine Musterkoffer voll Lyoneser Seide, seinen schmalen Bambusstock und seine ausgetretenen algerischen Hausschuhe. Sie hörte seine etwas heisere Stimme und sah, wie er sich mit der Hand über seine leicht glänzende Glatze strich. Sie fuhr ihm entgegen, seiner Welt, ihrer alten Welt, der Tradition, der Langeweile, dem Vorurteil, Madame Granville und dem schwedischen Klub. Aber sie fuhr ihnen anders entgegen, als sie sie verlassen hatte. Sie fuhr ihnen kritisch entgegen und lieblos und aufgeweckt. Sie nahm nicht mehr hin, sie bewunderte auch nicht mehr. Sie fuhr all diesen Dingen entgegen, weil sie nicht mehr zurückfahren konnte. Sie konnte nicht mehr zurück, auch wenn sie der Chauffeur plötzlich bei der Hand genommen und zu Ivo zurückgeführt hätte. Aber niemand nahm sie bei der Hand. Es

Champs-Elysées

geschahen keine Märchen mehr. Oder nur solche, die man sich selber schaffte. Schade! Maria, in der klaren Überwachheit ihrer Reue, verstand und erfühlte, was sie zurückgelassen hatte. Sie schätzte, bewunderte und liebte es plötzlich. Da waren Kühnheit und Freiheit und Mut, und da war etwas Neues, in dem Kraft steckte, Kraft, die sie mitgerissen hatte, sie, Maria Barthoud, 36 Jahre alt, seit Ewigkeiten verheiratet und doch Jungfrau im Geiste.

Trotzdem: umkehren gab es nicht mehr für sie. Nie mehr. Zu wem hätte sie denn umkehren sollen? Ivo war ein Schatten, ein Mann ohne Schatten, er kam von irgendwoher, und er ging irgendwohin. Er war noch nicht einmal Gegenwart, er war schon Vergangenheit. Doch zugleich spürte Maria, daß er nötig gewesen war und daß er sie verändert hatte, obwohl sie nie wieder umkehren konnte.

Das zu wissen, tat gut. In ihre Reue stieg plötzlich etwas Hochmut. Diese Erfahrung gehörte ihr. Plötzlich hatte sie ein Geheimnis, hinter das keiner kommen würde. Sie würde es pflegen und hüten und vielleicht auch bisweilen Kraft daraus holen, wenn sie sie brauchte. Schade, daß es so früh geendet hatte. Schade, doch das war ihre Schuld. So war sie eben. Irgendwo innen spürte sie etwas, das tiefer saß als Reue und Trauer, etwas, das ihr sagte, sie habe recht getan, weil sie sich selbst gemäß geblieben war. Maria hatte sich gern und liebte ihre eigene Art, obwohl sie zum erstenmal erfahren hatte, wie Anderssein schmeckte. Immer stand sie nur auf einer halben Stufe, immer konnte sie nur halb geben und halb nehmen. Das war nun einmal so. Anne war immer zwei Zentimeter größer gewesen als sie.

Schade um den raschen Abschluß, schade um alles, was sie nicht gesagt, gehört und getan hatte. Sie bereute. Aber diese Reue gehörte zu ihr. Sie war ein Teil ihres Wesens, das sie kannte. Ohne diese Reue wäre sie nicht Maria gewesen. Und schließlich hatte sie sich und alle ihre Eigenschaften gern.

Nun war es aus. Unwiderruflich! Schon fuhr sie wieder um die schmale Ecke in der Rue Ancelle. Sie wußte seinen Namen nicht, und er hatte ihren Namen nicht wissen wollen.

Es war schön gewesen und seltsam und nun war es vorbei. Es hat das Kleid gekostet, das sie als Einsatz gewagt hatte. Mehr nicht.

Sie war müd und traurig und doch ein bißchen glücklich. Und nun ging sie wieder in das große, dunkle Loch, das ihre Haustür war.

VIERTER TEIL

Ilka

Ilka, Madame Barthouds neue Hausgehilfin, hatte sich trotz anfänglicher Verwunderung in die Gewohnheiten ihrer Dame gefunden und war einigermaßen verwirrt, als am Mittwochvormittag um 8 Uhr nicht geläutet wurde. Auch um halb 9 Uhr blieb das Läuten aus, selbst um 9 Uhr, zu einer Zeit, da sie gewöhnlich schon zum zweitenmal mit der Post Madame Barthouds Zimmer betreten und das Frühstückstablett leer hinaustragen mußte.

Zwischen 8 und 9 Uhr hatte Ilka noch geglaubt, Madame müsse sich vom Amüsement des vergangenen Abends erholen, um 9 Uhr begann sie sich zu ängstigen. Sie schlich sich an die Tür, hörte aber nichts. Sie versuchte durchs Schlüsselloch zu sehen, jedoch der Schlüssel steckte innen und versperrte die Sicht. Eigentlich gab es nirgends Zeichen zur Beunruhigung.

Trotzdem ging Ilka in die Küche, um diesen seltenen Fall von Unkorrektheit mit Lucia zu besprechen. Aber Lucia war nicht sprechbereit. Sie begrub den Küchentisch unter ihrem massigen Körper und sah nicht auf, als Ilka kam. Ihr dichtes, schwarzes Haar lag wie eine Halbkugel über dem weißen Wachstuch.

»Mir ist alles egal heute, ich bin todmüde, bambina«, sagte sie auf Ilkas Fragen.

Lucia war von Geburt Italienerin, Witwe eines bretonischen Schiffers.

»Die Milch ist heute früh schon sauer geworden, was soll das für ein Tag werden?«

»Sie haben Fieber«, sagte Ilka mit kritischem Blick auf die fleckige Röte des fleischigen Vollmonds Lucias und erinnerte sich rasch an ihre zehn Semester Medizin in Wien.

»Porca miseria, la grippe«, schnaufte die Köchin.

»Ich weiß ein gutes Mittel gegen Grippe«, sagte Ilka.

»Ein Mittel«, höhnte Lucia schwach! »Ein gutes Mittel. O je! Grippe dauert mit Mittel acht Tage und ohne Mittel eine Woche.«

»Einen Tropfen Jod in ein halbes Glas Wasser tun, sofort trinken«, sagte Ilka unbeirrt mit ärztlicher Stimme.

»Pfui!«

»Später eine Tablette Chinin Phytin und um 11 Uhr Lindenblütentee und schwitzen.«

»Mir ist heiß genug«, sagte Lucia. »Der Franken ist wieder gefallen.«

»Im Inland macht das noch nicht viel aus.«

»Sie sind naiv, bambina«, japste Lucia. »Ich habe doch meine Margherita zu mir holen wollen aus dem Ospedale in Torino, hab eine Pension mit ihr anfangen wollen in Paimpol. Aus ist's, aus, alles ist aus.« Lucias nicht gerade verkümmerter Busen und der Tisch wankten, so sehr zitterte sie.

»Sie müssen sofort ins Bett, Lucia.«

»Ich rühr mich nicht weg, bevor Madame nicht auf ist.«

»Warum haben Sie mir nie von Ihrer Margherita erzählt, Lucia?«

Ilka wollte die Köchin auf andere Gedanken bringen.

»Reden Sie etwa so viel von sich, was??«

Damit war Ilka geschlagen. Sie hatte, seit sie in Paris war, das Wort Wien nie erwähnt. Verstehen können immer nur die, die das gleiche erleben.

»Ja«, sagte sie, »ja.«

»Na eben«, nickte Luci. Sie schwiegen und warteten auf das Klingeln aus Madames Schlafzimmer.

»Porca miseria, mir ist übel«, stöhnte Lucia, »werd ich wohl sterben, bambina?«

»Es stirbt sich nicht so rasch, Lucia«, sagte Ilka, und sie dachte, rasch geht es nur, wenn andere nachhelfen.

»Können Sie kochen?« fragte Lucia matt. »Spaghetti, Risotto, Polenta, was können sie?«

»Alles«, sagte Ilka und war überzeugt davon.

»Nicht möglich«, höhnte Lucia, aber ihr Hohn verging rasch:

»Ach, mein Kopf, mein armer Kopf, tausend Nadeln stechen drin, und mein Herz brummt wie ein Sägewerk. Hören Sie nur, wie es brummt.«

Ilka stellte die hellblaue Küchenuhr auf den Tisch und zählte Lucias Puls. Man hörte nur das Rasseln des Frigidaires und Ilkas Zählen in dem kühlen, weißgekachelten Raum.

»110«, sagte Ilka. »Sie haben nicht unter 39! Sofort ins Bett, Lucia, sofort.«

»Porca miseria«, stöhnte Lucia. »Und heute abend ist Italienerball im Gatto nero. Frühlingsball. Seit einem Jahr freu' ich mich darauf. Und jetzt hab ich Fieber.«

»Pech«, sagte Ilka ohne Überzeugung, »aber Sie dürfen unter keinen Umständen auf einen Ball.«

»Das Billett ist aber schon bezahlt.«

»Soll schon mal vorgekommen sein, daß einer sein Billett zurückgegeben hat.«

»15 Franken hat's gekostet«, wimmerte Lucia. »Und sechs Leute aus meinem Dorf sind heute abend dort. Alle sechs im ›Ritz‹ angestellt. Und einen ganzen Abend lang hätt' ich wieder einmal reden können, wie mir der Schnabel gewachsen ist. Nicht immer dieses Madame-Französisch.«

In diesem Moment durchschnitt Madames Klingelsignal die Wohnung. Ilka fuhr auf und ordnete das Frühstückstablett. Lucia hielt sich die Ohren zu. »Sagen Sie ihr, daß ich Fieber habe«, rief sie Ilka nach. Dann schleppte sie sich ans Telephon, um die Einkäufe zu bestellen.

Madame Barthouds Schlafzimmer war eine Komposition von Hellgrau und Süßlila. Die Möbel, obwohl Baujahr 1930, trugen die vergoldeten Zierleisten, Rosenranken und Lyras irgendeiner Louis-Epoche. Über dem breiten Doppelbett hingen unter Glas ein paar üppige nackte Gestalten und auf dem breiten Goldrahmen stand ›Ticiano Vecellio‹. Auf einem Tischchen unter dem Fenster prangte zwischen Parfümflaschen, Haarbürsten, Cremeschachteln und Nagelfeilen, Anne Lunds Bild im Elfenbeinrahmen, und über dem halbhohen Schuhschrank hing die Photographie eines stattlichen Herrn im Cutaway, M. Barthoud senior, der auch in der Tradition von Lyoneser Seide groß geworden war.

In normalen Zeiten war der hellviolette Velour des Fußbodens staub- und gegenstandsfrei; an diesem Morgen ringelten sich die Strümpfe wie Schlangen vor dem Bett; die rosa Unterkleider, die weißen Schuhe und Handschuhe, die goldene Tasche, die Ringe und Armbänder waren ausgestreut, als sollten sie hier Wurzeln schlagen. Das weiße Kleid lag wie ein Handtuch zerknüllt vor der Breitseite des Bettes.

Ilka dachte sich ihr Teil, wünschte guten Morgen und setzte das Tablett vor Madame ab.

Madame dankte kaum und goß hastig Kaffee in ihre Tasse. Ilka sammelte schnell die zerstreuten Gegenstände und ordnete sie auf einem lila bezogenen Stuhl.

»Der Kaffee ist ja eiskalt«, rief Madame heftig. »Was fällt euch denn ein, mir so etwas zu bieten!«

»Lucia hatte den Kaffee schon vor einer Stunde fertig. Sie hat Grippe und hohes Fieber. Deshalb hat sie wohl vergessen, ihn aufzuwärmen.« Ilka hatte bereits das weiße Kleid sorgsam ausgeschüttelt und mit liebenden Fingern die rechte Seite nach außen gedreht. Jetzt wollte sie es auf den Stuhl zu den anderen Sachen legen und sich des Kaffees annehmen. Aber Madame herrschte sie an: »Nehmen Sie das Kleid fort! Augenblicklich, ich will es nicht mehr sehen! Ich schenke es Ihnen. Tun Sie damit, was Sie wollen, nur lassen Sie es mir nie wieder vor die Augen kommen. Nie wieder, haben Sie verstanden?«

Ilka sah Madame erschrocken an und vergaß, sich zu bedanken. Das Kleid, das gestern noch wie eine Offenbarung in einem Schalterraum des Zollamts hing, sollte heute schon ihr gehören? Vor einer solchen Wahrheit hatte sie Angst.

»Na ja, glauben Sie's schon«, sagte Madame nervös. »Starren Sie mich nicht so entsetzt an, und tragen Sie das Zeug fort.«

Ilka hing das Kleid rasch über den Arm und näherte sich schüchtern dem Kaffeetablett. Sicher war es peinlich, schlecht aufzuwachen, keinen warmen Kaffee vorzufinden und durch Lucias Grippe wenig Aussicht auf ein gepflegtes Mittagessen zu haben, immerhin der Krieg in Spanien war schlimmer.

»Ich werde Ihnen den Kaffee sofort aufwärmen«, sagte sie.

»Sind Sie wahnsinnig, mir gewärmten Kaffee anzubieten!« rief Madame empört. »Kochen Sie frischen, sofort!«

Stumm nickte Ilka, nahm das Tablett und wandte sich mit Kleid und Tablett der Türe zu.

»Halt«, rief Madame, »halt, lassen Sie das Zeug da. Ich kann nicht so lange warten, bis ihr endlich frischen Kaffee zuwege bringt, ich habe Hunger.«

Eilfertig lief Ilka zurück, setzte das Tablett ab, wo sie es genommen, hing das weiße Kleid über den lila Sessel und dachte, daß sie gut daran getan habe, wegen des plötzlichen Geschenks skeptisch gewesen zu sein. Aber Madame bekam ihren Zustand. »Weg das Kleid, weg, sofort, haben Sie nicht gehört, daß ich es nie wieder sehen will!«

Sie hatte die Augen vor Abscheu zusammengepreßt, das Gesicht verzogen und sah nicht gerade besonders anziehend aus.

Ilka riß das Kleid an sich und flüchtete aus dem graulila Schlafzimmer hinüber ins Office. Hier warf sie das Kleid rasch unter die Decke ihres Bettes. Das war die einzige Geborgenheit, die ihr im Hause zustand.

Madame Barthouds schlechte Laune war nicht nur das Produkt von Enttäuschung und Unausgeschlafenheit. Sie war das vorläufige Ergebnis einer neuen Einsicht. Man konnte nicht sagen, daß Maria bisher nie eine Nacht ohne Schlaf verbracht hätte; auch war es nicht das erstemal, daß sie sich über ihre Person und ihr Leben ernste Gedanken gemacht hätte. Nur war sie bisher von einem festen, unveränderlichen Begriff ausgegangen. Dieser Begriff hieß Maria, war eine geliebte, zurechtbefundene Tatsache, an ihr wurde nicht gerüttelt.

Aber die Wachträume ihrer bisherigen Schlaflosigkeit hatten sich um greifbare Dinge gedreht, insofern man Sommerreisen und Gartenfeste greifen kann.

Plötzlich, seit gestern, seit Ivo, hatte sich Marias Betrachtungsstandpunkt auf eine andere Ebene geschoben. Sie kam sich vor, als hätte sie ein neues Fernrohr vor den Augen. Ein Fernrohr in Form eines Opernglases, dessen Linse verstellt war. Die großen Gläser sahen nach innen und verhundertfachten die Einsicht, die kleinen sahen nach außen und verwinzigten die Welt.

Im Laufe der Nacht und der Gedanken hatte eine einzige Frage, eine Frage, die nicht simpler hätte sein können, Marias Selbstliebe, die eine Reue verdrängen wollte, attackiert. Hat Ivo vielleicht recht? Die Frage ging ins Allgemeine. Und als sie in der Stille ihres Bettes überlegte, hatte sie Ivos dunkle Augen vor sich und sah mit ihnen durch das neue Fernrohr.

Was hatte sie in den vielen Jahren bisher getan? Was geleistet? Gut, sie war beschäftigt gewesen vom Aufstehen bis zum Schlafengehen. Sie war herumgegangen, hatte Dinge erledigt und besorgt und nicht gemerkt, daß sie im Grunde nichts erledigt oder besorgt hatte, nichts, was geblieben wäre.

Nicht einmal ein Kind hatte sie geboren. Sie war eine Maschine gewesen, keine aus schwerem Metall, eine Maschine, die sich drehte, Lärm machte, Strom verbrauchte und doch nichts produzierte.

Und plötzlich hörte sie ein Wort, ein von Ivo gesprochenes Wort, und sie sah, wie es sich in großen Buchstaben an der Wand hinzog: Leerlauf, Leerlauf, Leerlauf. Und nebenan lief eine ähnliche Maschine, die sich auch drehte, bewegte. Strom und Öl verbrauchte und vielleicht sogar etwas produzierte. Maria wußte es nicht recht, – vielleicht war Lyoneser Seide etwas, das man mit dem Vermerk ›richtig‹ passieren lassen konnte –, jedenfalls wußte sie von der Maschine, die Albert Barthoud hieß, wenig, und es fiel ihr erst jetzt auf, daß sie sich wohl auch nie besondere Mühe gegeben hatte, viel davon zu wissen.

Maria hatte jede Stunde schlagen gehört, sie hörte um 6 Uhr den Bäcker kommen und um halb 7 den Milchmann und sie hörte Vogelgezwitscher und Straßenkehrer, aber eigentlich hörte sie nur das gleichmäßige Getrampel ihrer eigenen unnützen Schritte, Takt auf Takt. Es war wie ein endloses Gehen am Ort, obwohl es klang, als würde man dabei vorwärts kommen. Aber man kam nicht vorwärts, man blieb am Ort, am Ort, am Ort. Marias Weltbild war verändert und ihr Halt, bisher in ihrer Selbstzufriedenheit verankert, erschüttert. Sie hätte gern neu begonnen, wie und was wußte sie zwar nicht genau. Wenn ihr nur jemand dabei geholfen hätte. Aber allein würde sie es nicht fertig bringen. Allein war sie nichts, das spürte sie.

Warum war niemand da, der ihr half? Warum hatte sie Ivos Hand zurückgestoßen, warum, warum, warum?

Maria hatte dann gehört, wie das Haus wach wurde, wie Lucia die Läden aufschlug, wie die Leute oben ihren Tag begannen, wie die Straße draußen zu leben anfing. Und sie hatte gehört, wie Ilka an ihre Schlafzimmertür geschlichen war, um zu horchen. Aber sie hatte keine Kraft gehabt, sich schon der Welt zu stellen. Sie fühlte sich in Unordnung wie nach einem großen Umzug, und sie wußte, daß sie nie mit dem Aufräumen fertig werden würde.

Lange döste und träumte sie vor sich hin. Erst als dann der Magen, der noch von keiner Wandlung wußte, sich nachträglich rebellisch meldete, läutete sie und verfiel, sobald das Tageslicht der Gewohnheit wieder ins Zimmer kam, in jene gereizte, undisziplinierte Stimmung, die Ilka keineswegs als Auftakt einer Läuterung empfand, obwohl ihr dabei die ›zitternde Freude‹, wenn auch befleckt, in den Schoß gefallen war.

Sobald Maria wieder allein war, schämte sie sich ihrer Gereiztheit. Was würde Ivo gesagt haben? ›Frau Steuerinspektor.‹

Sie hörte dieses gräßlichste aller Worte und hielt sich die Ohren zu, um Ruhe davor zu haben. Aber diese Maßnahme allein wirkte nicht. Also stand sie auf und nahm eine kalte Dusche.

Während das Wasser erfrischend über sie hinlief, beschloß sie, Ilka ein entschuldigendes Wort zu sagen. Aber schon im Bademantel verwarf sie diesen Plan. Sie hatte ihr ja bereits das Kleid geschenkt.

Zu Ilkas Obliegenheiten hätte es jetzt gehört, in den drei Wohnzimmern Staub zu wischen. Staubwischen auch ohne Staub war eine der Kulthandlungen in Madame Barthouds Haushalt. Da gab es Porzellanfiguren auf Spitzendeckchen, Vasen ohne Blumen auf Glasuntersätzen, Berge von Seidenkissen, auf denen niemand saß, und einen betenden Tiroler aus Gips, der als warnendes Symbol für die Zerbrechlichkeit aller abstaubbaren Güter seine schon einmal geleimte Hand rechts aufwärts streckte.

Ilka staubte sogar gern ab, auch ohne Staub. Sie mußte beschäftigt sein, sie brauchte Tätigkeit wie Luft. Die Illusion des Tuns sollte ihr das ersetzen, was ihr die Illusion der Sicherheit nicht mehr geben konnte: Gleichgewicht.

Aber heute ließ sie Staubwischen und Zimmerritual, und eilte zu Lucia in die Küche.

»Ich sterbe, bambina, ach ich sterbe«, jammerte Lucia. »Meine arme Margherita, bald hat sie keine Mama mehr.«

Ihr Gesicht war dunkelrot und naß, sie schleppte sich an der Herdstange entlang und hielt Ilka ein fettiges Papier entgegen. Sie hatte das Mittagessen darauf geschrieben. Ilka steckte das Papier ein und nahm Lucias schwankende Masse unter den Arm: »Wir gehen jetzt brav ins Bett«, sagte sie mit Krankenschwesterstimme. »Wir nehmen ein Pülverchen und wir schlafen gut.«

Lucia ließ sich willenlos in ihr Zimmer hinüberführen. ›Die Leidensfähigkeit eines Patienten fällt im Quadrat seiner Entfernung von der normalen Allgemeinbildung‹, hörte sie die Stimme ihres alten Professors Polenz sagen. ›Der Mann von der Straße also ist wehleidiger als einer unserer Kollegen.‹

»Ach Herr Jesus, mir ist übel«, jammerte Lucia und sank auf ihr Bett.

Ihr Seliger und Margherita, die Madonna mit dem Kinde schauten von der Wand auf sie herunter.

Ilka half sie zu Bett zu bringen, leuchtete mit der Nachttischlampe in Lucias halboffenen und sich immer wieder schließen wollenden Mund, untersuchte ihren Bauch, klopfte die Lungen ab, probierte die Muskelreflexe und sah im Geiste Professor Polenz hinter sich.

»Muß ich sterben?« wimmerte Lucia. »Wirst du helfen, bambina mia?«

»Ich werde Ihnen helfen, Lucia. Sie werden in vier Tagen wieder gesund sein. Wenn Sie brav sind und mir folgen.« Sie legte ein Essigtuch auf Lucias Stirn und kühlte ihr die Hände mit einem Schwamm.

»Woher können Sie denn das alles?« fragte Lucia matt.

»Ich habe einmal Krankenpflege gelernt«, sagte Ilka kurz.

»Und dann?«

»Aufgegeben.«

»Warum?«

»Es war zu anstrengend für mich.« Sie hielt ein Glas zum Gurgeln und die Waschlavoir mit den Rosenranken bereit.

»Schade«, sagte Lucia, »Sie können's gut.«

»Wie man's nimmt«, sagte Ilka. Das war die knappste Formel ihrer neuen Weltanschauung. Aber Lucia war gegen Philosophie. Lucia war für Handgreifliches. Sie schluckte ein bißchen Gurgelwasser und spuckte voll Abscheu den Rest in die Schüssel.

»Warten Sie, bambina, ich will Ihnen vorher etwas geben.« Sie richtete sich halb auf, um in der Schublade ihres Nachttischchens zu kramen.

»Lucia ist dankbar für Hilfe, Lucia läßt sich nicht lumpen.« Lucias Stimme war plötzlich kindlich fromm geworden. Die Finger kramten zwischen Rosenkranz, Heiligenmedaillen und Bildern ihrer Margherita und ihres Seligen und zogen nach langem Suchen eine Art Visitenkarte hervor, eine gewöhnliche weiße Karte, die sie, ehe sie sie Ilka reichte, an ihren Busen preßte.

»Hier, cara mia, die Karte für unsern Ball! Schon bezahlt, carissima. Ich schenke sie Ihnen. 15 Francs hat sie gekostet, und so schön wär's gewesen. Aber ich schenke sie Ihnen, weil Sie so gut zu mir sind.«

Ilka wußte, was die Ballkarte für Lucia bedeutete. Sie nahm die Karte gerührt, sie spielte mit ihr, sie spielte sogar mit dem Gedanken an einen Ball eine zögernde Sekunde lang, aber dann gab sie sie Lucia doch wieder zurück.

»Lieb von Ihnen, Lucia. Aber ich kann nicht zu diesem Ball.«

»Sie können nicht?« japste Lucia beleidigt. Ihr gerötetes Gesicht wurde noch dunkler.

»Was soll das heißen?« Sie drückte die weiße Karte fest in Ilkas Hand: »Sie gehen! Oder ist's Ihnen etwa nicht fein genug?«

Ilka bettete die schwere Masse Lucia wieder in ihre Kissen und erneuerte das Essigtuch. »Nicht aufregen, Lucia.

Aber ich kann doch nicht auf Euren Ball. Ich kenne doch keinen von Euch!«

»Porca miseria« stöhnte Lucia. »Solche Geschichten, wenn man jung ist. Vier von meinem Dorf, vier von Cascina piana kommen um 9 Uhr und holen mich ab. Und dann kennen Sie gleich vier auf einmal, bambina.«

Ich bin jung, dachte Ilka, und doch nicht jung genug. Die vergangenen Wochen waren nicht gerade die richtige Vorbereitung für einen Ball. Aber das konnte sie Lucia nicht erklären.

»Abgemacht, Sie gehen.« In Lucias Stimme lag wieder etwas von ihrem üblichen Küchenkommando. Ilka hantierte im Zimmer und dachte darüber nach. Es gab viel zu denken. Vielleicht sollte sie gehen. Das weiße Kleid, das sie vorhin von Madame bekommen hatte, lag unter ihrem Bett. Vielleicht sollte das Geschenk doch einen Sinn bekommen?

»Ich gehe«, sagte sie plötzlich.

»So ist's recht«, meinte Lucia erlöst.

Ilka hatte nicht viel echten Glauben bei ihrer Flucht mit über die Grenze herüber genommen, auch nicht viel Vertrauen, aber einen Rest von Glauben an den Zufall. Der Zufall hatte ihr geholfen, seit sie in Paris war.

Damals, vor drei Monaten, als sie hier angekommen war, ohne Geld, ohne Gepäck, ohne jemanden zu kennen, ohne Adressen, ohne Hoffnung und halb verrückt in den Straßen umhergelaufen war, hatte sie auf einer Bank im Bois einen Mann getroffen, aus Zufall. Er hatte ihr Schlafen und Essen angeboten, und sie hatte ja gesagt, zu allem. Und sie hatte drei Wochen bei ihm ausgehalten. Er war dick und kaute Tabak und stammte aus einer unaussprechlichen Stadt in Polen.

Und der Zufall hatte sie auch wieder von ihm weggeholt.

Im Autobus hatte sie das Gespräch von zwei Frauen angehört. Sie klagten über Dienstboten. Der einen war ihr Zimmermädchen weggelaufen, und nun suchte sie eine Neue. Ilka hatte Mut und sprach die Dame an. So kam sie zu ihrer Stelle bei Madame Barthoud.

Und so würde sie zum Ball ins ›Gatto nero‹ gehen, heute abend. Sie war doch noch jung genug.

»Also, Sie gehen sicher?« fragte Lucia nochmal.

»Sicher«, versprach Ilka. »Und jetzt schlafen Sie schön, Lucia.«

Sie zog die Vorhänge zu. Sie bestanden aus zwei verschiedenen Stoffen. Der eine gehörte zu denen im Salon, der andere war ein Rest aus dem Speisezimmer.

»In zwei Stunden schaue ich wieder nach Ihnen.«

»Die Madonna wird es Ihnen lohnen, bambina«, murmelte Lucia. Sie glaubte zwar an die Madonna, aber sie glaubte auch, daß sie gut daran getan habe, Ilkas Hilfe schon im voraus zu belohnen.

Ilka steckte die Ballkarte in die Tasche und ging hinüber in die Küche. Sie las Lucias Speisezettel. Spaghetti, Escaloppes de veau, Salat, Kompott. Für Ilka war die Küche eine Abart ihres chemischen Laboratoriums. Die Töpfe wurden zu Reagenzgläsern und die Speisen zu Elementen, die mit Säuren und Laugen bearbeitet wurden, um nach Überstehung des chemischen Prozesses als neue Produkte auf den Markt, beziehungsweise auf den Tisch geschleudert werden zu können.

Sie lebte ihr neues Leben als Fortsetzung ihres alten Lebens. Und das half ihr.

Sie war ein Kind ihrer Zeit, ohne Tränen und ohne Sentiments, gefeit gegen unbequeme Melancholie. Es war nichts als eine gewisse Schutzfärbung, die die Gegenwart ihren Verstoßenen verleiht. Und irgendeine Schutzfärbung braucht der Mensch.

Unter dieser Schutzfärbung versah Ilka ihre Pflicht. Sie gab lange Spaghettifäden in kochendes Wasser und bemerkte, daß Spaghetti eine Fundgrube für chemische Entdeckungen waren. Auch Fleisch, das sie in Butterfett briet, war ein interessantes Studienobjekt. Vielleicht sollte sie einmal eine ›Chemie der Küche‹ schreiben.

Aber in diesem Augenblick kam Madame mitten in Ilkas Pläne und Madame hatte die Eigenschaft, das Laboratorium wieder zur Küche zu machen.

»Ich gehe aus«, sagte Madame, »ich habe Kopfweh.« Sie dachte dabei an Ivo und schloß rasch die Augen.

»Frische Luft wird Madame gut tun«, sagte Ilka höflich, »Madame sieht blaß aus heute morgen.«

Madame stimmte Ilka immer nachdenklich. Madame tat ihr sogar in gewissem Sinne leid. Sie wußte nur nicht wieso. Irgend etwas Unstetes, das traurig machte, ging von Madame aus.

»Ein seltsames Kopfweh«, sagte Madame, »es zieht von der Stirn bis in den Nacken.«

›Kopfweh hat meistens zwei Ursachen‹, hörte Ilka ihren alten Professor Polenz sagen, ›eine medizinische und eine private. Der Arzt hat die vorläufige Aufgabe zu lösen, auch die private mit einem wissenschaftlichen Namen zu belegen, obwohl es nur einen einzigen deutlichen Rat dafür gebe. Diesen Rat erteilt er am besten erst bei der zweiten Konsultation.‹

»Ich werde gegen 1 Uhr wieder da sein«, sagte Madame müde.

»Ich will in die Wohnung meiner Schwester gehen und mit ihrer Zofe sprechen.«

»Ich hoffe, daß Madame nichts Unangenehmes hört«, sagte Ilka artig und dachte an das weiße Kleid unter ihrer Bettdecke. Sobald Madame das Haus verlassen hatte, wollte sie es anprobieren. Madame nickte und schien sich noch auf etwas besinnen zu wollen. Sie trug ein hellgraues tailor-made, einen gleichfarbigen Filzhut, weiße Bluse und eine weiße Nelke im Knopfloch. Sie sah aus wie der künstliche Frühling im Schaufenster des Louvre. Aber wie ein sinnloser Frühling. Da ihr doch nichts mehr einzufallen schien, verließ sie die Küche, ohne ein weiteres Wort.

Nachdem sich Ilka vergewissert hatte, daß Madame wirklich nicht mehr zurückkommen würde, eilte sie hinüber ins Office und zog das weiße Abendkleid unter der Decke hervor. Sie sah den großen, braunen Fleck vorn in Kniehöhe und sie sah den Riß auf der Seite. Aber sie spürte trotzdem die Weichheit des Stoffes und seinen Zauber. Da im Office kein Spiegel hing, schlich sie sich hinüber in Madames Schlafzimmer, streifte ihr Arbeitskleid ab und zog ›la joie tremblante‹ an.

Und plötzlich freute sie sich über sich. So etwas war ihr noch nie geschehen. Sie war sich stets unscheinbar vorgekommen. Sie schätzte sich zwar nicht gering, aber großen Illusionen über Ihre Erscheinung hatte sie sich nie hingegeben.

Sie war mittelgroß, hatte hellbraune Augen und dunkelbraune Haare, und noch niemand hatte ihr gesagt, daß sie schön sei. ›Nett‹ war das Höchste, auf das sie es gebracht hatte.

Aber jetzt in diesem Kleid kam sie sich schön vor. In diesem Kleid vergaß sie, daß sie vor drei Monaten nachts, bei Regen, ohne Geld, ohne Paß, von einem Grenzwächter über die Schweizer Grenze geschmuggelt worden war, jetzt in diesem Kleid vergaß sie, daß ihr Vater drei Tage eingesperrt gewesen war und als Urne zurückgeschickt wurde, jetzt in diesem Kleid vergaß sie, daß sie eigentlich drüben in der Küche Salat putzen sollte. Sie war das verwandelte Aschenbrödel, das zum Ball ging. Sie schritt auf dem grauen Velourboden vor Madames hohem Goldspiegel auf und ab und besah sich genau. Jede Nuance studierte sie. Sie lernte sich heute erst kennen.

›Ich könnte etwas aus mir machen‹, dachte sie. ›Ich könnte besser aussehen, wenn ich Zeit dazu hätte. Aber es müßte jemand da sein, der es sehen würde!‹ Und plötzlich war sie hoffnungsfroh, daß vielleicht doch einer einmal käme, der es sähe. Vielleicht...

Aber das Kleid mußte zuvor ausgebessert werden. Sie überlegte fieberhaft, probierte viele Möglichkeiten durch. Madames Toilettentisch lag voller Nadeln, Scheren und Blumen; er war plötzlich ein Segen für sie. Schließlich war sie sich einig über die Maßnahmen. Sie schnitt den dreieckigen Fetzen, der auf der Seite herabhing, ab, heftete die beiden Teile wieder zusammen und trennte vorn, vom Boden bis in Kniehöhe, das fleckige Dreieck heraus. Das Teil, das auf der Seite weggefallen war, setzte sie als geraffte Schleppe vorn ein. Sie nahm das bißchen Stoff quer, damit es besser falle. Es hatte zwar nicht die volle Länge des Kleides, da jedoch der Saum schmutzig und das Kleid ohnehin zu lang war, beschloß sie, das Ganze um fünf Zentimeter zu kürzen.

Sie war stolz über ihre Idee. Als sie den Saum abschnitt, sah sie die Etikette von Partout, eine hohe Nummer war darauf geschrieben und ›la joie tremblante‹.

Das Wort machte sie nachdenklich und froh. Man hätte nicht besser beschreiben können, was sie fühlte.

Mit zitternder Freude beging sie ihren ersten Diebstahl. Sie nahm aus Madames Blumenschatulle eine rosa Girlande und heftete sie vorn an die Naht der Schleppe. Die Naht war mit großen Stichen geheftet und mußte verdeckt werden. Madame hatte viele Blumen. Madame würde nicht so rasch merken, wenn etwas fehlte, und vielleicht würde sie die Girlande sogar wieder in die Schatulle zurücklegen, vielleicht.

Ilka hatte keine Wäsche, keine Kleider, keine Mäntel, aber ein Ballkleid. Sie hatte kein Geld, keinen Paß, keinen Heimatschein, aber eine Ballkarte.

Sie nähte mit bebenden Fingern und war besessen von diesem Kleid. Sie fühlte sich wieder jung. Sie konnte wieder träumen.

Als es von den Uhren in und außer dem Haus Mittag läutete – 12 Uhr mittag, die heilige Stunde des Déjeuners, die in Paris nicht überhört werden kann –, schreckte sie auf. Die Küche, Lucia, Madames unaufgeräumtes Schlafzimmer, die Pflichten, der Alltag standen plötzlich wieder da.

Und sie war Ilka und mußte gehorchen. Sie rannte hinüber ins Office, zog ihre Arbeitsschürze wieder an, barg die ›zitternde Freude‹ unter der Decke ihres Bettes, versorgte dann Lucia, brachte in Rekordzeit das grau-lila Zimmer in Ordnung und servierte pünktlich zur vorgeschriebenen Zeit Madame ein ganz genießbares Mahl.

Obwohl sich Madame an diesem Abend nicht wohl zu rühmen schien und um halb neun mit einem Pfefferminztee in ihr Schlafzimmer ging, obwohl Lucia noch höhere Temperatur hatte als am Nachmittag, wurde Ilka die Erlaubnis auszugehen anstandslos erteilt.

»Gehen Sie, Kind, amüsieren Sie sich«, sagte Madame mild resigniert. Sie wußte wohl, daß sich Ilka in den acht Wochen noch keinen freien Nachmittag erbeten hatte und nur bisweilen Sonntags im Bois spazieren ging.

Ilka, die sich in den letzten Wochen die Auffassung, daß die selbstverständlichsten Güter erkämpft werden müßten, zu eigen gemacht hatte, war erstaunt, daß ihr diese Erlaubnis kampflos in den Schoß fiel. Ihr war zumute wie beim Beginn eines neuen Jahres.

Punkt neun kamen die Leute aus Lucias Dorf, eine stattliche Dame und ein Herr in mittleren Jahren. Ilka, schon ballfertig, öffnete und führte sie an die Schwelle von Lucias Zimmer, damit Lucia vom Bett aus die Erklärung über das neue Arrangement abgeben könnte. Das geschah auch wortreich und mit vielen gegenseitigen Beteuerungen im Milaneser Dialekt. Lucia redete, als hätte sie ein jahrelanges Schweigeverbot abgebüßt, und wahrscheinlich war ihr auch so zumute.

Sie mußte wohl Ilka als Abgesandte der Madonna geschildert haben, so herzlich war die Aufnahme, die ihr Carlo und Amanda zuteil werden ließen.

Sie nahmen Ilka in die Mitte, hakten sich bei ihr ein und sagten schon auf der Treppe, es sei ihnen zumut, als führten sie eine Tochter auf den ersten Ball. Dann gaben sie ihre Personalien preis, um allen Fragen zuvorzukommen.

Sie seien seit zwanzig Jahren verheiratet, kinderlos, er Chef der Getränkekellner im Hotel ›Ritz‹ und sie, Amanda, Wäschebeschließerin im 3. Stock des ›Ritz‹. Auch die andern zwei, die unten im Auto warteten, seien aus dem ›Ritz‹. Beppo aus Cascina piana aus der Provinz Varese, sei Speisenkellner, noch ledig und zu haben und überhaupt ein Mann von Welt. Der andere, Mario, stamme zwar aus Bologna, sei aber doch ein ganz netter Kerl, etwas jünger als Beppo, jedoch erst Stift in der Küche vom ›Ritz‹. Man bedenke, unbezahlter Lehrling, also noch nicht einmal Hilfskoch.

Das habe natürlich seinen besonderen Grund. Er sei erst vor zwei Jahren nach Paris gekommen und habe hier umgesattelt. Früher, zu Hause in Italien, habe er einen anderen Beruf gehabt. Sie wüßten zwar nicht welchen, doch das sei ja egal, besonders heute abend.

»Halten Sie sich an Beppo«, flüsterte die Oberste der Lingerie des 3. Stocks im ›Ritz‹ Ilka unten vor dem Haus noch rasch zu, während ihr Gemahl vorauseilte, um die Wartenden über die Personalveränderung aufzuklären. »Beppo ist 'ne gute Partie.«

Ilka trug Lucias schwarzes Regencape über ihrem Kleid und glich einer Fledermaus. Man schüttelte ihr kräftig die Hand und setzte sie neben Amanda in den Fond. Beppo und Mario nahmen auf den Klappsitzen Platz und Carlo stieg zum Chauffeur. Man war laut und lustig und lachte viel. Ilka wurde mit einbezogen, als gehöre sie schon lange dazu.

Der Ballsaal des ›Gatto nero‹ sah aus wie eine Turnhalle, die von Schülern zum Examen geschmückt worden war. Lange Reihen von Papiergirlanden zogen sich über Plafond und Wände. Die viereckigen Tische, die in Paradestellung an den Längsseiten standen, waren mit grünweiß-rotem Kreppapier bedeckt. In den Fensternischen standen Sektkübel, aus denen Büschel italienischer Fahnen herausragten. Auch die Deckenlampen waren mit

Der Nachtclub »Chat noir« am Montmartre

Fahnentuch umwickelt und spendeten grün-weiß-rote italienische Nacht.

Der Saal war voll und heiß. Zwei Musikkapellen, gemeinsam auf einem Podium installiert, wechselten miteinander ab.

Für Monsieur Carlo war ein Ecktisch reserviert. Sein Kollege aus dem ›Claridge‹ saß schon wartend mit seiner üppigen Signora am Tisch, zwei große Chiantiflaschen und sieben bemalte Boccalini warteten ebenfalls. Man gruppierte sich laut und umständlich. Ilka kam zwischen Beppo und Mario zu sitzen. Amanda okkupierte den Platz gegenüber, damit ihr nichts entgehe.

Kaum saß man, da stand man schon wieder auf. Carlo führte Amanda aufs Parkett, sein Kollege nahm die üppige Signora und Beppo Ilka am Arm. Mario blieb allein am Tisch zurück. Beppo ließ Ilka vorausgehen und betrachtete sie kennerisch.

»Bella bionda«, sagte er, als er den Arm um sie legte.

»Ich bin nicht blond«, sagte Ilka abweisend.

»Man sagt so bei uns, wenn einem eine Fremde gefällt.«

Ilka tanzte nicht gut. Sie war verwirrt vom Lärm und von der Tatsache, daß sie sich auf einem richtigen Ball befand. Einmal, im Vorbeitanzen, fing sie einen Blick von Mario auf, der aufs Parkett starrte.

»Sie müssen Takt halten«, tadelte Beppo. Ilka nickte und gab sich Mühe. Aber es gelang ihr nicht viel besser.

Während der kurzen Musikpause wollte Ilka zum Tisch zurück, aber Beppo ließ sie nicht los. »Wir probieren's noch einmal. Noch nicht viele Männer haben Sie im Arm gehabt, was?« Ilka wurde dunkelrot. Das war der Ton des Mannes, der sie damals vom Bois mit zu sich heim genommen hatte. Und sie hatte sich der Hoffnung hingegeben, daß sie diesen Ton für immer hinter sich gebracht habe.

Sie gab keine Antwort und als die Musik wieder begann, hielt sie sich, so weit es ging, von Beppo ab.

»Nur nicht so schüchtern, bionda«, sagte er und zog sie, so nah er konnte, an sich. »Das merkt ja ein Blinder«, wiederholte er. »Keinen Schmuck, kein Ringlein, kein Ührchen, keinen Schnickschnack, den Mädchen sonst tragen, wenn sie einen Schatz haben. Von mir würden Sie das alles kriegen, Bella.«

»Ich will nichts«, sagte Ilka. »Reden Sie gefälligst anders mit mir.«

»Aha«, machte Beppo, »Sie sind eine Feine. Sie wollen erst ein paar Serenaden hören. Können Sie auch haben. Gnädigste, auf Bestellung. Wie gewünscht.«

Ilka blickte suchend nach Amanda. Aber Amanda war irgendwo in den Wirbel hineingezogen und unsichtbar. Sie erhaschte nur wieder einen Blick von Mario. Er winkte. Sie winkte zurück.

»Wem winken Sie?« fragte Beppo.

Ilka zeigte mit einer Bewegung des Kopfes in die Richtung des Tisches.

»Wenn Sie mit mir tanzen, haben Sie keinem andern zu winken«, sagte er scharf.

Das war Ilka zuviel. Da sie sich ihm mit Worten nicht gewachsen fühlte, tat sie, was ihr am leichtesten fiel, sie ließ ihn stehen und lief weg. Beppo folgte ihr langsam und verblüfft.

»Was ist los?« fragte Mario, als Ilka allein zurückkam.

»Ich bin müde«, sagte sie.

»Aha.« Er pfiff kurz durch die Zähne und nickte einpaarmal.

»Ich kenne ihn, ich wohne bei ihm. Er ist nicht so schlimm, wie er gern wäre.«

Da Beppo an den Tisch heranschlenderte, brach er ab, füllte sein Glas und trank ihm zu. »Salute amico.«

Mario gab sich Mühe, eine Unterhaltung in Gang zu bringen. Beppo sah zur Seite. Ilka war traurig und hörte nicht zu. Als die Musik stoppte, kamen die andern zurück. Sie schwitzten und waren vergnügt. Amanda rückte schnell zu Ilka hinüber und sagte ein paar überschwengliche Worte über Ilkas Kleid. Besonders die Blumengirlande oberhalb des Knies habe es ihr angetan. Ihre Freundin Brunella stimmte ihr begeistert bei und die beiden Ehemänner schmunzelten.

Nur Beppo erklärte: »Es wird ein alter Fetzen ihrer Madame sein.« Amanda schickte ihre Augen prüfend ein paarmal zwischen Beppo und Ilka hin und her und gab Töne des Mißfallens von sich. Als sie gerade ansetzen wollte, ihre Ansicht darüber kundzutun, hob Mario sein Boccalino und trank ihr zu: »Salute, Signora!«

Darauf erhob sich ein allgemeiner Umtrunk am Tisch, viel Gelächter und viel Gerede. Dann spielte die Kapelle einen Tusch und ein älterer Herr betrat das Podium, um eine Rede vom Blatt zu lesen. Man hörte ihm angespannt und beflissen zu und klatschte, wie man immer klatscht, wenn einer endlich still ist.

Ilka hatte kein Wort verstanden. Aber sie begriff alles. Sie begriff plötzlich, daß die Welt nie stillstand, daß hier ein Verein feierte, daß dort ein Verein feierte, daß immer wieder irgendwo ein Verein feiern wird.

Wien war nicht einmal mehr eine Zeitungsüberschrift, Wien stand nur noch unter den gemischten Nachrichten.

»Wollen wir tanzen?« fragte Mario neben ihr.

Sie stand gehorsam auf und ging voraus.

»Sie dürfen Beppo nichts übelnehmen. Er ist ein Choleriker und weiß nicht, wie er sich fremden Frauen gegenüber benehmen soll. Er ist ein guter Kerl.«

»Warum nehmen Sie ihn in Schutz?«

»Weil er mich auch in Schutz nimmt.«

Sie sah rasch zu ihm auf. Ihre Nase stieß an sein Kinn. Er lachte. Das Herz konnte einem aufgehen bei seinem Lachen. Ilka lachte auch. Sie sah ihn an, sah zum erstenmal, daß er blaue Augen hatte und dunkle Haare und daß er jung war wie sie.

»Warum nimmt er Sie in Schutz, sind Sie auch frech?«

Er schüttelte den Kopf:

»Er läßt mich seit zwei Jahren kostenlos bei sich wohnen, unangemeldet als Besuch. Er hat mir die Stelle im ›Ritz‹ verschafft, er gibt mir Kleider, Schuhe, Taschengeld.«

»Warum tut er das?«

»Weil ich nichts habe! Verstehen Sie, Gar nichts! ›Nichts‹ ist meistens eine relative Zahl. Bei mir ist sie absolut. Nichts gleich Null. Aber Sie werden das nicht verstehen können.«

»Ich kann das sehr gut verstehen«, sagte Ilka. »Ich kann das besser verstehen als alles andere hier im Saal.«

»Wieso?« Er lächelte sie ungläubig und ein bißchen mitleidig an. Die Phantasie, die dazugehörte, das absolute Nichts zu erfassen, traute er ihr nicht zu.

»Ich komme aus Wien«, sagte Ilka. Es war beklemmend, diese Worte zu dieser Musikbegleitung zu sagen, aber sie mußte es tun, zur Rechtfertigung.

»Aus Wien«, Mario fragte rasch und erregt, »wann aus Wien?«

»Am 21. März bin ich hier angekommen.«

Es klang als hätte sie gesagt, am 21. März wurde der liebe Gott beerdigt.

»Dann natürlich«, sagte Mario, »dann natürlich.«

Man hatte bisher ihr Nach-der-Musik-Gehen nicht Tanzen nennen können. Jetzt blieben sie völlig stehen, inmitten von hundert sich drehenden Paaren, inmitten von Staub und Lärm und Schweiß.

»Dann haben wir also ungefähr das Gleiche durchgemacht, nur daß ich Ihnen zwei Runden voraus bin«, sagte Mario.

Er lächelte dabei und sie lächelte zurück.

Nur nicht weich werden, dachte sie. Sie besann sich sogar auf ein leichtfertiges Wort, aber es fiel ihr keines ein. Ihre besten Gedanken kamen stets langsam am nächsten Tag.

»Tolle Sache, das«, sagte Mario. Er hätte genau so von einem Motorradrennen reden können.

»Ich habe Medizin studiert, zwei Jahre lang«, erzählte er sachlich. »Dann kam ich zum Militär; dann ein Jahr in den Krieg nach Abessinien. Als das zu Ende war, habe ich in Bologna weiterstudieren wollen, aber es ging nicht. Man hat mich wieder eingezogen, ›Freiwilliger‹ nach Spanien. Das hab ich dann nicht mehr mitmachen wollen. Ich bin desertiert. Nach Paris. Es war nicht leicht, aber ohne Beppo wäre es noch schwerer gewesen.«

Ilka hörte zu und sah ihn an. Sie wußte, daß sie jetzt nicht mehr allein war in diesem grün-weiß-roten Saal. Da war einer, der dieselbe Sprache sprach. Viele findet man nicht auf dieser Welt, die dieselbe Sprache sprechen.

Da sie wie ein Prellbock auf der Tanzfläche standen, empfingen sie Püffe von rechts und links.

»Scusi«, sagten die Puffer und tanzten weiter.

»Wir müssen mitmachen«, sagte Ilka, »sonst werden wir noch mehr gestoßen.« Da ihr der Sinn ihrer Worte erst zum Bewußtsein kam, als sie sie ausgesprochen hatte, fügte sie rasch hinzu: »Nur jetzt, meine ich, nur beim Tanzen.«

»Hoffentlich«, sagte Mario. Sie kam ihm entgegen, legte ihre linke Hand auf seine Schulter, er nahm mit einer Besitz ergreifenden Gebärde ihre rechte Hand. Es schien, als wollten sie nur noch tanzen, nicht mehr reden. Mario lächelte sein herzgewinnendes, offenes Lächeln.

Er führte gut, und Ilka tanzte besser als zuvor.

Als die Musik schwieg sagte Mario, sie wollten auch den nächsten Tanz versuchen, um sich allmählich einzutanzen.

Ilka schickte einen raschen Blick an den Tisch hinüber. Sie hatte etwas Angst vor Beppo. Mario verstand den Blick: »Ich stehe nicht unter Kuratel«, meinte er lächelnd. »Außerdem habe ich einen Trick, ihn zu beruhigen, wenn er böse ist. Kennen Sie etwa Sedobrol?«

»Ich habe auch einmal etwas mit Medizin zu tun gehabt«, sagte Ilka.

»Na also«, rief Mario, als ob das Medizinstudium endlich seinen Zweck für Ilka erfüllt habe.

»Dann wissen Sie ja, daß Sedobrol wie Bouillon schmeckt und aus dem zappligsten Choleriker einen braven Phlegmatiker machen kann. Beppo weiß nicht, daß Sedobrol Brom enthält. Er ißt es, als wäre es ein Suppenwürfel. Er ißt es sogar gern. Und mittags oder nachts, wenn er gerade dabei wäre, Krach zu machen, koche ich ihm diese Suppe.«

»Was für 'ne Idee!« sagte Ilka.

»Die Idee stammt von meinem Vater. Er hat stets, wenn schwierige Kunden zu ihm ins Büro kamen, Bouillon servieren lassen. Er hat gesagt, das gehöre zu seiner Diät, und jeder hat diesen Teil der Diät gern mitgegessen!«

Ilka dachte an ihren Vater. Drei Monate war er tot und sie stand schon wieder in einem Ballsaal. Oder stand sie gar nicht in einem Ballsaal?

Sie fühlte sich seit unzähligen Tagen in zwei Wesen gespalten. Das eine lebte, agierte und redete in einer Welt, die sich Haus Barthoud, Paris, ›Gatto nero‹ nannte; das andere lebte in einer Welt ohne Namen. Es erlebte Dinge hinter den Dingen, Dinge, die man nicht greifen konnte und die dort wirklicher waren als alles, was ringsherum vorging.

Dieser Teil Ilka nahm nicht wahr, daß er in einem Ballsaal stand, in dem Musik gemacht wurde; es war ihm egal, was auch immer geschah; er spürte nur, daß er neben einem stand, der dieselbe Sprache sprach. Und das war schön.

Der, welcher die gleiche Sprache sprach, hatte auch einen Vater, gehörte irgendwohin, kam irgendwoher. Und sie wollte mit einemmal alles von ihm wissen.

Obwohl sie Fragen nicht gern stellte, fragte sie, wo sein Vater sei.

»Auf den liparischen Inseln«, sagte Mario. Das klang fast so, als nenne er eine freundliche Südseeinsel.

»Wissen Sie, wo das liegt?«

»Ich verstehe«, sagte Ilka.

Er führte sie am Arm durch den Saal. In der Nähe des Eingangs war ein Tombolatisch aufgebaut. Auf Holzregalen standen Chiantiflaschen, Lampenschirme, Spaghettipakete, Topflappen, Mokkatassen, Teddybären. Von der Mitte des obersten Regals hing ein Flugzeugmodell, von dem ein Gutschein, groß wie ein Handtuch, herabflatterte – Gratisfahrt an den Lido nach Venezia und retour.

»Was wollen Sie gewinnen?« fragte Mario.

»Hier nichts.«

»Auch nicht die Flugkarte nach Venedig?«

»Was soll ich in Venedig?«

Er lachte: »Eben, was sollen Sie in Venedig, nachdem ich hier bin!«

Ilka erschrak ein bißchen und wollte sagen, daß sie es nicht so gemeint habe; aber sie wußte es eigentlich nicht, wie sie es gemeint hatte, und so schwieg sie lieber. Sie konnte ihm nicht erklären, daß es einerlei war, wo sich ihr äußeres Leben abspielte, hier oder in Venedig oder in Neuseeland. Daß es nie auf die Rahmenhandlung ankomme. Entweder er verstand das von selbst oder nie.

»Ich werde aber doch ein Los für Sie kaufen«, beharrte Mario.

»Ich hab kein Glück«, wehrte Ilka ab.

»Unsinn«, sagte Mario, »ein nettes Mädel wie Sie muß Glück haben.«

Er zwang sie, mit der linken Hand in die gläserne Losschale zu greifen und blind eines von den tausend zusammengefalteten Papierchen herauszuziehen. Diese Geste kostete drei Francs und blieb ohne Erfolg.

»Sehen Sie«, sagte Ilka in halbtraurigem Triumph.

»Noch eines«, befahl Mario.

Aber jetzt sagte Ilka entschieden nein, redete von Leichtsinn und Verschwendung.

»Ich möchte reich sein«, sagte Mario.

»Wozu? Reichtum hat nicht viel Sinn, auf irgendeine Weise wird er einem doch wieder genommen.«

Er schüttelte den Kopf. »Ich würde mir mit meinem Reichtum Dinge kaufen, die man mir nicht nehmen kann. Nicht etwa ein Auto oder ein Schloß an der Loire. Reichtum kann man nur richtig benützen, wenn man vorher sehr arm war.«

»Gibt es überhaupt Dinge, die man einem nicht nehmen kann?«

Mario faßte erschrocken ihre beiden Hände.

»Mädchen«, sagte er, »Mädchen, haben Sie denn allen Glauben ans Leben verloren?«

Ilka wußte das nicht. Sie hatte gelebt, in zwei Welten gespalten, seit Wochen. Sie hatte sich nie gefragt, ob sie noch ans Leben glaube. Sie hatte eben gelebt. Es ging auch so. Sie sagte ihm das, so gut sie Worte dafür fand. Mario hielt ihre Hände fest, als könnte er, wie ein Magnetiseur, seine Kraft auf sie überleiten.

»Aber Sie müssen ans Leben glauben, Mädchen! Sie müssen! Sonst geben Sie den anderen recht. Sie müssen mit Ihrer kleinen Person die Front des sauberen Lebens verstärken. Sie dürfen nie sagen: Was nützt mein bißchen Leben. Sie müssen ans Leben glauben, an Ihr Leben. Verstehen Sie? Sonst hätte alles, was Sie bisher durchgemacht haben, keinen Sinn gehabt. Und Unglück hat immer einen Sinn.«

»Vielleicht«, sagte Ilka zweifelnd.

»Nicht vielleicht, sondern sicher. Versprechen Sie mir, daß Sie sich Mühe geben wollen, an Ihr Leben zu glauben?«

»Wie soll ich das machen?« Ihre Stimme klang wie die eines Kindes, das einen viel zu dicken Faden durch ein schmales Nadelöhr schieben soll.

»Ich werde Ihnen dabei helfen«, sagte er.

Solch ein Wort hatte sie schon lange nicht mehr gehört.

Es wurde ihr warm ums Herz, und die Wärme stieg ihr ins Gesicht und in die Augen.

»Mir helfen? Ach, das wäre, wäre ...«

Schön, brachte sie nicht mehr heraus.

»Damals, als wir zu tausend auf einem Schiff in einen Krieg fuhren, an den wir nicht glaubten, war ich auch mutlos. Ich starrte tags und nachts aufs Wasser und hatte viel Zeit zum Denken. Die anderen auch. Wir sind

Dreck, dachten wir, Ware, Menschenmunition. Und drüben sind wir doch marschiert und haben Dienst getan und geschossen und wir sind weitermarschiert und haben wieder geschossen, wie wenn wir nichts anderes wären als zufällig lebendige Munition.

Nach einem Jahr sind wir heimgefahren, nur noch die Hälfte von einst.

Und damals ist einer aufgestanden und hat gesprochen. Er hat das ausgesprochen, was ich mir oft gedacht hatte, aber ich war zu müde gewesen und zu allein, um mehr zu tun als zu denken.

Er hatte gesagt, wir könnten mehr sein als Kanonenfutter, mehr als Dreck, wenn wir nur wollten!

Wir seien jung, wir hätten Kraft, wir könnten uns durchsetzen, wenn wir nur wollten!

Aber wollen müssten wir. Der Wille sei der Anfang zur Tat. Und das hab ich mir gemerkt. Ich habe gewollt, und dann ist's gegangen. Leicht war es nicht, aber es geht weiter seitdem, heute noch, und es wird weiter gehen. Mit Ihnen auch, Mädchen.«

Da mittlerweile die Musik die Tanzenden wieder aufs Parkett gezogen hatte, war es am Tombolastand leer geworden. Mario zog Ilka in einen Nebenraum, eine Rosticceria, wo Würste und Hühner am offenen Grill gebraten wurden. Ein singender Koch hielt ihnen ein halbes Huhn an einem langen Eisenspieß entgegen.

»Sie müssen etwas essen«, befahl Mario.

Ilka, noch so erfüllt von der Seltenheit des Wortes: »Ich helfe Ihnen«, erschien der Gedanke an Essen Blasphemie.

»Unmöglich.«

»Warum?«

Da sie ihm den wahren Grund ihres Nein nicht nennen wollte, erklärte sie, daß sie heute selbst gekocht habe – selber kochen nehme allen Appetit.

»Kochen ist eine philosophische Beschäftigung«, meinte Mario.

»Man darf den Speisen nicht allzu sehr auf den Grund gehen, sonst verliert man die Lust daran.«

»Aber hier in Paris muß man dem Essen auf den Grund gehen. Hier ist das eine heilige Sache.«

»Können Sie überhaupt richtig kochen?« fragte Mario zweifelnd. »Mit allen Schikanen, meine ich?«

»Und wie!« rief Ilka. »Alle Wiener Spezialitäten, Eiernockerl, Goulasch, Semmelknödel, Apfelstrudel, Sachertorte.«

Mario tat verwundert und lachte.

»Und Hirnbofesen und Grammelbogatscherln«.

Ilka feierte Erinnern wie ihr Herz.

»Können Sie das etwa auch?«

»No«, verwahrte sich Mario. »Was für barbarische Namen!«

»Es kommt auf den Inhalt an«, verteidigte Ilka ihre Heimat.

»Und wie steht's mit Tee und Kaffee kochen und mit Eiersieden?« Mario zwinkerte mit den Augen. »Diese Dinge sind schwerer fertig zu bringen als alle eure Nockerl und Knödel, weil es dabei auf Nuancen ankommt, und weil man sie täglich, bei jeder Laune, gleich gut zustande bringen muß.«

Ilka sah ihn verträumt an und dachte über ihn nach.

»Gefühl und Phantasie gehören in die Küche«, sagte Mario. »Ich glaube sogar, daß Kochen so harmonisch machen kann wie jede gute produktive Leistung, wenn man's nur richtig versteht.«

»Harmonisch«, dachte Ilka. Das war das Wort, das sie schon lange suchte. »Harmonisch«, wiederholte sie langsam.

»Jawohl, harmonisch! Der dort ist sicher harmonisch.« Mario deutete auf den singenden Koch.

»Schauen Sie sich ihn genau an. Er sieht meinem Bruder ähnlich. Ich muß ihm eine Bratwurst abkaufen. Kommen Sie.«

Mario sprach mit dem Koch und fand bald heraus, daß

er aus Pistoia war. Ilka hörte zu und war wunschlos zufrieden.

Mario aß die Wurst mit der Hand und ließ Ilka zwischendurch abbeißen. Sie tat es träumerisch.

»Wo ist Ihr Bruder?« fragte sie. Nicht, daß sie besonderes Interesse an diesem Bruder gehabt hätte, sie fragte, weil sie noch nicht wagte, neben Mario zu schweigen.

»Mein Bruder?« Mario verlor sein Lächeln und schaute erschrocken drein. »Was wissen Sie von meinem Bruder?«

»Nichts.«

»Wieso erwähnen Sie ihn dann?«

»Weil Sie eben von ihm gesprochen haben.«

»Ich?« Mario schüttelte ungläubig den Kopf.

»Sie haben gesagt, er sehe dem Koch ähnlich.«

»Hab ich das wirklich gesagt?« Mario schaute zweifelnd von einem zum anderen.

Ilka versicherte sehr heftig. »Und was ist dabei, wenn Sie von ihm reden?«

»Ich hab mich heute nicht in der Hand«, sagte Mario. »Ich bin nicht mehr gewohnt, neben einem Mädchen zu gehen. Ich rede und weiß nicht, was ich rede, das ist schlimm. Niemand darf wissen, daß ich einen Bruder habe. Ich habe mit niemandem, nicht einmal mit Beppo, über ihn geredet.«

Er hatte die Absicht, Ilka an einen der leeren Tische zu ziehen und ihr seine Erregung zu erklären, aber Ilka meinte, draußen im Saal könne er sicherer reden als hier. Er winkte dem Koch zu und führte Ilka wieder in den großen Saal. Drüben auf der Tanzfläche, unter hundert sich drehenden Paaren, flüsterte er: »Mein Bruder ist erst zwanzig Jahre alt. Er ist noch zu Hause, in Italien, war noch nie im Ausland gewesen. Jetzt will ich ihn zu mir herüberholen.

»Klar«, nickte Ilka.

»Bis vor einem Jahr war er in einer Klosterschule. Ein Kloster ist immer noch besser als eine Kaserne. Aber dann hat man ihn doch zum Militär geholt. Und jetzt soll er in Spanien kämpfen.«

»Sie müssen ihn sofort herausholen«, sagte Ilka.

»Jetzt oder später ist eine Geldfrage«, sagte Mario.

»Nur?« Ilka dachte an die Urne, die ihr heimgeschickt worden war. »Solange man Dinge mit Geld abmachen kann ...«

»Bei uns zu Hause gibt es keinen, der nicht Geld nehmen würde! Aber haben muß man es zuvor.«

»Wieviel?« fragte Ilka.

»Viertausend Francs; dreitausend habe ich schon. Ich habe mir das zwei Jahre lang so nebenbei verdient, durch Vermittlungen und Verkäufe, verstehen Sie?«

»Klar«, sagte Ilka wieder.

»Ich traue keinem«, sagte Mario. »Sobald einer in Not kommt, ist er bereit, seinen besten Freund zu verraten. Ich mache die Sache lieber allein, auch wenn sie noch einmal ein Jahr dauert.«

Und mir aber hat er vertraut, dachte Ilka. Mit mir hat er davon gesprochen. Warme, zitternde Freude lief durch ihren Körper, und sie fühlte sich bereit, dieser Freude zu opfern, was sie konnte. Sie überlegte: Wenn sie ihren Lohn voraus erbitten, wenn sie das Kleid verkaufen, wenn sie Lucia um den Rest angehen würde, könnte Mario seinen Bruder in einer Woche bei sich haben.

»Ich kann Ihnen die tausend Francs, die Sie noch brauchen, geben. Morgen abend schon.«

»Sie!« rief Mario erschrocken. »Unmöglich! Ich kann nicht von einer Frau ...« Alles, was Mario noch an romanischem Mannestum in sich hatte, wehrte sich gegen diesen Gedanken.

»Warum nicht?« fragte Ilka, »etwa aus Prinzip? Das wäre dumm.« Sie war längst zur Überzeugung gekommen, daß Grundsätze lebenshinderlich waren.

»Wir müssen von der Hand in den Mund leben. Ich meine damit nicht nur den Zustand unserer Kasse.«

»Nicht aus Prinzip! Aus Gefühl«, sagte Mario zögernd.

Ilka spürte eine neue Verantwortung in sich. Sie sah wieder ein Ziel.

»Sie brauchen das Geld nicht für sich, Mario. Sie brauchen es für einen anderen. Also gelten auch andere Gefühle.«

Ilkas Stimme klang kräftiger, überzeugender.

Mario zog sein Gesicht so düster zusammen, daß man vergessen konnte, wie sein Lächeln war.

»Nicht so aussehen«, bat Ilka. »Nicht mir Angst machen.«

»Mädchen«, sagte Mario, »Mädchen, Sie sind großartig, aber ich kann nicht ...«

»Morgen abend um 9 Uhr stehen Sie vor unserer Haustür, Rue Ancelle, und holen das Geld. Fertig. Abgemacht! Und jetzt wird nicht mehr darüber gesprochen!«

»Es dauert zu lange, bis ich Ihnen diese Summe zurückzahlen kann«, sagte Mario. Er blieb stehen. Sein ganzes Sein wehrte sich gegen diese Hilfe einer Frau.

»Kommen Sie«, sagte Ilka und übernahm die Führung dieses Tanzgeschehens, »wenn wir stehen bleiben, werden wir wieder gestoßen. Diesmal meine ich es in jedem Sinn.«

Mario wunderte sich, daß ein Mädchen etwas, das so kompliziert war, so einfach aussprechen konnte. Mit Mühe konnte er nur sagen, daß er sich das Ganze erst noch überlegen müsse.

»Wir müssen zusammenhalten«, sagte Ilka, »die anderen halten auch zusammen.«

Noch glaubte Ilka, daß es die Aufgabe war, die sie so belebte. Sie wäre jedoch keine richtige Frau gewesen, wenn sie nicht den Mann gemeint hätte, der hinter dieser Aufgabe stand. Sie erinnerte sich in diesem Augenblick nicht, daß Professor Polenz zu sagen pflegte: ›Wenn sich eine Frau für Astronomie interessiert, meint sie den Direktor der Sternwarte.‹ Sie erinnerte sich in dieser Stunde an gar nichts mehr. Sie lebte neu in der Gegenwart.

Als sie später an ihren Tisch zurückkehrten, wurden sie mit Vorwürfen empfangen. Beppo brummte, Carlo machte eine nicht mißzuverstehende Bemerkung, und Amanda rückte neben Ilka und flüsterte erregt: »Dumme Kleine, warum halten Sie sich an den Falschen? Sie müssen Beppo schön tun! Nicht diesem jungen Hungerleider. Beppo hat ein Bankkonto.«

Ilka nickte. Wozu Kraft verschwenden an nein sagen? In ihr war eine so neue zitternde Freude, daß sie zu allen Einflüsterungen der Außenwelt genickt hätte.

In dem Bewußtsein, eine Aufgabe zu haben, würde sie von nun an ertragen können, was auch käme. Demütigung, Müdesein, Streit, Hunger. Sie war wieder irgendwo eingeordnet.

Am nächsten Tag regnete es. Es regnete, als wollte der Himmel auslaufen. Die Dachrinne gluckste unter der unaufhörlichen Last des Wassers. Auf der Straße bildeten sich weite Bäche. Die Laune im Hause Barthoud war nicht die beste. Madames Gesicht blieb den ganzen Tag über verhangen wie der Himmel. Sie rumorte in den Zimmern und ordnete, was längst geordnet war.

Zu diesem Gesicht mit einer Bitte zu kommen war nicht leicht. Besonders, wenn sich die Bitte um Geld drehte.

Ilka ging ein paarmal um Madame herum und probte im Stillen ein paar wirkungsvolle Sätze, aber sie hielt es dann doch geraten, trotz der neuen Freude, die über ihr lag, ihren Mut, über Geld zu reden, erst einmal bei Lucia auszuprobieren.

Lucias Fieber war um drei Striche gesunken, und um soviel war ihre Furcht vor dem Tod nun geringer. Sie lag geduldig unter ihrer rotkarierten Decke und spielte mit ihrem Rosenkranz, als Ilka mit der Suppe eintrat. Sie war der Ansicht, daß sie an solch einem Regentag ruhig im Bett bleiben könne und nichts auf der Welt versäume.

Sie hatte sich schon am Morgen ausführlich vom Ball

erzählen lassen. Ilka war so vernünftig gewesen, ihre Berichte gut zu dosieren. Nicht zuwenig, aber auch nicht zuviel. Sie hatte die weibliche Taktik nie verwendet, denen, die nicht dabei waren, einzureden, daß sie etwas Wesentliches versäumt hätten. Versäumen gibt es nicht, solange man an den Sinn des Zufalls glaubt. Also lag Lucia dieserhalb beruhigt in ihren Kissen und dachte an ihre Margherita, an die Francabwertung und an Ilka.

Ein bißchen auch an Madame, die sich in den zwei Tagen nur einmal eine halbe Minute an der Tür hatte blicken lassen, aber nicht viel.

Obwohl sie seit vier Jahren neben Madame lebte, war Madame für sie Madame geblieben, und nicht mehr. Mit Ilka war das etwas anderes. Sie wußte nichts Tatsächliches von ihr, und doch wußte sie alles von ihr, weil sie ihr Herz spürte. Sie mochte sie gern. Deshalb aß sie auch die Suppe, die sie ihr vorsetzte. Sie aß sie langsam und schweigend, obwohl von vielerlei Standpunkten aus viel dagegen zu sagen gewesen wäre. Aber Ilka war ja auch nur Zimmermädchen.

Als Zusammenfassung aller diesbezüglichen Gedanken fragte sie: »Möchten Sie wohl einmal heiraten, bambina?«

Ilka wurde rot und meinte, daß sie nicht wüßte, wen und wie.

»Jedenfalls«, sagte Lucia befehlend, »bevor Sie heiraten, lernen Sie bei mir kochen.«

Dieser Satz war, wenn man Lucia kannte, der Gipfel ihrer Diplomatie. Für Ilka war er ein passendes Stichwort.

Plötzlich fiel ihr ein, wie sie am besten an Lucia herankäme, um die 400 frs. von ihr zu leihen, die sie brauchte.

Sie setzte sich auf den Bettrand und probierte ein Gesicht, in dem nichts lag als ehrliches Bekenntnis.

»An Heiraten kann ich noch nicht denken, aber Ihre Krankheit hat mir anderes zu bedenken gegeben,

Lucia!«, sagte sie. »Sie haben gearbeitet und gespart und können sich's quasi leisten, mit gutem Gewissen im Bett zu liegen. Wenn ich jetzt krank werden würde, ernstlich krank, meine ich, und Madame würde mich nicht hier liegenlassen können, hätte ich keinen Sou fürs Hospital. Deshalb will ich mich in eine Versicherung einkaufen.«

»Sehr gescheit, bambina«, stimmte Lucia zu, noch immer an ihrer Suppe löffelnd.

»Ich habe mich bei Carlo gestern abend erkundigt. Tausend Francs kostet die erste Rate bei der Securitas. Dort ist er auch. Er empfiehlt sie sehr. Die übrigen Bedingungen seien kulant. 100 Francs ungefähr im Monat, wenn man Unfall und Lebensversicherung dazu nimmt.«

Es fiel Lucia nicht auf, daß Ilka, ganz gegen ihre sonstige Gewohnheit, viel und rasch redete. Das Thema Versicherung interessierte sie.

»Gleich Unfall- und Lebensversicherung dazunehmen, bambina. Mein Seliger hat das nicht getan, und wir haben's zu büßen gehabt.«

Ilka nickte, Verständnis und Sorge im Blick.

»Wenn es nur nicht so teuer wäre! Tausend Francs Anzahlung! Drei Monate dauert's bis ich das verdient habe! Und wenn vorher etwas passiert ...!«

»Vielleicht gibt's einen Ausweg, bambina ...«

»Ausweg?« Ilka schüttelte den Kopf. »Wenn man fremd ist in einer Stadt, Lucia, gibt's immer nur den normalen Weg. Ich kann hier mit keinem außer Ihnen reden. Ich wage nicht einmal, Madame fünf Tage vor dem Ersten um den Lohn zu bitten. Madame ist wohl sehr heikel, wenn's um Geld geht. Das heißt, alle sind heikel, wenn's um Geld geht.«

Die Sachkenntnis, die aus dieser letzten Bemerkung sprach, war echt. Ilka hatte ihr bettelndes Wien zu gut gekannt.

»Je reicher die Leute, um so geiziger sind sie«, pflichtete Lucia bei. »Aber die Armen sind besser, bambina.

Ich werde es Ihnen beweisen, daß sie besser sind.«

Und zur Bekräftigung ihrer Rede schob Lucia das Geschirr klirrend auf den Nachttisch, setzte ihren massigen Körper in Positur und hob die rechte Hand beschwörend in die Höhe.

»Lucia läßt sich nicht lumpen. Lucia leiht Ihnen, was Sie wollen, und wenn es 500 Francs wären, bambina. Und ohne Zinsen, ohne jegliche Zinsen.«

Lucia war gerührt über ihre eigene Güte. Ihre Stimme war bewegt, und ihre Hände zitterten sichtbar, als sie das Kopfkissen hervorzerrte und die Knöpfe des Bezugs zu öffnen begann.

Ilka wurde es heiß ob des plötzlichen Sieges. Sie sah ein großes Stück blauen Himmels unter dem verhangenen Horizont und sie spürte ein gutes Herz.

»Mit 400 käme ich aus, Lucia! Liebe, gute Lucia!«, sagte sie rasch. »Den Rest würde ich vom Lohn bestreiten. Und ein bißchen etwas kann ich ins Versatzamt tragen.«

»Vierhundert«, nickte Lucia erregt. »Drehen Sie sich bitte um. Sie dürfen nicht lachen über mein Versteck.«

Sie merkte nicht, daß Ilka das Weinen näher war als das Lachen. Weinen, das sie seit langem absichtlich aus ihrem Lebensprogramm ausgestrichen zu haben glaubte! Weinen, ein wenig aus Scham und mehr aus Freude! Weinen, obwohl es nicht zu den Requisiten eines tapferen Mädchens gehörte. Weinen? Nein! Aber drüben in ihrem Zimmer tat sie es doch.

Als Ilka zum erstenmal bewußt die Wirkung derartiger Tränen durchgekostet hatte, fand sie, daß sie reinigten und Kraft gaben. Sie brauchte plötzlich gar nicht viel Mut, Madame, nachdem diese geruht hatte, mit der Nachmittagsruhe fertig zu sein, um Vorauszahlung des Lohnes und um die Erlaubnis, zwei Stunden auszugehen, zu bitten.

Sie zog dasselbe wirksame Motiv, das anläßlich Lucias Krankheit aktuell war, zu Hilfe. Und was sie sagte, klang überzeugend, sogar für Madame. Besonders, da sie hin-

Porte Saint-Martin

zufügte, wenn sie selbst einmal krank werden sollte, würde sie Madame in keiner Weise zur Last fallen. Madame zahlte und gewährte. Sie zog zwar ihr Portemonnaie seufzend aus der Handtasche und seufzte auch, als sie Ilka zur raschen Erledigung ihrer neuen Formalitäten ermahnte, aber Ilka beargwöhnte die Echtheit dieses Seufzers. Es wird ein gewöhnlicher Lebensseufzer sein, dachte sie. Einer, der froh ist, mich als Ausrede zu haben.

Um vier Uhr machte sie sich auf den Weg. Sie trug wieder Lucias schwarzes Regencape, in dem sie aussah wie eine Fledermaus, aber die Straße war voll von ähnlichen Fledermäusen, die sich vor dem Regen zu schützen suchten. Das Paket mit ›la joie tremblante‹ hielt sie eng an sich gepreßt. Sie fühlte es im übervollen, feucht riechenden Omnibus teuer wie etwas Lebendiges.

Auf Lucias Rat fuhr sie in die Gegend der Cité. Althandlungen seien günstiger als das Versatzamt, hatte Lucia gesagt.

Lucia hatte ihr noch eine Menge Ratschläge gegeben, denn sie war der Ansicht wie alle, die Geld verleihen oder schenken, daß sie Einfluß haben dürfte auf die weitere Entwicklung des Geldes, das sie, bis sie es wieder hatte, auch in der Ferne als ihr Eigentum betrachtete.

Als Ilka am Place Saint-Martin ausstieg und sich durch die Regenwand irgendwohin bohrte ins Gewirr der Gassen, war sie fröhlich wie noch nie. Dieser Weg, dieser tropfende, undurchsichtige Weg war gut. Sie wußte, warum sie ihn ging. Bisher waren ihre Füße gegangen ohne Ziel, ohne Zweck. Und jetzt, zum erstenmal seitdem sie in Paris war, wußte sie, warum sie ging. Fast wußte sie auch, wohin. Schön war dieses Wissen, schön und gut und nötig. Um seinetwillen würde man alles auf sich nehmen können.

Ilka dachte rasch an Mario. In vier Stunden würde sie ihn wiedersehen. Und sie dachte an ihn, als sie die Treppe der ersten Butike, der in einem Keller lag, hinabstieg. Und noch mehr, als sie über die zweite und die dritte und die vierte Treppe ging. Und je länger sie ging, um so nötiger war es, an ihn zu denken.

»Wir kaufen nichts«, hieß es, »wir brauchen nichts. Die Zeiten sind schlecht. Wer wird im Sommer Ballkleider wollen?« Ein Regentag ist offensichtlich kein guter Verkaufstag. Die Leute sehen schwarz. Niemand hat Phantasie genug, sich die Sonne vorzustellen, sobald es draußen gießt.

Nur Ilka sah noch immer ihr Stückchen blauen Himmel, wenngleich sie schon am Überlegen war, ob sie Mario heute nicht doch nur 800 Francs und den Rest an einem Sonnentag geben sollte. Aber sie verwarf den Plan rasch wieder, obwohl er den Vorteil hätte, Mario dadurch ein zweites Mal treffen zu können.

Nein, Mario sollte nicht merken, daß sie die Summe schwer aufgebracht hatte. Ein Opfer ist kein richtiges Opfer, wenn der andere es als Opfer spürt.

Das Glück schien ihr auch bald etwas günstiger zu sein. In der Rue des Lavandières, in einem frisch gestrichenen Eckladen, kam sie so weit, ihr Paket aufzumachen und sogar vorzuzeigen. Man sagte ihr zwar, man kaufe nur solidere Ware, Mäntel, Schuhe, Wollkleider, jedoch man redete mit ihr und meinte, vielleicht drüben, auf der anderen Seite, habe man Geld für solche Luxusfetzen.

Und so ging Ilka auf die andere Seite und bot ihre Habe noch einmal an, breitete sie auch vor neugierigen Augen aus, aber nach längerem Gerede entschloß sich die Händlerin doch nur zu der Behauptung, daß die Zeiten schlecht seien. Immerhin, sie gab Ilka eine neue Adresse an, ein Hinterhaus am Ende der Straße.

Im Hof dieses Hinterhauses saßen zwei Burschen unter einem Dach und rauchten. Als Ilka suchend durch den Torbogen schaute, sprangen sie höflich auf und fragten, ob sie ihr behilflich sein könnten. Ilka schaute sich die beiden an, ehe sie ihren Schatz vorwies. Zu dritt beugten sie sich über ›la joie tremblante‹. Das Kleid war ein weißer Klecks in diesem grau-düsteren, schmutzigen Hinterhof.

Der eine Bursche, er war dicklich und mit Sommersprossen besät, erklärte, daß dieses Kleid eine feine Sache sei. Er verstehe sich auf Eleganz. Wenn er Geld hätte, würde er ...

Der andere, er sah älter aus und redete weniger enthusiastisch, schien besser bei Kasse zu sein.

»Müssen Sie das Kleid zur Händlerin tragen, Fräulein, oder würden Sie es mir verkaufen?« fragte er langsam aber freundlich. Wenn der wüßte, dachte Ilka froh. Aber sie tat klug und zögerte und redete von einem hohen Preis, den sie haben müßte. Der Ältere nickte und meinte, er verstehe die Wechselfälle des Schicksals. Umsonst würde solch eine feine Puppe solch ein feines Kleid nicht hergeben. Ilka verlangte 300! Er bot 250. Der Sommersprossige wollte ihm helfen und Fehler an »La joie tremblante« herausfinden, aber der Ältere herrschte ihn an, daß er die Schnauze halten solle. Er und die Dame würden alleine miteinander handelseinig.

Zweihundertfünfzig war mehr als Ilka erhofft hatte. Sie tat aber doch, als zögere sie noch und schlug erst, als sie es für geraten hielt, nach längerem Geplänkel ein.

»Das Kleid ist ein Modell. Sie haben einen guten Fang getan«, sagte sie.

»Fang!« Der Große imitierte ihren Ton. »Fang heiße ich, was man umsonst kriegt. Ich muß zahlen, und die Braut kann lachen.« Er zog einen Tausendfrancschein aus der Tasche, wedelte ihn vor Ilkas Augen hin und her und fragte sie, ob sie wechseln könne. Ilka trug zwar ihren neuen Besitz von 800 Francs in der Tasche, aber sie dachte angstvoll an Geschichten von gefälschten Banknoten. Sie wollte klüger sein und schüttelte überzeugend den Kopf: »Nein«, sagte sie, »Ende des Monats habe ich kein Geld mehr.«

Der Große hatte Verständnis für diese Situation. »Ich lasse rasch wechseln«, meinte er, klimperte in der Tasche und zog eine Menge Kleingeld hervor.

50 Francs zählte er zusammen und gab sie Ilka. »Das ist 'ne Art Handgeld, bis ich wiederkomme.«

Ilka war mit diesem Arrangement nicht recht einverstanden und sagte ihm das auch. Sie habe nicht viel Zeit zum Warten, und überhaupt ...

»Natürlich überhaupt«, beruhigte er und sah sie zutraulich dabei an. Er hatte einen seltsamen Blick, devot und großartig zugleich: »Ich bin ein Mann von Wort«, sagte er. »Aber weil Sie mich nicht kennen, lasse ich Ihnen meinen Freund Didi als Pfand hier. Didi kennt mich, Didi kann mich ausweisen, Didi wird mir bei Ihnen Kredit verschaffen, fünf Minuten lang. Dann bin ich wieder da.«

Daß er das Kleid mitgenommen hatte, fiel Ilka erst auf, als er weg war. Aber Didi erklärte tröstlich, das Kleid zeige er wohl gleich seiner Braut. Er müsse sie versöhnen. Sie habe etwas gegen ihn. Und solch ein Geschenk wirke Wunder. Frauen seien doch in solchen Dingen alle gleich.

Didi besaß eine verblüffende Rednergabe. Ilka hörte ihm zu und dachte, er würde den Großen in den Schatten stellen, wenn der Große ihn reden ließe. Der Große weiß genau, warum er ihm über den Mund fährt. Witz und Phantasie sind gefährliche Konkurrenten für ihn.

Didi erzählte, wie er und der Große vor acht Tagen ohne Billett nach Marseille gefahren seien. Er improvisierte und übertrieb, aber mit Charme. Man müßte ihn fürs Cabarett entdecken, dachte Ilka. Sie war plötzlich auf einer Bühne bei der Generalprobe und hörte zu.

Sie vergaß fast, daß sie im Regen stand und wartete. Erst als ihre Füße kalt zu werden begannen, merkte sie, daß ein Hinterhof doch keine richtige Bühne war.

»Wo bleibt denn Ihr Freund?« fragte sie, hin und her trippelnd, um die Füße zu erwärmen. »Die Braut wird gerade beschäftigt sein«, meinte Didi mit Zwinkern. »Sie wird ihn nicht vorlassen. Das ist oft so. Dann muß er warten.«

Ilka glaubte, den Zusammenhang zwischen dem Großen und der Braut zu durchschauen und wollte einiges darüber erfahren, aber Didi sagte plötzlich mit besorgter Stimme, er wisse nicht, was los sei, er wolle rasch mal nach dem Rechten schauen. Gleich sei er wieder da.

Ehe Ilka sich die Möglichkeiten seines Davonlaufens recht überlegen konnte, war er verschwunden. Fort, wie sein großer Freund. Vom Regen verschluckt, zu Wasser geworden.

Ilka rief ihm nach. Umsonst. Sie lief ihm nach, aber sie sah nichts mehr. Eine kurze Sekunde lang hoffte sie noch, aber es war nur die Sekunde vor der Gewissheit!

Dann überschaute sie die Gaunerei und ihre eigene Dummheit. Es war ihr klar, daß sie ›la joie tremblante‹ um zwei Pfund Butter hergegeben hatte.

Dann war ihr klar, daß sie nicht klug genug gewesen war, für diesen Hinterhof. Sie hatte versagt!

Sie sah in Gedanken Mario vor der Haustür warten.

Sie schämte sich, sie wollte heulen vor Zorn, sie wollte ihren Kopf an das dreckige, verklebte Mauerwerk schlagen. Aber sie tat nichts dergleichen.

Sie blieb vernünftig und schlug nur Alarm. Sie klopfte an zwei, drei niedrige Fenster des Hinterhauses. Sie rief laut hinauf in die oberen Stockwerke, sie klingelte an einer rostigen Glocke, sie suchte Menschen, Helfer, Rat.

Aber der Regen verschluckte ihr Rufen. Die Glocke schien nirgends zu läuten. Alles, was sie erreichte, war, daß sich ein struppiger Kopf in einem Parterrefenster zeigte und hallo rief.

Ilka rannte diesem Kopf entgegen, als hinge das Heil der Welt von ihm ab. Sie überschüttete ihn mit einem Wortschwall, aber er schüttelte sich teilnahmslos, er kenne die Burschen nicht, keine Ahnung.

Ilka rannte vor auf die Straße, fragte in den Läden nach den beiden, hielt Passanten an, Kinder, Straßenmädchen. Sie lief wild im Regen herum, bis sie triefte wie eine Dachrinne, aber niemand wußte etwas von zwei solchen Burschen.

Sie hörte nur immer wieder den einen Rat: Polizei. Aber die Polizei war nichts für sie. Sogar hier in dieser trüb-grauen Gasse, die aussah als gehöre sie en bloc eingesperrt, sagte man: Polizei! Sogar hier glaubte man, riet man, hoffte man auf Recht.

Und als Ilka das Wort Polizei auch von einem Bettler hörte, der aus einer Spelunke herausschlich, mit einem Gesicht, als habe er alle bösen Absichten bereits in die Tat umgesetzt, wußte Ilka, daß sie hier nichts mehr zu suchen hatte. Auch nichts mehr zu hoffen.

Die Polizei war nichts für sie. Die Polizei ist nur für Leute da, die eine Heimat haben. Für Leute, die in dieses Land gehören, die in diesem Land arbeiten dürfen, die in diesem Land betteln, stehlen, gar nichts oder viel tun dürfen. Für die ist sie da, gut oder strafend, hilfreich oder böse, jedenfalls ist sie da. Für sie, Ilka, ist sie nicht da; denn sie verstößt gegen das neueste heiligste Recht der

Fremde: sie arbeitet, ohne Erlaubnis zu haben. Dieses Delikt wird zwar nicht direkt mit dem Tod bestraft, aber indirekt. Seine Folgen führen unweigerlich ins große Nichts. Das alles sah Ilka ein. Sie übersah mit einem mal das Wort »Fremde«.

Auswandern ist leichter als Einwandern.

So also trollte sie sich. Sie hatte die Schultern hochgezogen und das Kinn an die Brust gepreßt und ging langsam davon. Doch da die anderen im Regen ähnlich gingen, fiel es nicht weiter auf, daß sie geschlagen war.

Sie dachte an Mario und schämte sich. Sie fuhr zurück und schämte sich. Und hinter dem Schämen saß Wut.

Als sie eine Stunde zu spät Madame Barthouds Flurtür aufschloß, prasselte ein Geschoß von Schimpfworten auf sie nieder. Es war ihr einerlei. Auch Lucia tat böse. Kein pflichtbewußter Mensch komme zu spät nach Hause, wenn ... Ilka nickte müde. Sie wußte alle wenn. Ihr brauchte man nichts mehr zu erzählen.

Sie dachte an Mario, dem sie ihr Versprechen nicht halten konnte. Sie dachte, daß sie jetzt sofort bereit wäre, zu stehlen, wenn sie gewußt hätte, wie. Sie war brummig gegen Lucia. Brummig gegen die Welt.

»Bambina«, sagte Lucia, »machen Sie keine Geschichten. Entschuldigen Sie sich bei Madame. Madame ist so. Sie will was hören. Und dann kommen Sie zur alten Lucia und beichten.«

Da war wieder der Herzton. Er traf Ilka, traf sie zur rechten Zeit. Hin und her geschüttelt in ihren Gefühlen, stand sie zwischen Glauben und Unglauben, sie sah Lucia lange an, nickte, dachte weltenweit, nickte noch einmal und entschied sich für Glauben. Sie umarmte, im Bedürfnis etwas Heftiges tun zu müssen, die dicke, schwitzende Masse Lucia, küßte ihre rote Stirn und tat, wie ihr geheißen war.

Mario stand schon zehn Minuten vor der verabredeten Zeit einige Meter von der Haustür entfernt und überlegte, mit seinen beiden Seelen kämpfend, ob er warten oder wieder gehen sollte. Er hatte seit zwei Jahren nicht mehr auf ein Mädchen warten können. Er hatte beinahe vergessen, wie schön es war, auf jemanden zu warten. Und er wußte nicht, ob sie ihm glauben würde, daß er auf sie wartete und nicht auf das Geld.

Seine Gedanken in diesen zehn Warteminuten preßten sein bisheriges Leben auf eine neue Art zusammen und versetzten es in jene Unwirklichkeit, in der man glaubt, man habe das Vergangene nur geträumt. Plötzlich schien nichts mehr wichtiger zu sein als dieses Warten und etwas Unfaßbares in der Zukunft.

Mario hatte Verlangen nach einer Zigarette, aber er besaß keine.

Ob er nicht doch lieber davonrennen sollte, in eine Kneipe, um das bißchen, was er besaß, in die Luft zu paffen. War nicht alles auf dieser Erde fragwürdig, dem Tod geweiht, eitel, sinnlos und umsonst?

Er sah seinen Bruder nur noch durch einen Regenschleier und wußte nicht, ob ihm überhaupt geholfen wäre, wenn er ihm helfen würde. Können sich Menschen je wirklich helfen?

In dieser Sekunde sagte jemand neben ihm schüchtern: »Guten Abend.«

Er wachte aus seiner Verwirrung auf und wußte plötzlich, daß man sich nur helfen kann, wenn man sich liebt.

»Ich habe mich verspätet«, sagte Ilka. »Es war ein so merkwürdiger Tag. Man kann ihn gar nicht erzählen.«

Sie hielt das Kuvert in der Hand und wußte nicht, wie sie es ihm geben sollte.

»Es war schön, zu warten«, sagte Mario.

»Und jetzt muß ich Sie arg enttäuschen. Ich habe mich überschätzt«, sagte Ilka. »Es sind nur 850 anstatt tausend.« Sie steckte ihm das Kuvert in die Manteltasche, da er nicht die leiseste Bewegung machte, es in die Hand zu nehmen. Sie atmete auf. Endlich war sie diese Qual los.

»Ich kann das Geld nicht nehmen«, sagte Mario rasch. »Ich bin nicht deswegen gekommen.« Die Welt ist herrlich, dachte Ilka. Sie sagte: »Ich bin traurig, wenn Sie es nicht nehmen. Und Ihr Bruder wird noch trauriger sein.«

»Ich werde Wochen brauchen, bis ich es zurückgezahlt habe.«

»Sie dürfen ein Jahr brauchen«, sagte Ilka und meinte es auch, »ein Jahr ist nichts.«

»Zweiundfünfzig Sonntage!«

»Zweiundfünfzig Sonntage,« wiederholte Ilka.

»Sonntage sind die schlimmsten Tage«, sagte Mario. »Wenn man allein ist.«

»Sind Sie allein?« fragte Ilka, ohne zu wissen, woher sie den Mut genommen hatte.

»Wenn ich Sie Sonntags treffen darf, bin ich nicht mehr allein.«

»Gern«, sagte Ilka hastig und verwirrt. »Aber jetzt muß ich gehen.« Er hielt ihre Hand fest: »Um wieviel Uhr am Sonntag?«

»Um drei Uhr.«

»Wo?«

»Eine Ecke weiter unten.«

»Gut«, sagte er, »schön. Sonntag um drei, eine Ecke weiter unten.« Sie nickte, entwand ihm die Hand, rannte davon, und erst hinter der Haustür fiel ihr ein, daß sie ihm nicht adieu gesagt hatte. Oben in ihrem Zimmer warf sie sich atemlos–verwirrt aufs Bett. Ihr Herz klopfte im Hals. Sie war glücklich.

Sie vergaß, daß man ihr vor wenigen Stunden »la joie tremblante‹ geraubt hatte. Sie vergaß alles, was bisher war. In ihr sang eine neue zitternde Freude, von der sie wußte, daß sie ihr von niemandem auf der Welt je wieder geraubt werden könne.

FÜNFTER TEIL

Aus Sonjas Tagebuch

Als Charles den Plan kundtat, zu Ehren meines 20. Geburtstages ein Atelierfest zu veranstalten, war ich gleich damit einverstanden. Er dachte mehr an das, was dann später darüber als »Gesellschaftliche Nachrichten« in der Zeitung stehen würde, und ich dachte daran, die kühle Stimmung, die mir nach unserer Heirat entgegengeschlagen war, durch Einladungen zu verbessern.

Das Gedächtnis der Menschen ist kurz und beeinflußbar. Jede Sünde ist durch eine Einladung wiedergutzumachen. Also hatte jeder seinen Grund. Charles sagte, es sei egal, wie das Fest heiße, Hauptsache sei, daß die Leute gut zu essen und zu trinken bekämen, aber ich überzeugte ihn, daß er mehr dazu tun müsse als früher, wo er glaubte, mit der Ausstellung eines Schecks an den Manager des ›Ritz‹ seiner Pflicht Genüge getan zu haben. Charles zu überzeugen, ist keine schwere Arbeit. Der Vorgang ist immer der gleiche. Er hört mir schweigend zu, starrt dann schweigend eine Minute ins Leere, gibt sich dann einen Ruck, als müsse er in kaltes Wasser springen, und sagt: »Dein Instinkt hat dir wieder einmal das Richtige geraten, Kind.«

Nun haben wir aus dem Atelier oben eine Shakespeare-Bühne gemacht, und Charles hat einen Sketch geschrieben, im dem er, ich und zwei Freunde von ihm die Rollen spielen. Der eine Freund ist der Regisseur von Charles' Filmgesellschaft, der andere dessen zugereister Freund aus Jugoslawien. Er heißt Ivo und sieht ein bißchen wild und unberechenbar aus. Weil dieser Ivo gern noch einen uns unbekannten Freund mitbringen wollte, habe ich zu Charles gesagt, wir könnten jedem Gast das Recht geben, nach Belieben einen weiteren Gast mitzubringen. Das gäbe eine nette Abwechslung.

Bootsfahrt auf der Seine

Charles fand die Idee dichterisch und hat sie auf die Einladungskarten drucken lassen.

Er hat dann etwas schüchtern gefragt, ob er Anne Lund auch einladen könne; sie sei zur Ordnung irgendwelcher Rechtsfragen von Texas herübergekommen. Er wolle sie aber nur beim Fest haben, wenn es mir wirklich nicht – »du mußt ganz ehrlich sein, Kind« – peinlich sei. Ich habe zum soundsovieltenmal gemerkt, daß Charles kein Frauenkenner ist, aber gesagt habe ich ihm das natürlich nicht. Er ist auf merkwürdige Dinge stolz, vor allem auf seine psychologische Begabung.

Er hat nicht gemerkt, daß ich Anne Lund in diesem ersten Jahr unserer Ehe immer unsichtbar neben mich gestellt habe. Sie war mein Maßstab. Eine Art Kritiker, dem ich mich überlegen fühlte, von dessen unausgesprochenem Urteil ich aber doch irgendwie abhängig war. Die Überlegenheit war dumm, denn mein Sieg über sie war ja nicht das Resultat eines Zweikampfes zwischen uns, sondern das Ergebnis von Charles' Alter und Sattheit. Dennoch, ich fühlte mich als Siegerin. Anne Lund hat von jeher in meinem Leben eine Rolle gespielt. Eine komplizierte, schwer zu erklärende Rolle, aber nur komplizierte Gefühle interessieren mich. Das habe ich nicht erst von Charles gelernt.

Gestern ist mir etwas Merkwürdiges passiert. Ich kann an nichts anderes mehr denken. Ich habe Charles nichts gesagt, wahrscheinlich werde ich es ihm auch nicht sagen, er soll es selbst herausfinden. Er hat mich ein paarmal unters Fenster gezogen und gesagt, er wolle mich bei Licht betrachten, irgend etwas sei los mit mir. Es hat mich gefreut, daß er argwöhnisch war, aber es hat mich auch gefreut, daß er den richtigen Grund nicht gefunden hat.

Die Phantasie eines Dichters ist nicht so mutig wie die Phantasie des Lebens. Die Wirklichkeit schreibt kühnere Geschichten. Die Kunst gibt sich Gesetze der Beschränkung, hundertmal sagt Charles: weißt du, Kind, so etwas kann man nicht schreiben. Das wirkt schlecht, oder falsch.

Dem Leben ist's egal, wie etwas wirkt. Es lebt.

Das Merkwürdige, das mich nicht mehr ruhen läßt, hat sich auf seltsame Art zugetragen. Ich bin gedankenlos am Place St-Michel und auf beiden Seine-Ufern umhergestrolcht und habe Kostüme für unsere Bühne zusammengesucht. Es war windig und nebelfeucht; ich habe gefroren trotz Überschuhen und Pelz. Aber das Suchen hat mir Spaß gemacht.

Wieviel abgelebtes Leben liegt in diesen schmutzigen Schaufenstern! Zu was für Entäußerungen sind die Menschen fähig, wenn es ihnen schlecht geht! Ich war erregt, als ich darüber nachdachte, und plötzlich kam eine seltsame Spannung über mich, und ich ging durch die Gassen wie ein Rutengänger. Irgend etwas würde ich finden, dachte ich, irgend etwas Wichtiges. Ich konstruiere dieses Gefühl nicht erst nachträglich am Schreibtisch; ich hatte einen heißen Kopf und fror am ganzen Körper, schon ehe ich ›la joie tremblante‹ in einem Schaufenster in der Rue des Lavandières entdeckte. ›La joie tremblante!‹ Ich habe sie sofort erkannt. Sie lag zwischen einem speckglänzenden Musikerfrack, einem Spazierstock und einem gegen den Strich gebürsteten Zylinder. Und ein handgeschriebener Zettel lag über einer angehefteten Blumengirlande: »Alles für den Ball.«

Sie lag müde da, als würde sie sich von einem langen Weg erholen. Sie war heruntergekommen, abgenützt, elend, aber sie hatte trotzdem noch etwas von dem Adel, den ihr kein Schicksal rauben konnte. Sie erinnerte mich an die guten Russenköpfe, die ich früher oft in Vaters Gesellschaft gesehen habe. Auch in ihnen lag trotz aller Armut noch der Rest von Herkunft, der nie vergeht.

Der Laden war dunkel und windschief. Ein Schwerhöriger hat nicht verstanden, was ich wollte, und eine schlampige Rothaarige hat mir dann widerwillig das Kleid gegeben, das für sie nur ein Fetzen war. Ich fieberte dabei. Sicher hat sie gemerkt, wie meine Finger gezittert haben, als sie die Seide wieder fühlten; die Seide, die schwere, glänzende, elektrisierende, merkwürdig erregende Seide, die mehr war als Stoff oder Ding. Der Saum war weggeschnitten und Partouts Zeichen war weggenommen, aber ich wußte trotzdem, daß ich ›la joie tremblante‹ streichelte und keine Kopie. Ich fühlte eine so starke Gewißheit in mir, so stark wie in den ersten Tagen unserer Ehe, die Gewißheit, daß mich Charles überschätzte.

Weil ich neugierig, nein, gierig war, etwas vom Schicksal des Kleides zu erfahren, das mir mein Glück gebracht hat, fragte ich. Aber die Schlampe war nicht gesprächig. Sie hat meinen Pelz angestarrt und an Geld gedacht. Sie gehört zu der Sorte Verkäufer, die neidisch sind auf den Kunden, weil er kaufen kann, was sie verkaufen müssen.

Sie hat mich dieses Gefühl entgelten lassen. Ich habe alles gefragt, wer, wie alt, wann, warum, aber sie hat gebrummt und gesagt, sie wisse von nichts.

Und der Schwerhörige nebenan hat Marken in ein Album geklebt.

Fünfhundert Francs hat sie für das Kleid verlangt. Dreihundert zu viel. Aber ich habe sie bezahlt, ohne zu handeln. Es war dumm von mir, aber ich konnte nicht anders. Derjenige, der behauptet hat, das Gesetz von Angebot und Nachfrage bestimme den Preis, hat nichts von Frauen gewußt.

Das Herz bestimmt den Preis.

Ich habe dann das lieblos zusammengeschnürte Paket in eine Waschanstalt getragen. Das Fräulein hat gesagt, die Seide würde nach dem Waschen gelbweiß werden, dann habe ich eine Farbkarte studiert und mich für ein helles Grün entschieden. Ich werde die zweite Auflage der ›joie tremblante‹ bei unserer Aufführung tragen und ich will sehen, ob Charles oder Anne Lund sie erkennen werden. Und ich will wissen, wer das Kleid verändert und verkauft hat. Ich denke mir nachts Romane aus.

Am Nachmittag vor dem Fest habe ich ›la joie tremblante‹ anprobiert. Charles ist mit mir vor dem Spiegel gestanden und hat mir eine gelbe Samtschleife an die Schulter und eine glitzernde Brosche an den Ausschnitt gesteckt und behauptet, das sei das richtige Kostüm für eine Shakespeare-Bühne. Dann hat er mit mir gemeinsam in den Spiegel geschaut und mich geküßt und uns dabei im Spiegel betrachtet, wie er es gern tut; aber das Kleid hat er nicht erkannt. Merkwürdigerweise gab mir seine Haltung wieder jene gewisse Überlegenheit, die ich oft verspüre, wenn Charles' Intuition versagt.

Diese Überlegenheit hielt den ganzen Abend an. Gegen 7 Uhr zwar, kurz ehe die ersten Gäste kamen und wir kaum noch Zeit hatten, in der Küche die drei Köche vom ›Ritz‹ zu instruieren, bekam ich rasch wieder diese Angst, die plötzlich, scheinbar motivlos, auftaucht und an allem Bestehenden rüttelt.

Wozu sich Mühe machen für fremde Leute? Wozu Geld ausgeben? Wozu eigentlich alles?

Aber als die vier Mann der Musik kamen, war ich rasch wieder oben auf. Charles wartete ungeduldig auf Anne Lund, aber er wollte seine Ungeduld verbergen. Er war übereifrig. Das amüsierte mich. Ich habe Charles gern, herzlich gern, und ich möchte nicht leben ohne ihn, trotzdem durchschaue ich ihn. Ich freute mich auch auf Anne Lund, aber ruhiger.

Ich trug ›la joie tremblante‹ auch zur Begrüßung der Gäste; ich wollte mich nicht davon trennen, auch nicht von dem Gefühl, das es mir gab.

Wir hatten hundert Gäste erwartet. Aber um 8 Uhr waren es bereits hundertzwanzig.

Schon an der Stimmung, die die Leute mitbrachten, sah man, daß das Fest ein Erfolg werden würde; Charles brauchte nicht um die Wirkung seines Sketches zu bangen.

Er trug einen grauen Frack und sah großartig aus. Ich wußte wieder, warum ich mich damals im Ballsaal in ihn verliebt hatte. Er zeigte sich in strahlender Laune, aber ich spürte doch, daß er von irgend etwas enttäuscht war. Mag sein, daß er von Anne Lund enttäuscht war! Er schwieg sich darüber aus. Ich war nur von der einen Tatsache enttäuscht, daß sie an Stelle ihres Mannes ihre Schwester mitbrachte.

Ihr Mann sei auf einer Geschäftsreise in Rom. Die Schwester flatterte ziemlich hilflos umher und bewies, daß Überlegenheit nicht jedermanns Sache ist ...

Es wäre klüger gewesen, wenn Anne sie nicht mitgebracht hätte. Aber Anne schien sich darüber keine Gedanken zu machen. Sie schien sich überhaupt über nichts Gedanken zu machen. Sie war heiter und freigiebig in Worten und Komplimenten, aber ihre Gedanken waren nicht dabei. Ihr Körper war beim Fest, ihr schöner, gepflegter und kluger Körper, aber ihr noch schönerer und klügerer Kopf war weit weg.

Sie meisterte natürlich die Situation mit all ihrer Routine. Keiner merkte, daß nur ihre Lippen redeten. Aber ich fühlte stark, wie diese Frau lieben konnte, wie weit weg sie war mit ihrem Herzen.

Sie hat mich umarmt und gesagt, ich sei schöner geworden. Aber ›la joie tremblante‹ hat sie nicht erkannt. Sie hat auch Charles umarmt und gesagt, er sehe jünger und froher aus und er mache eine Ausnahme unter den produktiven Menschen, denn er könne Freundschaft halten, während der Großteil der Produktiven nicht so zur Freundschaft geeignet sei wie die Unproduktiven. Aber es war ihr egal, ob wir ihre Worte glaubten oder nicht. Von früher hat sie in meiner Gegenwart nicht geredet. Vielleicht nachher, als sie mit Charles allein war. Charles wich nach der Aufführung nicht mehr von ihrer Seite. Ich habe nichts mehr davon gehört. Ich war viel zu beschäftigt. Und wie beschäftigt.

Ohne den Zwischenfall, den Annes Schwester hervorgerufen hatte, wäre es wahrscheinlich nicht dazu gekommen, daß ich mich derart von der Gesellschaft entfernt hätte. Aber ich glaube ja nicht, daß Zufall nur Zufall ist. Im Zufall liegt ein Sinn. Und ich glaube, man lebt nur halb, wenn man den Zufall nicht ernst nimmt.

Die Geschichte fing so an:

Annes Schwester wollte nicht von Annes Seite gehen – wobei nicht etwa schwesterliche Zuneigung das Motiv der Tat gewesen war –, deshalb bat Anne Charles, und er wiederum mich, ich solle diese Schwester in die Obhut eines kräftigen Mannes geben.

Ich holte Vater, der sich sowieso schon aus Überzeugung langweilte, und dem es gar nicht darauf ankam, mit wem er seine Langeweile teilte.

Er nahm dann auch brav Madame Barthoud mit an einen Tisch und betrachtete sie eine zeitlang als psychologisches Studienobjekt. Wie das Experiment weiterging, konnte ich nicht beobachten, denn ich gab mir Mühe, Hausfrau zu spielen. Ich ging von Tisch zu Tisch und staunte selbst, was ich da alles zusammenlächeln konnte. Der junge Jugoslawe, Ivo, der bei unserem Sketch mitgewirkt hatte, begleitete mich. Er war nett und sagte Dinge, die er wohl nicht gesagt hätte, wenn Charles dabei gewesen wäre. Ich ließ ihn reden und blieb kühl dabei. Ich fühlte mich wundervoll überlegen.

Auf unserem Gang durchs Atelier kamen wir auch an den Tisch, an dem Vater mit dieser Anne-Schwester gesessen hatte, aber Vater war nicht mehr da. Sie saß allein und traurig in der Ecke.

Als wir kamen, geschah etwas Merkwürdiges. Sie riß die Augen auf, verzerrte den Mund, sagte aber dann doch nichts, sprang nur auf und stellte sich neben Ivo, als wollte sie ihn attackieren oder zum mindesten anpacken und festhalten.

Ivo, der nicht zu denen gehört, die durch Ernsthaftigkeit bedrückend wirken, erschrak und bedeutete mir durch eine Bewegung, daß wir uns entfernen sollten. Aber mich interessierte der Vorgang und ich tat, als verstünde ich nicht.

»Ivo«, japste die Anne-Schwester, »Ivo, Ivo.« Ihre Stimme klang wie die eines Ertrinkenden, der ans Land gezogen wird. »Daß ich dich wieder treffe, Ivo.«

»Nett ist's hier«, sagte Ivo in Oberlehrerhaltung. »Viel Vergnügen, Madame.« Er zog mich an der Hand vom Tisch weg und flüsterte hastig, daß er mir alles erklären wolle, wenn ich ihn sofort in ein Zimmer führte, wo er von dieser Dame nicht gefunden werden könne.

Ich brachte ihn in die Küche. Am Herd gibt's immer irgendein happy end, dachte ich, und wenn es nur ein Kotelett ist. Aber wir hatten nicht mit der verzweifelten Hartnäckigkeit jener Dame gerechnet.

Sie war uns nachgelaufen und stand plötzlich in der weißen Küche, zwischen den drei Ritz-Köchen und uns. Hemmungslos schleuderte sie Vorwürfe, Liebesworte und Beschimpfungen gegen Ivo. Sie genierte sich weder vor den Köchen noch vor mir und den beiden gläserspülenden Hausmädchen. Sie war wie ein Automat, der ablaufen mußte.

»Du hast mich erweckt, du hast mich sitzen lassen, du hast Schuld an meinem Unglück.« Sie war erstaunlich erfinderisch in vielen ähnlichen Sätzen, die alle gleich klangen und die sie Ivo mit Pathos entgegenschrie. Er nahm den ersten Augenblick, den sie zum Atemholen benützen wollte, wahr, und sagte: »Wissen Sie nicht, daß Sie komisch wirken, Madame?« Das schlug ein.

Wir waren uns nachher alle einig, daß er nichts hätte finden können, was besser eingeschlagen hätte. Madame Barthoud fiel nämlich in Ohnmacht. Sie fiel mit solcher Promptheit in Ohnmacht, daß sie fast waagrecht auf den harten Plattenboden gefallen wäre, wenn sie nicht der jüngste Koch geistesgegenwärtig aufgefangen hätte. Er hieß Mario und hatte die kalten Platten unter sich. Er behauptete, Madame Barthoud zu kennen. Seine Braut sei bei ihr in Dienst.

Ivo und ich und die beiden anderen Köche standen ziemlich dumm und hilflos da.

Dieser Mario war ein Segen. Er behauptete auch, von Medizin etwas zu verstehen. Die Ohnmacht sei echt. Seine Braut habe ihm erzählt, Madame bekäme in letzter Zeit öfters Zustände. Außerdem habe sie heute zu tief ins Glas geschaut; er rieche das.

Dann anerbot er sich, die Ohnmächtige heimzutransportieren. Wir nahmen dankbar an. Unter all den Gästen wäre außer Vater kein Arzt gewesen, und Vater war schon weg.

Das kommt davon, wenn man nur mit Künstlern verkehrt und nicht mit richtigen Leuten.

Ivo holte den Chauffeur aus der Garage und zu dritt trugen sie dann Madame Barthoud über die Dienertreppe hinunter zum Auto. Es war wie in einem Kriminalroman, den die Marlitt geschrieben haben könnte. Der Schlußsatz hieß: Von den Gästen hat keiner den Zwischenfall bemerkt.

Ivo kam dann in die Küche zurück, und wir stellten zuerst einmal fest, daß Salm und Zunge in der Küche besser schmeckten als im Speisezimmer. Dann sagte Ivo, daß er sich verpflichtet fühle, mir die Vorgeschichte, die zu Madame Barthouds Ausbruch geführt habe, zu erklären, und ich gab mir nicht die geringste Mühe, meine Bereitwilligkeit, zuzuhören zu unterdrücken. Abgeklärtheit und Verzicht kommen nur in klassischen Gedichten vor.

Also führte ich Ivo hinauf in mein Zimmer. Wir legten uns auf das Tigerfell vor dem Kamin, und Ivo erzählte.

So fand uns dann Charles.

Aber zuvor hatte Ivo erzählt. Und was er erzählt hat, wog alle Ausbrüche von Charles auf. Er hat mir erzählt, was ich so brennend gern wissen wollte, seitdem ich wieder ›la joie tremblante‹ trug. Er hat mir die Fortsetzung des Kleid-Romans erzählt, dessen Anfang ich selbst geschrieben habe. Nun will ich auch das Ende wissen. Selbst wenn Charles noch mehr toben würde, als er an diesem Abend getobt hat. Ich muß es wissen, und ich werde es wissen. Ich werde nachforschen und es erfahren. Ich spüre es.

»Madamchen trug an jenem Abend ein Kleid, das, so seltsam es klingen mag, an Ihres erinnert«, sagte Ivo. »Nur ist Ihr Grünes die Vollendung der schäbigen Eleganz – was es ja sein soll –, während das Weiße damals die Vollendung eines Schneidertraums war. Sie hat es nicht selbst gekauft, sie wäre dazu nicht fähig gewesen, sie hat eine Steuerinspektorsgattinnenseele, aber ihre Schwester, die Lund, hat es ihr geschenkt!«

Und damit wußte ich, was für ein Kleid er meinte.

Er erzählte von der ›Don Juan‹-Aufführung, wo sie Fin de Siècle gespielt und er sie angesprochen habe, erzählte, wie sie zusammen in ein Restaurant gegangen seien, wie sie aufgetaut sei, wie sie jedoch, ehe er sie fragen konnte, ob sie nun mit ihm heimgehe, gestolpert und zu Boden gefallen sei, und das Kleid beschmutzt habe.

Nachträglich sei ihm dieser Fall als symbolische Handlung vorgekommen. Denn bei der Heimfahrt im Taxi habe sie sich plötzlich wieder geändert, und die Steuerinspektorsgattinnenseele, die während des Abends auf Urlaub war, sei wieder in sie eingezogen.

Ivo erzählte ausführlich, genoß das Erlebnis in der Erinnerung und sparte nicht an Details. Er bewies wieder einmal, was ich schon oft beobachtet habe, daß Männer nicht die Erfinder der Diskretion gewesen sein können. Er versteckte - versteht sich - das, was man indiskret nennt, hinter dem Mantel der Psychologie, wie sie es alle machen. In Wahrheit aber war es reine Schwatzlust, die jeder Mann an den Tag legt, wenn er von seinen ›Erlebnissen‹ erzählt.

Was ich über Frauen weiß, habe ich von Männern erfahren. Und ich kenne nur deshalb andere Männer nicht, weil Frauen nichts von ihren Erlebnissen preisgeben. Frauen sind, wenn es sich um Männergeschichten handelt, ängstlich verschwiegen! Dabei ist es doppelt merkwürdig, daß sie den Ruf der Geschwätzigkeit nicht verlieren.

Wahrscheinlich hängen ihnen die Männer diesen Ruf immer wieder von neuem an, um ihre eigene Schwatzlust ungestört dahinter austoben zu können.

Was mir nämlich Ivo oben in meinem Zimmer eine Stunde lang erzählte, war ein starkes Wagnis. Aber ich war so besessen von der Geschichte meines Kleides, daß ich ihn reden ließ, auch dann, als er die übliche Volte ritt und mich als Frau, nach der man sich sehnt, pries. Ich gebe sogar zu, daß mir gefallen hat, was er über mich sagte. Tief ging diese Freude nicht, sie war eher eine Art genießerisches Wohlgefallen, zuzuhören.

Ich will mich nicht von einer gewissen oberflächlichen Schuld reinwaschen, aber schließlich habe ich noch nicht viele derartig gewagte Komplimente gehört, und warum soll ich nicht zeigen dürfen, daß ich noch jung bin? Wir befanden uns doch auf einem Kostümfest und nicht bei einer Beerdigung.

Kurz und gut: er machte mir den Hof.

Charles aber, der mich anscheinend im ganzen Haus gesucht und nicht gefunden hatte, kam wütend dazwischen und war der Ansicht, daß es lang und schlecht gewesen sei.

Charles kam ins Zimmer gestürzt, hastig, bleich, erregt, sein Gesicht war böse und hart. Er schleuderte Vorwürfe gegen mich, war ausfallend zu Ivo, und seine Augen wurden dunkelblau wie der Nachthimmel und seine Stimme war Tscheka.

Ich betrachtete ihn genau dabei und spürte, wie mir diese Eifersucht gefiel. Ich genoß sie und fühlte mich überlegen.

Ich dachte, daß mancher Seitensprung seine primitive Erklärung in diesem primitiven Genießen der Eifersucht finden könnte. Wahrscheinlich wird wohl manche kleine Treulosigkeit geradezu wegen dieser Stimulans inszeniert.

Trotzdem war ich vernünftig genug, Charles zu beruhigen. Ich wäre natürlich genauso fähig gewesen, ein klein wenig Teufel zu spielen! Das Kleid, das heruntergekommene, grüne, seltsame Kleid, verströmte noch immer seine Kraft. Aber wozu?

Ich war wieder einmal an dem Punkt, von dem aus man so oder so handeln konnte. Es hängt nur von einer Drehung des Kopfes ab. Ich nahm die harmlose Seite. Ich beruhigte Charles, beruhigte ihn mit der Wahrheit. Ich erzählte ihm von ›la joie tremblante‹, erzählte dramatisch und kam mir vor wie Scheherezade, die den Kalifen zu fesseln hat. Es fiel mir nicht schwer, denn ich war selbst bewegt, besessen, erregt, je mehr ich mich in die Geschichte des Kleides hineindachte.

»Und dann?« fragte Charles, als ich mit dem Abtransport von Madame Barthoud fertig war, »und dann?«

Seine Stimme war nicht mehr Tscheka; sie war begierig wie die eines Kindes, das nicht genug Märchen hören kann. Seine Augen waren zwar noch hart, aber hart vom Mitdenken und Weiterdenken.

»Und dann«, wiederholte ich, und erhob mich dazu feierlich, »und dann zog sich Sonja das Zauberkleid vom Leib und warf es vor den Augen ihres geliebten Mannes ins knisternde Kaminfeuer, damit es ihm nie mehr zum Kummer werden könne.«

Und also tat ich, Scheherezade in Wort und Gebärde, nahm den gestickten spanischen Schal vom Flügel, umhüllte mich damit, zerknüllte das grüne Kleid und warf es in die Flamme. Wir hörten sein erregtes Knistern, sahen, wie es zusammenfiel, in loderndem Triumph noch einmal aufstieg und leuchtete und dann schwarz und winzig dalag und als letztes Andenken einen brenzligen Dunst über uns verströmte.

Charles hatte seinen Arm um mich geschlungen und stand aufrecht mit mir vor dem Kamin. Als das Kleid nur noch ein Häufchen Asche war, küßte er mich. Er war sich der theatralischen Mission des Dichters bewußt.

Ivo war der ideale Zuschauer. Er starrte entzückt mit vorgeschobenem Kopf in die Flamme, seine Haare sahen aus, als würden sie gleich Feuer fangen wollen.

Ich wartete auf ein Schlußwort von Charles.

Er war ein Dichter und hätte die Verpflichtung dazu gehabt. Er besann sich wohl auf etwas Passendes. Aber er sagte nichts, sondern küßte mich dann noch einmal, wortlos und lang.

Männer gehen, solang sie können, den Schwierigkeiten aus dem Weg. Sie haben nicht so viel moralischen Mut zum Reden wie Frauen. Sie küssen.

Also blieb es mir überlassen, das Schlußwort zu sagen.

ENDE

Tour Eiffel

Nachwort

von Anke Heimberg

»This book was written [...] when we all were young a. romantic. Later on made into a film Tales of Manhattan.«[1] Mit diesen wehmütigen Worten kommentierte die 78-jährige Exilschriftstellerin Victoria Wolff einmal eine Neuausgabe ihres Romans *Das weiße Abendkleid.* Mit »when« meinte Wolff unzweifelhaft die Zeit, in der sie ihr Buch niedergeschrieben hatte, den Sommer und den Herbst des Jahres 1938, als sie sich im malerisch am Lago Maggiore gelegenen Ascona aufgehalten hatte; mit »we« spielte sie offenbar auf den großen Kreis der sie damals umgebenden prominenten KünstlerInnen an, darunter insbesondere die mit ihr befreundeten Schriftsteller Leonhard Frank, Erich Maria Remarque und Ignazio Silone sowie die Theaterschauspielerin Tilla Durieux. In den 1930er-Jahren hatte sich das südschweizerische Ascona mehr und mehr zum Zentrum vor allem deutscher und italienischer ExilantInnen entwickelt, welche vor dem Faschismus ihrer Heimatländer hierher geflohen waren. Insbesondere die MalerInnen, SchriftstellerInnen und Intellektuellen unter ihnen ließen sich gern in dem mediterran geprägten, ehemaligen Fischerörtchen nieder: Sie wurden noch immer magisch angezogen vom legendären Nachruhm einer zu Beginn des 20. Jahrhunderts auf dem Monte Verità siedelnden Kolonie vegetarisch und naturistisch lebender AnarchistInnen, TheosophInnen und KünstlerInnen, die sich einst um den zivilisationsmüden belgischen Industriellensohn Henri

Oedenkoven und seine Geliebte, die deutsche Pianistin und Feministin Ida Hofmann, gesammelt hatten; und auch weil sich herumgesprochen hatte, dass man hier in ungezwungener Gemeinschaft leben könne.[2]

Victoria Wolff war mit ihren beiden Kindern, der sechsjährigen Tochter Ursula und dem vierjährigen Sohn Frank, im Frühjahr 1933 nach Ascona gekommen, das sie schon bei früheren Ferienaufenthalten zu schätzen gelernt und in Reiseberichten euphorisch beschrieben hatte.[3] Angewidert von den politischen und gesellschaftlichen Veränderungen, die die Machtübernahme der Nationalsozialisten in Deutschland begleiteten, hatte sie ihre Geburts- und Heimatstadt Heilbronn am 1. April 1933 verlassen und war in die Schweiz emigriert. An diesem Tag hatte die Nationalsozialistische Deutsche Arbeiterpartei (NSDAP) zum Tag des allgemeinen ›Juden-Boykotts‹ aufgerufen, dessen gegen jüdische Geschäftsleute, Ärzte und Anwälte gerichtete »Programmpunkte« das »Heilbronner Tagblatt«, das Zentralorgan der NSDAP, bereits am 29. März 1933 genüsslich und in aller Ausführlichkeit angekündigt hatte. Im nationalsozialistischen Deutschland hatte sie für sich als Jüdin keine Arbeits- und Lebensmöglichkeiten mehr gesehen. Nach der aufschlussreichen Lektüre von Adolf Hitlers programmatisch-antisemitischer Hetzschrift *Mein Kampf* (1925/26) hatte sie ihrem Ehemann Alfred Wolf (1898–1981) erklärt: »Ich kann hier nichts mehr schreiben. Die wollen doch nix!« Da sie zudem ihren Kindern den demütigenden Besuch einer ›arischen Schule‹ hatte ersparen wollen, war sie der Meinung gewesen, sie müssten alle »raus aus diesem Hottentotten-Land!«[4]

Zu diesem Zeitpunkt hatte die 29-jährige Victoria Wolff schon Reportagen, vor allem aber Reiseberichte in der bürgerlich-liberalen Heilbronner »Neckar-Zeitung« veröffentlicht, die sich »durch schriftstellerischen Scharm und gute Pointen auszeichneten«.[5] Denn die junge Literatin, ganz moderne Frau ihrer Zeit, bereiste Anfang der

1930er-Jahre halb Europa sowie das neue Russland mit dem eigenen Automobil Sie hatte außerdem für das Feuilleton verschiedener Zeitungen wie die »Frankfurter Zeitung«, die »Kölnische Zeitung«, das »Stuttgarter Neue Tagblatt«, das Berliner Frauenmagazin »Die Dame« und für den Süddeutschen Rundfunk Stuttgart geschrieben sowie erfolgreich zwei Romane publiziert. Einen dritten Roman hatte sie gerade abgeschlossen. Wolffs erstes Buch *Eine Frau wie du und ich* – eine erfrischend eigenwillige Romanbiographie um die französische Schriftstellerin und Frauenrechtlerin George Sand (1804–1876), deren eigenständige und unkonventionelle, mit zahlreichen Liebesaffären einhergehende Lebensweise im Frankreich des 19. Jahrhunderts sie schon lange fasziniert hatte – war im März 1932 im Dresdener Carl Reißner-Verlag erschienen. Reißner hatte sich in den 1920er-Jahren vor allem mit Memoirenliteratur und (romanhaften) Politiker- und Künstlerbiographien von Otto von Bismarck über Gustav Stresemann bis Käthe Kollwitz einen Namen als »einer der modernsten und angesehensten [Verlage; A. H.] in Deutschland« gemacht.[6] Sein Programm trug damit dem immensen Interesse des damaligen Lesepublikums an Biographien Rechnung, das der Kulturkritiker Siegfried Kracauer in seinem berühmt gewordenen Essay »Die Biographie als neubürgerliche Kunstform« von 1930 als grassierende Mode und Krisenphänomen der bürgerlichen Gesellschaft der Weimarer Republik analysierte.[7] Victoria Wolff hatte ihr Debüt also sicherlich nicht zufällig mit einer Romanbiographie gegeben wie sie – angesichts einer von Frauenemanzipationsdebatten geprägten Zeit – offenbar auch George Sand sehr bewusst gewählt hatte: Bereits zu Beginn ihrer schriftstellerischen Karriere zeigte sich das besondere Gespür Wolffs für die jeweils modischen Genres und populären Sujets der Zeit, das ihr literarisches Werk einmal prägen sollte. Ihre gründliche Aufarbeitung sämtlicher Romane Sands einschließlich der historischen Quellen – darunter ihre mehrbändige Autobiographie sowie ihre umfangreiche Korrespondenz – sollten sich lohnten. Das sorgfältig recherchierte, inhaltlich differenzierte Buch wurde ein Achtungserfolg: Nicht nur das Lokalblatt ihrer Heimatstadt, die »Neckar-Zeitung«, hatte seine Mitarbeiterin am 15.12.1932 wegen der »erfreulichen Intensität« und des »raschen, temperamentvollen Stil[s]« ihrer Romanbiographie gelobt. Auch überregional war es äußerst wohlwollend wahrgenommen worden, wie beispielsweise die Rezension Siegfried Jacobys im renommierten »Berliner Tageblatt« vom 31.07.1932 beweist: »Ihr Erstlingswerk [...] ist natürlich und elegant, an jeder Stelle überraschend, weil auf die Einmaligkeit der Erscheinung bedacht, feinsinnig zugespitzt, in Güte schwebend, verschwiegen, federnd in Kampfeswillen [...]. Als Talentprobe ist das ungewöhnlich fesselnde Buch nur schwer zu würdigen. Das Vermögen, sich einzufühlen und den lyrischen Gehalt einer Persönlichkeit aus Geschriebenem tönen zu lassen, ist ausserordentlich. Verbindet sich hiermit«, so orakelte Jacoby, »auch die Gabe, einen Stoff aus Eigenem künstlerisch zu bauen?« – Genau so war es, denn wenige Monate nach Erscheinen von *Eine Frau wie du und ich* hatte Wolff mit dem Roman *Mädchen wohin?*, in dem sie ihr kurzes, aber erlebnisreiches Intermezzo als Studentin der Naturwissenschaften an den Universitäten Heidelberg (1922) und München (1922/23) verarbeitete, ihr zweites Buch veröffentlicht. Dr. Curt Weller, Anfang der 1930er Prokurist und Lektor bei der Deutschen Verlagsanstalt in Stuttgart, der als Entdecker und Förderer Erich Kästners gilt[8] und den auch Wolff als Pate ihrer Karriere benannte, hatte den Roman im Mai 1932 zum Vorabdruck an die »Kölnische Zeitung« vermittelt. Auf sein Betreiben hatte ihn der junge Paul Zsolnay Verlag in Wien 1933 schließlich in sein Frühjahrsprogramm aufgenommen. Weller sollte später – im Zusammenhang mit der Publikationsgeschichte des Romans *Das weiße*

Abendkleid – abermals eine tragende Rolle zukommen. Dank der aktuellen Thematik – die Lebenswelten studierender Frauen waren als akademische Variante der emanzipierten ›Neuen Frau‹ der 1920er-Jahre zum populären literarischen Stoff avanciert[9] – hatte Wolff mit *Mädchen wohin?* ihren Ruf als vielversprechende Nachwuchsschriftstellerin entscheidend festigen können. »Der Roman [...] bestätigt ein seltenes Talent«, war beispielsweise im Berliner »8-Uhr-Abendblatt« vom 16.03.1933 zu lesen. »Er ist [...] unerhört gekonnt. [...] Und er hat ein eigenes Gesicht voller Versprechungen für die Zukunft.« – Zsolnay sollte auch Wolffs Angestelltenroman *Eine Frau hat Mut* übernehmen, der auf Erfahrungen der Autorin basierte, die sie 1932 inkognito als Verkäuferin in der Damenkonfektionsabteilung eines großen Kölner Warenhauses gesammelt hatte, um den ihr bis dahin unbekannten Arbeits- und Lebensalltag der weiblichen Angestellten möglichst authentisch wiedergeben zu können.[10] Mit ihrem Roman thematisierte Wolff nicht nur die vielschichtigen Probleme einer enorm angewachsenen (Frauen-)Berufsgruppe, sondern sie traf auch das ›neusachliche‹ Lebensgefühl am Ende der Weimarer Republik, das geprägt war vom Existenzkampf der Menschen, von Konkurrenz, Neid, Missgunst sowie dem Gefühl, hilflos an die gesellschaftlichen Verhältnisse ausgeliefert und völlig auf sich allein gestellt zu sein. Die Literaturkritik, allen voran das »Neue Wiener Journal« vom 05.10.1933, verglich das im September 1933 publizierte Buch mit Hans Falladas berühmten Angestelltenroman *Kleiner Mann, was nun?* (1932), »das tapfere Dreigestirn Mann-Frau-Kind, das sich gegen Elend, Not und Resignation stemmt«, und bescheinigte ihr, dass es »neues Zeugnis von der [...] Begabung seiner Verfasserin ablegt.«[11]

Der erfolgreich laufende Roman – bereits nach zwei Monaten war die erste Auflage vollständig vergriffen – war kaum erschienen, als Wolff die Mitteilung erhielt, dass ihr Aufnahmegesuch in den Reichsverband Deutscher Schriftsteller (RDS), einer von den Nazis geschaffenen berufsständischen Zwangs- und direkten Vorläuferorganisation der im September/November errichteten Reichsschrifttumskammer (RSK), am 4. Januar 1934 aufgrund ihrer jüdischen Herkunft abgelehnt worden sei. Ihre Kammerakte erhielt am 1. März 1934 zusätzlich einen Sperrvermerk, da die NS-Zensur ihre Aussage in der sozialistischen Wiener »Arbeiter-Zeitung« vom 28.11.1933, sie habe Deutschland verlassen, »um ihr siebenjähriges Töchterchen davor zu bewahren, im Nazireich eine deutsche Schule besuchen zu müssen«, an die entsprechenden Amtsstellen weitergeleitet hatte.[12] Als Wolff im Herbst 1935 schließlich ihren Roman *Gast in der Heimat* beim ›Emigrantenverlag‹ Querido in Amsterdam publizierte, gehörte sie entgültig zu den ›schädlichen‹ und in Reichsdeutschland ›unerwünschten‹ SchriftstellerInnen.[13] In dem autobiographisch geprägten Werk stellte sie das Aufkommen und die Etablierung des Nationalsozialismus in einer schwäbischen Kleinstadt sowie ihre eigene Emigration in die Schweiz dar. Das Verbot sämtlicher Schriften erfolgte schließlich 1939, angezeigt auf der im Jahr darauf veröffentlichten Verbots-»Jahresliste«.[14]

Ihr Ehemann Alfred Wolf hatte sich nicht gleich zur Emigration entschließen können. Er war zunächst in Heilbronn geblieben, um sich um seinen Textilbetrieb »W. M. Wolf AG« zu kümmern und die Familie zu unterstützen. Die Verbindung zu seiner Frau und den beiden Kindern bestand fortan in einem monatlichen Wochenendbesuch in der Schweiz. Als die politischen Schikanen gegen die Firma zunahmen und er in einem anonymen Erpresserbrief persönlich bedroht wurde, emigrierte er 1936 nach Wien, wo ihm die Papierfabrik »Bunzl & Biach« eine sichere Stellung offeriert hatte. Wenig später musste die Liquidation des alteingesessenen Unternehmens eingeleitet werden. Auch die EigentümerInnen der angesehenen »Lederfabrik Heilbronn Gebrüder Victor«, die Victoria Wolffs Vater Jakob Victor (1869–1918) mitaufgebaut hatte, waren aufgrund der zunehmenden NS-Verfolgungen jüdischer BürgerInnen Ende 1936 gezwungen, ihren Betrieb zu verkaufen.[15]

Obwohl Victoria Wolff in Ascona mit ihren beiden Kindern völlig auf sich allein gestellt war, wirkte das Exil für sie wie ein Befreiungsschlag. Hatte die junge Autorin, die weder von Seiten ihres Ehemanns noch ihrer Familie Unterstützung und Ermutigung für ihre schriftstellerische Arbeit erfuhr, sondern stattdessen das Missfallen der ganzen Verwandtschaft auf sich zog, im behäbigen Heilbronn weitgehend isoliert gearbeitet, so bot sich ihr in Ascona erstmals Gelegenheit, regelmäßig mit SchriftstellerInnen und MalerInnen wie Albert Ehrenstein, Efraim Frisch, Arthur Holitscher, Else Lasker-Schüler, Emil Ludwig und Marianne Werefkin zusammenzukommen und sich auszutauschen. Beliebtester Treffpunkt der Künstlerprominenz war damals – neben der Nelly-Bar – das legendäre Café Verbano, das von »Fede«, einer jungen Wirtin, betrieben wurde, die es offenbar verstand, sich um jeden ihrer zahlreichen, nicht immer einfachen Gäste in einer Weise zu kümmern, dass sie sich dort wie in einer großen Künstlerfamilie fühlten. Hier, bei einer Tasse Kaffee oder einem Glas Wein, kam man schnell miteinander ins Gespräch: Im Verbano wurden heiße Diskussionen über die letzte Ausstellung oder den neuesten Roman geführt, Nachrichten und Tratsch aller Art getauscht, einander neugierig beäugt und wilde Feste gefeiert. Im Rückblick sprach Victoria Wolff gar von einem »fröhlichen Exil«, wenn sie nicht Jahr für Jahr bei der Eidgenössischen Fremdenpolizei in Bern um die Verlängerung ihrer Aufenthaltsgenehmigung hätte nachsuchen müssen.[16]

Zu ihren »vier besten Freunde[n]« unter den emigrierten KünstlerInnen zählten alsbald: Leonhard Frank

(1882–1961), bekannter deutscher Erzähler und Romancier sozialkritischer und radikal-pazifistischer Werke wie *Die Räuberbande* (1914), *Der Mensch ist gut* (1917) und *Karl und Anna* (1926); Erich Maria Remarque (1898–1970), berühmter Verfasser des sensationell erfolgreichen Antikriegsromans *Im Westen nichts Neues* (1929); Ignazio Silone (1900–1978), italienischer Sozialist und Autor der erfolgreichen Bücher *Fontamara* (1933), *Brot und Wein* (1936) und *Die Schule der Diktatoren* (1938); und Tilla Durieux (1880–1971), gefeierte österreichische Schauspielerin, die in den 1910er- und 1920er-Jahren auf den Bühnen Berlins und anderer europäischer Städte als Interpretin großer weiblicher Heldinnenrollen wie Hebbels »Judith«, Schillers »Eboli« und »Maria Stuart« oder Wedekinds »Lulu« brillierte.[17] Sie blieb ihnen auch nach dem gemeinsamen Schweizer Exil ein Leben lang verbunden:

> Ascona war damals noch ein ›seelischer Zustand‹... Jeder gab ein Stück von sich, weil man, vertrieben von der Heimat, dankbar war, eine Ersatzexistenz gefunden zu haben. [...] Man kam sich damals, als jeder ein neues Leben aufzubauen suchte, rascher und wesentlicher nahe als heute.[18]

Zusammengeschweißt vom selben Schicksal, versuchten sie, einander zu helfen, sich in ihrer Arbeit gegenseitig zu unterstützen, zu bestärken und zu inspirieren. So tauschten sich Victoria Wolff und Ignazio Silone kontinuierlich über ihre jeweiligen literarischen Projekte aus und diskutierten ihre Arbeiten intensiv und kritisch miteinander. Da Silone in Zürich lebte und immer dann ins Tessin kam, wenn er »einen Hauch seiner verlorenen italienischen Heimat spüren wollte,«[19] führten sie diese Diskussionen großenteils auch schriftlich. »Lieber Silone, ich habe seit 3 Tagen wirklich nichts anderes getan, als Ihr Buch gelesen; jetzt bin ich mit der ersten Lektüre fertig u. kann Ihnen von Herzen zu diesem schönen, guten, sauberen u. fülligen Buch gratulieren. Es ist ein solch reiches u. warmes Buch, daß man sich, wenn man es gelesen hat, auch reich u. warm vorkommt. [...] Also wirklich, ich freue mich für Sie für diesen Erfolg u. wünsche Ihnen Glück«, lobte Wolff beispielsweise seinen antifaschistischen Roman *Brot und Wein.* »Ich würde mich wirklich sehr freuen, wenn Sie bald nach Ascona kämen, damit wir noch ganz frisch unter dem Eindruck des Buchs davon reden könnten [...].«[20]

Erich Maria Remarque hatte Wolff gleich zu Beginn ihres Aufenthalts bei Pancaldi's kennengelernt – einem Zeitungs- und Fotoladen, der dem engagierten Asconeser Fotografen Pietro Pancaldi und seiner Frau Tina gehörte und nur ein paar Schritte vom Café Verbano entfernt lag, wo sie fortan regelmäßig zusammenkamen. Remarque notierte beispielsweise am 5. Juni 1936 in seinem Tagebuch: »[...] ins Dorf gefahren. Viktoria Wolf [sic!] getroffen. Mit ihr vor dem Verbano gesessen, Leute angesehen.«[21] Er regte sie an, ihre Erfahrungen mit Entrechtung, Verfolgung und Vertreibung im nationalsozialistischen Deutschland niederzuschreiben und begleitete sie mit wohlmeinendem Rat und Kritik bei der Entstehung ihres antifaschistischen Deutschlandromans *Gast in der Heimat.* Indem er sie auf stilistische und konzeptionelle Stärken und Schwächen vorangegangener Romane, die sie vermeiden sollte, aufmerksam machte, half er ihr nicht nur bei ihrem Erlebnisbuch, sondern förderte sie in ihrer Entwicklung als Schriftstellerin insgesamt. Remarque war es auch, der den Titel fand und Fritz H. Landshoff, den für seine hohen Qualitätsansprüche bekannten literarischen Leiter der deutschsprachigen Abteilung im renommierten Amsterdamer Querido-Verlag, für den Roman interessieren konnte.[22] Hier hatten bereits viele der wichtigsten AutorInnen der Weimarer Republik ein neues Haus für ihre Bücher gefunden. Die Werke von Vicki Baum, Alfred Döblin,

Lion Feuchtwanger, Heinrich Mann, Ernst Toller und Arnold Zweig wurden bis zur Besetzung Hollands im Mai 1940 in Amsterdam gedruckt. Remarque kannte Landshoff bereits aus Berliner Zeiten, wo dieser bis zu seiner Emigration 1933 als Verleger und Lektor im Gustav Kiepenheuer-Verlag tätig gewesen war. 1938 wurde Remarque mit seinem Roman *Drei Kameraden* selbst Autor bei Querido. Für seine großzügige Unterstützung revanchierte sich Wolff bei Remarque, der sich nach seinem einzigartigen Welterfolg *Im Westen nichts Neues* mit Versagensängsten und Selbstzweifeln quälte, die er in immer größeren Mengen Alkohols zu ertränken suchte, mit langen Gesprächen. »Remarque hatte zwei Lieblings-Redestunden«, erinnerte sich Wolff. »Spät nachmittags um sechs Uhr am Telefon und spät nachts, nach einem langen Umtrunk in einer Tessiner Bar, wenn ihn die Furcht packte, heimgehen zu müssen. [...] In dieser Stimmung redete er dann ungehemmt. An meinem dunklen, steinigen Strand oder auf der untersten Gartenstufe neben den Hortensienbüschen. Was da in stetigem Strom heraussprudelte, urgescheit, durchlebt, durchdacht, durchlitten, war ein Bekenntniszwang, der ihm, wenn er sich bei Tageslicht daran erinnerte, peinlich war. [...] Sein grosser Kummer damals war der des Weltmeisters, der fürchtet seinen Meisterschaftstitel nicht halten zu können. ›Im Westen nichts Neues‹ war der grosse Wurf gewesen. Würde er diesen Wurf mit einem zweiten und dritten Buch wieder machen?«[23]

Auch Leonhard Frank stand der jungen Autorin beratend zur Seite: Vor der Veröffentlichung bei Querido musste das 600 Seiten umfassende Romanmanuskript *Gast in der Heimat* um die Hälfte gekürzt und inhaltlich verdichtet werden, wobei ihr Frank aufopferungsvoll half.[24] Von Wolff wurde er fortan augenzwinkernd als »Sprachchristus« bezeichnet. Da Leonhard Frank ab 1936 beim Querido-Verlag mit einer Gesamtausgabe seiner Werke in Einzelbänden vertreten war, ist zu vermuten, dass er bei der Annahme von Wolffs Roman ebenfalls vermittelnd eingriff.

Die Nähe zu den befreundeten KünstlerInnen beflügelte Wolffs literarische Produktivität enorm. In den knapp sechs Jahren ihres Aufenthalts in der Schweiz veröffentlichte sie vier – vorwiegend der gehobenen Unterhaltungsliteratur zuzurechnende – Romane: Gewissermaßen als heiteres Gegenstück zu *Gast in der Heimat* erschien 1934 *Die Welt ist blau* in der »Bibliothek zeitgenössischer Werke«, einem Züricher Ableger Zsolnays. Das Buch wurde vom Verlag als ein »entzückender Sommerroman« beworben, »erfüllt von Humor und Lebensfreude. Eines der beglückenden Frauenbücher unserer Tage.«[25] Es spiegelt das von ihr als »himmelblaue Zeit«[26] erlebte Exil im Tessin ebenso wieder wie der 1937 unter dem Pseudonym Ellinor Colling im Locarner Verbano-Verlag publizierte kleine Roman *Glück ist eine Eigenschaft*. 1937 brachte Wolff zudem im Züricher Humanitas-Verlag den durch das Erlebnis eines Klinikaufenthalts angeregten Ärzteroman *Drei Tage* heraus und arbeitete ihn wenig später zu ihrem einzigen, aber nie zur Aufführung gekommenen Bühnenstück um. 1938 folgte der Roman *Das weiße Abendkleid*, den die Baseler »National-Zeitung« – wiederum unter Pseudonym – ab 15. Dezember als Fortsetzungsroman in 58 Folgen druckte.

Der episodenhafte Roman um ein zauberhaftes weißes Abendkleid, das dem Leben jeder seiner vier Trägerinnen eine schicksalsbestimmende Wendung gibt, war im Sommer und Herbst 1938 entstanden. Er geht nach Darstellung Wolffs auf eine Idee Tilla Durieux' zurück,[27] die sich nach Theatergastspielen 1937/38 in Wien und Prag wieder einmal für längere Zeit in Ascona aufgehalten hatte.[28] Wolff hatte mit der Arbeit an dem Buch kurz nach dem Einmarsch der deutschen Truppen in Österreich (12. März 1938) begonnen. Obwohl sie es also in einer Zeit verfasste, die von der Angst vor weiteren Aggressionen Nazi-Deutschlands gegenüber den europäischen

Nachbarländern und einem drohenden Krieg geprägt war, ja durch das zwischen Hitler, Chamberlain, Daladier und Mussolini geschlossene Münchener Abkommen (29. September 1938) weiter zunahm, kommt ihr Abendkleid-Roman trotzdem überraschend leicht und luftig daher. Die politischen Ereignisse in Europa werden von der Autorin zwar in das Romangeschehen des überwiegend im Frühsommer und Sommer 1938 spielenden Romans eingeflochten – am deutlichsten anhand des Schicksals der Wiener Medizinstudentin Ilka Wahla, die vor den Nazis nach Paris flüchten musste –, sie leuchten aber gemeinhin nur ganz kurz, quasi als Erinnerungsblitze für ihre LeserInnen auf. Ansonsten überwiegt der heitere und beschwingte, Sprachwitz und Fabulierlust versprühende Grundton, der schon die wunderschön geschriebene Eingangsszene des Romans bestimmt:

> In den Straßen von Paris lag so viel Frühlingssonne, daß die Stadt an diesem Morgen ihr Stadtgesicht verlor. [...] Ein richtiger Frühlingstag ist ein seltenes Ding. Er ist plötzlich da, hält sich nicht an den Kalender und hält sich auch nicht lang. Und die Menschen lachen. Sie ziehen helle Sachen aus den Schränken und eine hellere Laune aus dem Herzen. Sie blinzeln in die Sonne und können nicht glauben, daß es irgendwo in der Welt Krieg geben kann, oder Haß, oder Streit. Und wenn sie dann doch von solchen Dingen hören, denn irgendwo in der Welt mag es gerade regnen, dann schütteln sie ungläubig den Kopf und die Sonnenstrahlen auf ihren Haaren schütteln sich mit. (S. 5)

Der berühmte Filmstar Anne Lund befindet sich hier gerade auf dem Weg zum neuen Salon ihres Lieblingsschneiders, des inzwischen zum exklusiven Modeschöpfer glanzvoll aufgestiegenen Couturiers Partout, um sich seine neuesten Frühjahrs- und Sommerkreationen vorführen zu lassen; vor allem aber, weil sie ein schönes Abendkleid für ihren neuen Film braucht. Wolff spielt hier erkennbar – weil kaum versteckt in einem kleinen Wortspiel – auf den 1936 verstorbenen Pariser Couturier Jean Patou an. Wolff kannte sich in der Welt der Mode recht gut aus. Bereits zu Heilbronner Zeiten hatte sie sich kritisch mit den aktuellen Modetrends der zwanziger Jahre auseinandergesetzt – einer ihrer ersten Artikel für die »Neckar-Zeitung« war der Beitrag *Ueber unmoralische Dinge oder Was trägt die Frau heute?* (23.07.1931). Aber auch über ihre freie Mitarbeit beim Berliner Mode- und Zeitgeistmagazin »Die Dame« hatte sich Wolff mit Modefragen beschäftigt. Jean Patou (1880–1936) war einer der bedeutendsten Modeschöpfer der 1920er-Jahre. Dank seines schnellen Erfolgs residierte der gelernte Schneider ab 1919 in einem prunkvollen Haute-Couture-Salon in der Rue St-Florentin 7 in Paris, wo er als einer der ersten Couturiers mit luxuriösem Aufwand zweimal im Jahr seine Kollektionen vorstellte. Seinen großen Namen verdankte Patou dem ›Wimbledon-Dress‹, das er 1921 für die berühmte Tennisspielerin Suzanne Lenglen geschaffen hatte. Inspiriert vom modernen Frauentyp der Zeit, der ›Neuen Frau‹ der 1920er-Jahre, und ihren neugewonnenen Bewegungsfreiheiten wie Tennis und Tanzen setzte er diese Sportbekleidung mit den kniekurzen, taillenlosen ›Hänger‹- oder ›Charlestonkleidern‹ sehr erfolgreich in die Tages- und Abendmode um. In den 1930er-Jahren vertrat er, angeregt durch den Entwurf glamouröser Filmroben für Hollywoodstars wie Pola Negri, Mary Pickford und Gloria Swanson, mit figurbetonten Kleidern im Schrägschnitt wieder eine sehr viel weiblichere Linie und leitete so insbesondere in der Abendmode eine Trendwende zum feminineren Stil der beiden nächsten Jahrzehnte ein.[29] Wie sein Alter Ego im Roman, das einen »Reklamechef« beschäftigt (S. 9), verstand sich Patou bereits auf Marketing im heutigen Sinn: Er war einer den ersten, der seine Initiale »JP« werbewirksam als Markenzeichen einsetzte und auf allen seinen Modellen anbringen ließ; während sich die Firmenmarke beim fiktionalen Partout dezent am Saum seiner Kleider findet. Da er als erster europäischer Modeschöpfer gezielt professionelle Mannequins aus den USA engagierte, die durch ihr Äußeres – groß, schlank, langbeinig, sportlich – sein Bild der modernen Frau, für die er Mode machte, am besten verkörperten, löste Jean Patou einen verkaufsfördernden Skandal in der französischen Modewelt aus; der Roman-Partout dagegen weiß geschickt mit dem makellosen Ruf und der Einmaligkeit seiner Modelle zu werben.[30] Auch sonst steckt Wolffs Abendkleid-Roman voller Anspielungen an die Modeszene, so, um nur ein weiteres Beispiel zu nennen, an die italienisch-französische Modeschöpferin Elsa Schiaparelli (1890–1973) und ihre surrealistisch inspirierten Hutkreationen in Form eines umgekehrten Schuhs, eines Tintenfasses mit Schreibfeder oder einer Eistüte (»Sie blieb ein paar Sekunden vor der Auslage einer Modistin stehen und besah sich seltsame Gebilde, die vorgaben, Hüte zu sein.«, S. 6).[31]

Da die Lund, langjährige Stammkundin des Hauses Partout, unerwartet früh am Morgen zu einer ausschließlich für sie arrangierten Vorführung der Frühjahrs/Sommerkollektion in der Rue Tronchet erscheint, begrüßt sie der verhinderte bzw. »verkannte[r]« (S. 8) Schauspieler in Erinnerung an die gemeinsamen alten Zeiten vor seinem Aufstieg, und da er die durch den verfrühten Besuch verursachte Aufregung im Salon Partout zu überspielen sucht, mit einer kleinen Einlage aus einem – im Roman nicht näher bezeichneten – Stück der »Comédie Française, I. Akt, 3. Auftritt«: »›Madame, Sie sehen mich tief betrübt‹«, ruft Partout ihr entgegen. ›Es ist sehr früh, Madame, wir dachten alle, Sie kämen gegen elf Uhr.‹« (S. 12 f.) Dabei spielt Wolff offensichtlich auf den I. Akt, 3. Szene in der Komödie *Dom Juan ou le festin de pierre* (1665) von Molière (1622–1673) an, dessen

Name untrennbar mit der »Comédie Française« verbunden ist, die auch oft als »La Maison de Molière« bezeichnet wird. Der notorische Frauenheld Dom Juan tritt seinem ersten Opfer Done Elvire hier mit den verlegenen Worten entgegen: »›Madame, je vous avoüe que je suis surpris, et que je ne vous attendois pas icy.‹« Das Thema des unersättlichen und skrupellosen Herzensbrechers war Victoria Wolff spätestens seit ihrer Beschäftigung mit George Sands Leben und Werk vertraut, die sich des Stoffes mit *Verflucht seist du, Don Juan!* einst angenommen hatte. Die originelle Anfangsszene in der Maison de Couture mag aber auch auf einen Einfall Durieux' zurückgehen, die als legendäre Darstellerin des klassischen Heroinnenfachs eine versierte Kennerin der klassischen Literatur und des klassischen Theaters war. Der kleinwüchsige Partout, der mit seinem »blonde[n], schwärmerische[n], ganz und gar unfranzösische[n] Gesicht« (S. 13) katzbuckelnd um eine seiner treuesten und besten Kundinnen herumtänzelt, entspricht nun aber überhaupt nicht dem Bild des feurigen und gewissenlosen Frauenverführers Don Juan in der literarischen Vorlage. Es ist ihm jedoch auch gar nicht darum, den Frauenhelden zu mimen. Partout will die Frauen einzig als Couturier exzeptioneller Kleider betören. Seine Kunstwerke aus Samt und Seide, wie das von ihm kreierte weiße Abendkleid »La joie tremblante« (»Die zitternde Freude«), das ein geheimnisvolles Fluidum ausstrahlt und sofort jede Frau bezaubert, übernehmen an seiner Stelle die Rolle des Verführers:

> Anne gab keine Antwort. Sie starrte fasziniert auf dieses weiße Gewand und konnte kaum erwarten, sich darin zu sehen. Als sie dann weiß und feierlich und groß über den roten Velour vor die großen Spiegel schritt, wurde sie sehr ernst. Das Kleid gab ihr ein neues Gefühl. Sie besah sich sachlich von allen Seiten. Was hatte dieses Kleid? Was für ein Zauber war da mit hin-

> einverwoben? Sie fühlte sich jung und bräutlich und ernst. Es war das beste Kleid, das sie je getragen hatte. (S. 15)

»La joie tremblante« zieht seine Zauberkraft bzw. Verführungskraft – das wird im Verlauf des Romans schnell deutlich – sozusagen aus einer ›Leerstelle‹, das heißt aus den geheimen, uneingestanden Wünschen seiner Trägerinnen. Es wird zur Projektionsfläche dieser ihrer Wünsche und verführt sie letztlich dazu, das zu tun, was sie sich schon seit langem sehnlichst erträumen. So sehnt sich Anne Lund, die sich in der glitzernden Glamourwelt des Films wie in einer Scheinwelt vorkommt, nach dem wahren Leben im falschen: »Sie dachte, daß sich ihr wahres Leben irgendwo anders abspielen würde, aber sie wußte nicht, wo.« (S. 23) Als sie das weiße Abendkleid Partouts anprobiert, meint sie, sich im Spiegel als Braut zu erblicken. Und tatsächlich wird Anne mit »La joie tremblante« der großen, alles entscheidenden Liebe, dem Mann ihres Lebens begegnen und ihn heiraten. Für den texanischen Ölmagnaten Curtis Fauß, »noch nicht einmal ein besonderer Mann, sondern eben nur der ›Richtige‹« (S. 149), gibt sie nicht nur freudig ihr bisheriges Bohemienleben in der Welt der Schönen und Reichen auf, sondern sie riskiert auch ganz bewusst das Ende ihrer glanzvollen Karriere: denn mit dem ›Richtigen‹ ist sie auch endlich im ›richtigen Leben‹ und damit bei sich selbst angekommen.

Das Mannequin Sonja Putilew fühlt beim Vorführen des Partout-Modells »La joie tremblante« gar einen »elektrischen Schlag durch die Nerven gehen« und bedauert wieder einmal zutiefst, dass sie keinen einzigen Mann kennt, »dem sie sich in dieser Pracht hätte zeigen können! Sonja schloß die Augen und haßte schnell ihr bißchen Leben.« (S. 28) Die junge Frau, streng und puritanisch vom russischen Vater, einem Revolutionsflüchtling, erzogen und selbst in ihrem Beruf als Model unbefriedigt, hat mit ihren 19 Jahren in Paris, der ›Stadt der Liebe‹, noch nichts erlebt und nicht gelebt. Sie wünscht sich daher ein Leben voller »Abenteuer und Liebe«, diese beiden Worte denkt sie sich untrennbar zusammen, sie sind für sie »Synonym für Erlebnis« (S. 24). All das, was sie nicht haben kann, sich aber mit »brennendem Gefühl« ersehnt, verkörpert für Sonja die Lieblingskundin Partouts: »Sie wollte wissen, wie die Frau da lebte. Und sie wollte mit all ihrer jungen Sehnsucht einmal, nur ein einziges Mal Anne Lund sein, schön, reich, gefeiert und berühmt.« (S. 15) Ihre Mädchen- und Märchenträume gehen noch am selben Abend in Erfüllung. Verführt von »La joie tremblante« stürzt sich Sonja im weißen Abendkleid ihres Idols ins Nachtleben von Paris und lernt dabei Anne Lunds Liebhaber, den erfolgreichen Schriftsteller und Filmautor Charles Bridier, kennen und lieben; sie wird an seiner Seite deren ›alte‹ Rolle einnehmen.

Der Gestalt Charles Bridiers hatte Victoria Wolff unzweifelhaft einige Züge ihres engen Freundes Erich Maria Remarque verliehen und ihm damit ein literarisches Denkmal gesetzt. Wie ihr Romanheld Bridier stammte Remarque ebenfalls aus kleinen, materiell engen Verhältnissen (Bridiers Vater ist Tischler, der Vater von Remarque war Buchbinder), aus denen er sich schnell zum Bestseller- und Drehbuchautor hochschreiben konnte. Über den Erfolgsschriftsteller und Filmeschreiber Bridier heißt es im Roman: »Er hatte eine ärmliche Jugend durchlebt. Das Gefühl, daß die Welt käuflich sei, beherrschte seine ersten dreißig Jahre und er litt darunter, seinen Teil nicht kaufen zu können. Später, als ihm Erfolg auf Erfolg blühte, genoß er das damit verbundene, in Zahlen auszudrückende Glück in vollen Zügen und sah das Leben weniger bösartig an. Er hatte geglaubt, seiner Karriere kostspielige Abenteuer schuldig zu sein, hatte sich nie dabei gelangweilt, war aber auch nie erfüllt davon gewesen. Frauen kannte er [...] in allen

Arten.« (S. 38) Wie Bridier schätzte Remarque nicht nur das mondäne Leben in Reichtum und Luxus, das ihm der ungeheure Erfolg von *Im Westen nichts Neues* (1929) bescherte. Wolff schrieb in ihren Erinnerungen an Erich Maria Remarque über ihn: »Bis zuletzt hat er das füllige Leben geliebt und die guten Dinge, die es ihm bot.«[32] Remarque teilte auch den Hang zu zahlreichen, überwiegend bedeutungslosen Affären mit dem »Frauenkenner« (S. 40) Bridier. Dabei kam dem ›Womenizer‹ Remarque ebenso wie Bridier im Roman sein gutes und gepflegtes Aussehen sowie sein überaus elegantes und einnehmendes Auftreten zupass. Remarques charmante Seite konnte jedoch auch schnell ins Gegenteil umschlagen, in jenen bösartigen Zynismus, der die Romanfigur Bridier charakterisiert, und wozu auch der zuweilen stechende Blick der blauen, harten Augen gehörte.[33] Maria Riva, mit deren Mutter Marlene Dietrich Erich Maria Remarque von September 1937 bis November 1940 eine wechselvolle Beziehung führte,[34] die Wolff möglicherweise zur fiktionalen Beziehung ihres schillernden Bohemepaars Charles Bridier/Anne Lund inspirierte, bezeichnete diese einmal als »Raubvogelaugen«.[35] Doch während der Zyniker Bridier durch seine Liebe zu Sonja Putilew erst zum Romantiker wird, ist es Remarque längst, der von sich selbst sagte, er sei »eben der letzte Romantiker« seiner Zeit.[36]

Da sich Victoria Wolff und Erich Maria Remarque, wie in seinen Tagebüchern der Jahre 1936 bis 1939 dokumentiert,[37] regelmäßig trafen und austauschten, war er sicher auch derjenige, der Wolff eingehend mit Informationen und Details zur Welt des Films versorgt hatte: Seit der Verfilmung von *Im Westen nichts Neues* (*All Quiet on the Western Front*, USA 1930) und nachfolgender Romane stand er mit US-amerikanischen Filmstudios in engem Kontakt und verfügte nicht zuletzt über seine Affären mit Starschauspielerinnen wie Hedy Lamarr oder Marlene Dietrich über einiges Hintergrundwissen zum Film.

Victoria Wolff hatte aber auch schon selbst einige Erfahrungen mit der ›Traumfabrik‹ sammeln können, als sie im Frühjahr 1938 das berühmte schweizerische Ensemble »Trudi Schoop und ihr Komisches Ballet«[38] auf ihrer dritten USA-Tournee, bei der die tanzenden KomikerInnen die neu-entwickelte tragikomische Pantomime *Alles aus Liebe/Hurray for Love* zeigten, eine Zeit lang begleitet hatte. Mit der verlockenden Aussicht, Hollywood sei an der avantgardistischen Ballettgruppe Schoops interessiert, hatte deren Manager Alfred Fischer Wolff als Szenenschreiberin gewinnen können. Der Kontakt war über Trudi Schoops Ehemann Dr. Hans Wickihalder zustande gekommen, der als Redakteur für das Feuilleton des Züricher »Tages-Anzeigers« schrieb und Wolff als freie Mitarbeiterin des Blatts kannte. Die hochfliegenden Filmpläne zerschlugen sich jedoch bald und ließen Victoria Wolff vorzeitig aus dem Projekt aussteigen. Das Experiment mit der Tanzkompanie hatte sich für sie trotzdem gelohnt: Sie hatte das Land, in das sie schon seit längerem zu emigrieren beabsichtigte, vorher ausgiebig erkunden können und einige nützliche Filmbekanntschaften geknüpft.

Doch zurück zum weißen Verführerkleid »La joie tremblante«, das die berühmte Filmdiva Anne Lund ihrer zwei Jahre jüngeren Schwester Maria Barthoud, eine in der mittelmäßigen Ehe mit einem mittelmäßigen Seidenhändler gefangene mittelmäßige Frau, ›überlassen‹ hat und das diese ebenfalls in seinen Bann zieht. »Sie starrte dieses weiße, gleißende Gebilde an und sah sich schon in einem hellerleuchteten Spiegelsaal in diesem Kleide tanzen. Sie war die Schönste und die Männer rissen sich um sie. [...] Sie trat vor den Spiegel. Etwas so Vollendetes war noch nie an ihrem Körper gewesen. [...] Sie trat ein paar Schritte vor, ein paar zurück, sie probte wie zu einer Krönungsfeier. [...] nichts anderes war mehr in ihr als die Sehnsucht, dieses Kleid und seine Verpflichtung zu tragen.« (S. 152 ff.) »La joie tremblante« gibt der unscheinbaren Maria, im Roman als »Volksausgabe von Anne« (S. 146) bezeichnet, die Illusion einer wunderschönen, von allen Männern umschwärmten und begehrten Ballkönigin. Verführt vom strahlenden Zauber der »zitternden Freude« beschließt sie, ihrem langweilig-gutbürgerlichen Leben wenigstens für einen einzigen aufregenden Abend zu entfliehen – offen und bereit für alles. Und wirklich hält das Schicksal für Maria Barthoud eine Liebesaffäre burlesken Ausmaßes, wahrscheinlich sogar *das* Abenteuer ihres Lebens bereit. Die Erfolgsautorin Wolff bemühte in diesem Zusammenhang noch einmal den Don Juan-Stoff, der über *The Private Life of Don Juan* (GB/USA 1934), der gelungenen Filmadaption Alexander Kordas, seit Mitte der 1930er wieder in Mode gekommen und damit einem größeren Publikum präsent war. Und wie dereinst Don Juan für seine teuflischen Verführungstaten im Höllenfeuer verbrennen muss, wird auch »La joie tremblante«, sobald es seine Dienste getan, einmal im knisternden Feuer eines Kamins zu einem »Häufchen Asche« (S. 245) verglühen. Marias Don Juan ist der Zagreber Bühnenbildner Ivo (eine serbische Kurzform von Johannes), den sie beim Besuch der Pariser Grand Opéra kennen lernt; gegeben wird an diesem Abend – Mozarts Oper *Don Giovanni* (italienisch für *Don Juan*). Derart von Verführern und Verführungen umzingelt, gibt Maria bald dem Werben ihres gewissenlosen Eroberers Ivo nach, den – wie schon den Don Juan aus der Oper – nicht so sehr die erotische Lust als vielmehr der Widerstand der Frauen reizt. Doch sie unterliegt ihm nicht. Der gemeinsame Abend in einer Dalmatiner Künstlertaverne mündet nicht in einer gemeinsamen Liebesnacht, wohl aber geht das weiße Abendkleid aus der Begegnung zerrissen und (von Wein) befleckt hervor. Ihrem Verführer Ivo ist Maria Barthoud damit glücklich entkommen, zerrissen fühlt sie sich fortan dennoch. Denn ihr Leben ist nach diesem Abend nicht mehr so, wie es vorher einmal war. Sie hat vom süßen, aufregend anderen Leben kosten können und weiß nun, was ihr bisher entgangen ist. »Du hast mich erweckt, du hast mich sitzen lassen, du hast Schuld an meinem Unglück«, schleudert sie Ivo daher zum Abschied hinterher (S. 241). – In die Geschichte von Maria und Ivo hatte Victoria Wolff autobiographische Elemente einfließen lassen. Ihre Ehe mit dem Textilfabrikanten Alfred Wolf befand sich zur Zeit der Romanniederschrift in einer Krise: nicht nur weil sie das süße, aufregend andere Leben im Kreise der Tessiner KünstlerfreundInnen nicht mehr missen wollte, sondern auch, weil sie auf der Rückreise von den USA den Amerikaner Edmund Billings aus Boston kennen und vermutlich lieben gelernt hatte.[39] Die Freundschaft sollte ihr und ihren Kindern das Leben retten, denn es war Billings, der sich bei den US-amerikanischen Einwanderungsbehörden für die politisch-moralische Integrität der Schriftstellerin verbürgte (›Affidavit of Moral Sponsorship‹) und gemeinsam mit Wolffs Verwandten ihre Reisekosten von Europa in die USA trug.[40] Unschwer ist in der Figur des Curtis Fauß ihr späterer Lebensretter zu erkennen. Sie porträtierte ihn mit Colin Cassidy noch einmal in ihrem 1954 erschienenen autobiographischen Exilroman *Keine Zeit für Tränen*, der als Fortsetzung ihres Deutschlandromans *Gast in der Heimat* gelesen werden kann. Aus Angst vor Missdeutungen veröffentlichte sie ihren Erlebnisroman zunächst unter dem Pseudonym Claudia Martell – dem Namen ihrer fiktiven Heldin aus *Gast in der Heimat*. Dabei bezog sich Wolffs Angst vor Fehlinterpretationen vor allem auf die zentrale Liebesgeschichte zwischen ihren ProtagonistInnen Ann Vernelle und Colin Cassidy. Lebensweg und Schicksal ihres fiktiven Helden Cassidy gleichen dem ihres realen Affidavitgebers Billings. Im Klappentext zur zweiten, gekürzten Ausgabe des Romans, der 1969 unter dem verändertem Titel *Die Zeit der Tränen geht vorbei*, aber nun unter ihrem eigentlichen Namen erschien, bemerkte die Autorin fünfzehn Jahre später:

> Das Leben hat dieses Buch geschrieben, nicht meine Phantasie. Es handelt von Menschen und Dingen, die mir nahegingen. Deshalb steht es mir auch näher als die anderen Romane aus meiner Feder.

Wie schon ihre drei Vorgängerinnen unterliegt auch die Wiener Emigrantin Ilka Wahla sofort der unheimlichen Magie von »La joie tremblante«, das, obwohl inzwischen reichlich lädiert, noch immer nichts von seiner Faszination verloren hat. Kaum hat sie ihre Arbeitsschürze abgestreift und die weiche Seide des Zauberkleids auf ihrer Haut gefühlt, entfaltet es auch schon seine Verwandlungs- und Verführungskünste. Sie vergisst für kurze Zeit das schreckliche Erlebnis ihrer Vertreibung und Flucht, die Ermordung ihres Vaters in einem Nazi-Gefängnis und ihr einsames Aschenbrödeldasein als Zimmermädchen einer unzufriedenen und launischen Pariser Seidenvertretersgattin. »Und plötzlich freute sie sich über sich. [...] Sie war sich stets unscheinbar vorgekommen. [...] Aber jetzt in diesem Kleid kam sie sich schön vor. [...] Sie schritt auf dem grauen Velourboden vor Madames hohen Goldspiegel auf und ab und besah sich genau. [...] Ich könnte etwas aus mir machen, dachte sie. [...] Aber es müßte jemand da sein, der es sehen würde! Und plötzlich war sie hoffnungsfroh, daß vielleicht doch einer einmal käme, der es sehen würde. Vielleicht ...« (S. 202) In »La joie tremblante« fühlt sich Ilka plötzlich wieder so jung wie sie ist, sie hat wieder Träume und damit auch wieder eine Zukunft. Ihre Zukunft bzw. ihr ›Märchenprinz‹ heißt Mario. Sie begegnet dem sympathischen Italiener, ein ehemaliger Medizinstudent wie sie und vom Mussolini-Faschismus nach Frankreich vertrieben, auf einem Frühlingsball. Durch ihn und mit ihm lernt sie, wieder an das Leben und ihren Platz darin zu glauben und so ihr Emigrantenschicksal zu bewältigen. Konnte sich Wolff bei der Ausgestaltung der Maria-Episode auf die Gastspielerfahrungen Tilla Durieux' am Stadttheater von Zagreb sowie deren Erlebnisse als Leiterin eines Hotels in Abbazia an der jugoslawischen Adria stützen, so ist das italienische Ambiente der Ilka-Episode, insbesondere aber die Geschichte der Rettungsaktion von Marios Bruder durch die Erzählungen des Freundes und Exil-Italieners Ignazio Silone beeinflusst. Silone hatte Anfang der 1930er-Jahre vergeblich versucht, seinen jüngeren Bruder Romolo aus dem faschistischen Italien zu sich ins Schweizer Exil herüber zu retten; er starb 1932 im Gefängnis.[41] Auch lässt sich wieder Autobiographisches aus der letzten Abendkleid-Episode herauslesen. Hatten die Schweizer Behörden Victoria Wolff bisher keine nennenswerten Schwierigkeiten gemacht – Jahr für Jahr wurden sowohl ihre Aufenthalts- als auch ihre (eingeschränkte) Arbeits- bzw. Publikationserlaubnis verlängert –, so änderte sich deren Haltung im Sommer 1938 abrupt. Aufgrund einer Denunziation hatte die Eidgenössische Fremdenpolizei in Bern erfahren, dass sie teils anonym, teils unter Pseudonymen regelmäßig Beiträge in der Schweizer Presse veröffentlichte; obwohl sie ihr im Frühjahr 1936 unter Androhung der Ausweisung die Auflage erteilt hatte, sich auf die Publikation von Büchern zu beschränken und jegliche journalistische Mitarbeit an hiesigen Zeitungen und Zeitschriften einzustellen. Die Behörden beschlossen daraufhin, sie zum 1. Juli 1939 aus der Schweiz auszuweisen.[42] Wolffs Kampf um die weitere Verlängerung ihrer Aufenthalts- und Publikationsgenehmigung, der sich noch ein Jahr hinziehen sollte, spiegelt sich im Roman wieder, wenn sich die Emigrantin Ilka darüber beklagt, die Polizei sei nicht für Leute wie sie da, sondern nur für die, »die eine Heimat haben. Für Leute, die in dieses Land gehören, die in diesem Land arbeiten dürfen, die in diesem Land betteln, stehlen, gar nichts oder viel tun dürfen. Für die ist sie da, gut oder strafend, hilfreich oder böse, jedenfalls ist sie da. Für sie, Ilka, ist sie nicht da; denn sie verstößt sich gegen das neueste heiligste Recht der Fremde, sie arbeitet, ohne Erlaubnis zu haben. Dieses Delikt wird zwar nicht direkt mit dem Tod bestraft. Aber indirekt. Seine Folgen führen unweigerlich ins große Nichts.« (S. 229) Nach zähen, aber erfolglosen Verhandlungen verließ Victoria Wolff Ende Juni 1939 zusammen mit ihren beiden Kindern die Schweiz und ging nach Frankreich – und in eine ungewisse Zukunft. Mit Hilfe von Freunden und Verwandten konnte sie im Februar 1941 schließlich über Spanien und Portugal in die USA flüchten.

Nach ersten, schweren Anfängen in New York gelang Victoria Wolff 1943 in Los Angeles der Durchbruch als Drehbuchautorin für 20th Century Fox und Metro-Goldwyn-Mayer.[43] Den eigentlichen Einstieg ins Filmgeschäft verdankte sie letztlich ihrem Roman *Das weiße Abendkleid*, durch den sich die Filmwelt ernsthaft für sie zu interessieren begann. In englischer Übersetzung war die Abendkleid-Geschichte im Januar 1941 als *The White Evening Dress* erstmals in Buchform bei Cassell's in London erschienen und so erfolgreich, dass der Verlag den Roman bereits im April 1941 neu auflegte. Wolffs Agent, der aus Ungarn stammende George Marton, der im Vorkriegseuropa einer der führenden Literatur- und Filmagenten im deutschsprachigen Raum gewesen und nun mit seiner Agentur Playmarket recht erfolgreich in Los Angeles tätig war, hatte die unabhängigen Filmproduzenten Boris Morros und Sam Spiegel auf das erfolgreich laufende Buch aufmerksam gemacht und ihnen im Oktober 1941 die Filmrechte für $ 3000,– verkauft. Der Verkauf war der ehrenwerten »New York Times« sogar eine Meldung wert.[44] Morros und Spiegel ließen den Stoff von vier Autoren (Ben Hecht, Ferenc Molnar, Lamar Trotti, Bill Morrow) vollständig umschreiben und verkauften das fertige Script an die 20th Century Fox, welche die neu geschaffenen Episoden um einen schwarzen Frack – anstelle eines weißen Abendkleids – nach neuerlichen Bearbeitungen 1942 unter dem Titel *Tales of Manhattan* von Julien Duvivier mit den Hollywood-Stars Charles Boyer, Henry Fonda, Rita Hayworth, Charles Laughton, Edward G. Robinson und Ginger Rogers verfilmen ließ.

Bis 1949 erarbeitete Victoria Wolff – zum Teil im Team mit dem bekannten amerikanischen Bühnenautor Marc Connelly oder dem französischen Filmregisseur Charles David – eine Vielzahl an Screenplays. Nachdem sie 1949 ihren zweiten Mann, den erfolgreichen und in der deutschen Exilkünstlerkolonie von Los Angeles sehr beliebten Kardiologen Dr. Erich Wolff, geheiratet hatte, zog sich Victoria Wolff aus dem Filmgeschäft zurück und widmete sich wieder ganz ihrer literarischen Arbeit. Es war *Das weiße Abendkleid*, das noch einmal für seine Autorin ›zaubern‹ sollte und ihr Ende der 1940er-Jahre die Tür zum deutschen Literaturmarkt öffnete. 1949, bei ihrem ersten Deutschlandbesuch nach dem Krieg, begegnete sie Carl Weller wieder – ihrem Mentor aus den Anfangszeiten ihrer Schriftstellerkarriere. Dieser hatte von den Amerikanern bereits Ende 1945 eine Lizenz für seinen in Konstanz ansässigen Curt Weller Verlag erhalten und sofort damit begonnen, Bücher von in NS-Deutschland unterdrückten AutorInnen wie Robert Neumann, Theodor Plievier und Anna Seghers zu veröffentlichen. Von Anna Seghers hatte er 1948 die deutschsprachige Erstausgabe ihres großen Exilromans *Transit* herausgebracht. Er wollte wissen, was sein früherer ›Schützling‹ in der Zwischenzeit geschrieben hatte, und entschied sich, von Wolffs im Exil entstandenen Werken als erstes *Das weiße Abendkleid* zu veröffentlichen. Da Wellers Verlag aufgrund der Währungsreform im Jahr 1950 Konkurs ging, schaffte es das *Abendkleid* zwar zunächst ›nur‹ als Vorabdruck ins Zeitungsfeuilleton, und zwar in das der »Neuen Zeitung« (Frankfurt a. M. u. a.), einer von der amerikanischen Militärregierung herausgegebenen Publikation zur demokratischen Erziehung der Deutschen; aber Victoria Wolff war wieder ›da‹. »Ein Reißer, aber ein guter!«, bewarb die »Neue Zeitung« ihren ab 7. Juni 1950 abgedruckten Fortsetzungsroman. »Diese abenteuerliche Geschichte eines Kleides der Pariser Haute Couture ist [...] ein flott und mit Humor geschriebener Roman mit Tempo, es gibt nirgends Längen.« 1951 erschien der Abendkleid-Roman schließlich beim Verlag Heinrich Scheffler in Frankfurt am Main. In den nächsten Jahren konnte Wolff dann noch neun weitere, sehr erfolgreich laufende Unterhaltungsromane auf dem deutschen Buchmarkt veröffentlichen, darunter die bekannten *König im Tal der Könige* (1954), *Keine Zeit für Tränen* (1954), *Stadt ohne Unschuld* (1956) und *Ein anderer Mann* (1962). Für ihr umfangreiches schriftstellerisches Werk wurde sie 1972 von der Literarischen Gesellschaft (London) mit dem Certificate of Merit for Distinguished Historical Biography und von der Hollywood Foreign Press Association (Los Angeles) ausgezeichnet. Am 16. September 1992 starb Victoria Wolff im Alter von 88 Jahren in Los Angeles.

Anmerkungen

[1] Widmung Victoria Wolffs, datiert »Los Angeles 1982«. Das Widmungsexemplar befindet sich in meinem Besitz.
[2] Siehe dazu ausführlich Thomas Rietzschel: »Das Versprechen des Südens. Wie der Monte Verità Hoffnungen weckte und das Jahrhundert verführte: Eine Zeitreise nach Ascona.« In: Frankfurter Allgemeine Zeitung, 30.04.1999.
[3] Siehe z.B. den noch unter ihrem bürgerlichen Namen »Trude Wolf« publizierten Bericht »Ascona, Insel in Europa«, in: »Neckar-Zeitung« (Heilbronn), 21.11.1931.
[4] Victoria Wolff zitiert nach Uwe Jacobi: »Sie gab sich nie in ›kleinen Münzen‹ aus. Das bewegte Leben der Victoria Wolff/Die berühmteste Heilbronner Autorin (1).« In: »Heilbronner Stimme«, 27.06.1985. Vgl. dazu auch die Erinnerungen Alfred Wolfs in Walther Strauss (Hg.) 1982: Lebenszeichen – Juden aus Württemberg nach 1933. Gerlingen, S. 338-341, hier: S. 339.
[5] Hans Franke 1963: Geschichte und Schicksal der Juden in Heilbronn. Heilbronn, S. 207. (Veröffentlichungen des Archivs der Stadt Heilbronn; 11). – Franke war Anfang der 1930er Jahre Chefredakteur der »Neckar-Zeitung«.
[6] Lexikon der deutschen Verlage. Leipzig 1929, S. 98.
[7] Siehe dazu Siegfried Kracauers »Schriften«, Bd. 5, Teil 2, herausgegeben von Inka Mülder-Bach, Frankfurt a. M. 1990, S. 195 -199.
[8] Siehe dazu Manfred Bosch 2003: »Herz auf Taille«. Curt Weller, der Entdecker Erich Kästners, in Horn am Bodensee. Marbach am Neckar, [o. S.]. (Spuren; 61).
[9] Das zeigt eine Reihe erfolgreicher Romane wie Vicki Baums *Stud. chem. Helene Willfüer* (1928), Gertrud Grotes *Studentinnen* (1927) oder Helene Stöckers *Liebe* (1922).
[10] Ähnlich gingen auch andere Autorinnen der Zeit vor. Beispielsweise arbeitete Vicki Baum für ihren berühmten Roman *Menschen im Hotel* (1929) einen Monat lang als Zimmermädchen in einem Berliner Hotel, um sicher zu sein, dass sie die Atmosphäre richtig erfasst habe.
[11] Zu den Wolff-Romanen *Mädchen wohin?* und *Eine Frau hat Mut* siehe ausführlich Anke Heimberg 2000: »Victoria Wolff«, in: Britta Jürgs (Hg.): »Leider hab ich's Fliegen ganz verlernt«. Portraits von Künstlerinnen und Schriftstellerinnen der Neuen Sachlichkeit. Berlin, S. 214-240, hier: S. 218 ff.
[12] Vgl. dazu die Reichskulturkammer-Akte Victoria Wolffs mit der RSK-Aktennummer 2101/04 im Bundesarchiv Berlin-Lichterfelde, die unter ihrem bürgerlichen Namen »Trude Victoria Wolf«

geführt wurde.
[13] 1936 wurde *Gast in der Heimat* von der RSK auf den »Nachtrag I zur Liste 1 des schädlichen und unerwünschten Schrifttums (Stand vom 31. März 1936)«, Berlin 1936, gesetzt.
[14] Siehe dazu die von der RSK bearbeitete und herausgegebene »Jahresliste 1939 des schädlichen und unerwünschten Schrifttums«, Leipzig 1940.
[15] Vgl. dazu die Akte »W. M. Wolf AG – Sortieranstalt neuer Stoffabfälle« mit der Kennzeichnung W 4497 und die Akte »Lederfabrik Heilbronn, Gebr. Victor« mit der Kennzeichnung W 5230 (Stadtarchiv Heilbronn: Zeitgeschichtliche Sammlung).
[16] Uwe Jacobi: »Der zweite Mann: Wolf mit drei ›f‹ gibt es nicht. Exil in Ascona, ›Spionin‹ in Frankreich und Flucht nach Amerika/Victoria Wolff (2).« In: Heilbronner Stimme, 28.06.1985.
[17] *Meine vier besten Freunde/My Four Friends in Ascona* – so betitelte Wolff ein unveröffentlichtes Typoskript (undatiert), mit dem sie an Durieux, Frank, Remarque und Silone erinnern wollte; es findet sich im Nachlass der Autorin (UCLA Library/Department of Special Collections/Manuscripts Division).
[18] Victoria Wolff: »›Die herrliche Unruhe des Lebens.‹ Erinnerungen an Erich Maria Remarque.« In: »Aufbau« (New York), 18.06.1971.
[19] Victoria Wolff: »Begegnung mit Ignazio Silone.« In: Frankfurter Allgemeine Zeitung, 17.05.1958.
[20] Brief von Victoria Wolff an Ignazio Silone vom 02.05.1936 (UCLA Library/Department of Special Collections/Manuscripts Division/Victoria Wolff Papers). Hervorhebung im Original.
[21] Thomas F. Schneider/Tilman Westphalen (Hg.) 1998: Erich Maria Remarque. Das unbekannte Werk. Frühe Prosa, Werke aus dem Nachlaß, Briefe und Tagebücher. Bd. 5. Köln, S. 269.
[22] Siehe dazu Mona Gable: »Victoria Wolff: A Life to Match Her Novels' Plots.« In: Los Angeles Times, 28.08.1985.
[23] Victoria Wolff: »›Die herrliche Unruhe des Lebens.‹ Erinnerungen an Erich Maria Remarque.« In: »Aufbau« (New York), 18.06.1971.
[24] Siehe dazu Rudolf Hirschmann 1976: »Victoria Wolff.« In: John M. Spalek/Joseph Strelka (Hg.): Deutsche Exilliteratur seit 1933. Bd. 1 (Kalifornien), Teil 1. Bern, München, S. 668 - 675, hier: S. 669.
[25] Verlagsanzeige zum Roman, zitiert nach Murray G. Hall 1994: Der Paul Zsolnay Verlag. Von der Gründung bis zur Rückkehr aus dem Exil. Tübingen, S. 181.
[26] Uwe Jacobi: »Der zweite Mann: Wolf mit drei ›f‹ gibt es nicht. Exil in Ascona, ›Spionin‹ in Frankreich und Flucht nach Amerika/Victoria Wolff (2).« In: Heilbronner Stimme, 28.06.1985.

[27] Siehe dazu Rudolf Hirschmann 1976, a. a. O., hier: S. 670.
[28] Siehe dazu Tilla Durieux 1980: Meine ersten neunzig Jahre. Vollständige, ungekürzte Ausgabe der Erinnerungen. Berlin, S. 359 ff.
[29] Siehe dazu Alexandra Black 2004: Das Abendkleid. München, S. 55 ff.
[30] Zu Jean Patou siehe ausführlich die Biographie »Patou« von Meredith Etherington-Smith, London 1983. – Das Theaterstück zum skandalumwitterten Couturier schrieb Franziska Wanner mit ihrer Komödie »Patou gewinnt Patou. ‹Skandal um Jean Patou›«, Berlin 1936.
[31] Zu Elsa Schiaparelli siehe ausführlich François Baudots Porträt »Elsa Schiaparelli«, London 1997.
[32] Victoria Wolff: »›Die herrliche Unruhe des Lebens.‹ Erinnerungen an Erich Maria Remarque.« In: »Aufbau« (New York), 18.06.1971.
[33] Siehe dazu ausführlich die von Wilhelm von Sternburg geschriebene Remarque-Biographie »›Als wäre alles das letzte Mal‹. Erich Maria Remarque. Eine Biographie«, Köln 1998, v. a. S. 14 ff.
[34] Vergleiche dazu die bewegende Korrespondenz Remarque/Dietrich »›Sag mir, daß Du mich liebst ...‹. Erich Maria Remarque – Marlene Dietrich. Zeugnisse einer Leidenschaft«, herausgegeben von Werner Fuld und Thomas F. Schneider, Köln 2001.
[35] Maria Riva 1992: Meine Mutter Marlene. München, S. 530.
[36] Victoria Wolff: »›Die herrliche Unruhe des Lebens.‹ Erinnerungen an Erich Maria Remarque.« In: »Aufbau« (New York), 18.06.1971. – Hilton Tims nannte seine Remarque-Biographie gar »Erich Maria Remarque. The Last Romantic« (London 2003).
[37] Die Tagebücher Erich Maria Remarques befinden sich in seinem Nachlass an der New York University/Fales Library and Special Collections.
[38] Zu der Schweizer Tänzerin, Komödiantin und Tanz- und Bewegungstherapeutin Gertrud »Trudi« Schoop siehe ausführlich Mona Willke 1999: »Trudi Schoops Leben und ihr tänzerisches und therapeutisches Werk.« In: Info: Deutsche Gesellschaft für Tanztherapie (Pulheim), Nr. 37/38 (Frühjahr/Herbst), S. 25 - 97.
[39] Angeblich verhinderten lediglich die kriegspolitischen Entwicklungen in Europa ein von Wolff in der Schweiz eingeleitetes Scheidungsverfahren. Siehe dazu den Brief von Edward Billings an das European Rescue Committee, New York (ERC) vom 21.09.1940 (Deutsche Nationalbibliothek (DNB): Deutsches Exilarchiv 1933–1945, Frankfurt a. M. (DEA): ERC/Akte Victoria Wolff EB 73/21).
[40] Siehe dazu die ERC-Akte Victoria Wolffs (DNB: DEA: ERC/Akte Victoria Wolff EB 73/21).

[41] Zu Ignazio Silone siehe ausführlich die Biographie von Dagmar Ploetz: Ignazio Silone. Rebell und Romancier. Köln 2000, v. a. S. 44 ff.
[42] Siehe dazu Charles Linsmayer: »Mit Schreibverbot belegt, denunziert und ausgewiesen. Victoria Wolf zum Beispiel.« In: Der Zürcher Oberländer, 17.02.1990.
[43] Zu Wolffs Exil in den USA siehe ausführlich Anke Heimberg 2005: »›Emigration ist eine Entziehungskur‹ – Leben und Werk der Exilschriftstellerin Victoria Wolff.« In: John M. Spalek/Konrad Feilchenfeldt/Sandra H. Hawrylchak (Hg.): Deutschsprachige Exilliteratur seit 1933. Bd. 3 (USA), Teil 5. Zürich, München, S. 271-301.
[44] Siehe unter der Rubrik »Screen News Here and in Hollywood« in der »New York Times« vom 20.02.1942.

Die Herausgeberin

Anke Heimberg, Jahrgang 1967, Magisterstudium der Deutschen Sprache und Literatur, Soziologie und Medienwissenschaften an den Universitäten Marburg und Wien. Wissenschaftliche Mitarbeiterin in Projekten der Frauen- und Geschlechterforschung in Marburg. Verschiedene Veröffentlichungen zu Victoria Wolff, zuletzt »›Emigration ist eine Entziehungskur‹ – Leben und Werk der Exilschriftstellerin Victoria Wolff«, in: John M. Spalek u. a. (Hg.): Deutschsprachige Exilliteratur seit 1933. Bd. 3 (USA), Teil 5. Zürich, München, S. 271-301. Sie lebt seit 2001 in Berlin und arbeitet an einer Promotion über die Exilschriftstellerin Maria Gleit.

Bild- und Textnachweise

Unser Nachdruck folgt dem zwischen dem 15. Dezember 1938 und dem 22. Februar 1939 in der Baseler National-Zeitung unter dem Pseudonym Ellinor Colling erschienenen Erstabdruck. Rechtschreibung und Zeichensetzung richten sich nach dem Original. Offensichtliche Druckfehler wurden korrigiert.

Bei den Abbildungen im Innenteil des Buches handelt es sich um historische Ansichtskarten aus dem Verlagsarchiv.

Mehr Informationen über unser Programm finden Sie unter www.aviva-verlag.de

Wir schicken Ihnen gerne unser Verlagsprogramm zu.

ISBN-13: 978-3-932338-28-1

Umschlaggestaltung unter Verwendung eines Fotos von Martin Munkacsy: Anni Ahlers sitzt Modell für den Maler Fülop Lászlo in London, 1933 (Foto: ullstein bild)

Mit freundlicher Genehmigung von Robert S. Amador für den Wolff Trust

Druck und Bindung: Fuldaer Verlagsanstalt

2. Auflage 2007

AvivA Britta Jürgs GmbH
Dorfstr. 56, 17375 Grambin
Emdener Str. 33, 10551 Berlin
fon (0 30) 39 73 13 72; fax (0 30) 39 73 13 71
info@aviva-verlag.de
www.aviva-verlag.de

MATHURINS
RUE DES MATHURINS
Ste Générale
PASQUIER
RUE DE CASTELLANE
RUE TRONCHET
VIGNON
RUE DE SEZE
GODOT DE MAUROY
RUE AUBER
R. BOUDREAU
SCRIBE
RUE GLUCK
HALEVY
RUE D'ANTIN
MEYERBEER
Pl. Ch. Garnier
OPÉRA
CHAUVEAU LAGARDE
Ste Lavoisier
ATHÉNÉE
OLYMPIA
R. EDOUARD VII
BOULEVARD DES CAPUCINES
Plce DE L'OPÉRA
Grd Hôtel
TH. DES CAPUCINES
PLACE DE LA MADELEINE
EGL. DE LA MADELEINE
BOULd DE LA MADELEINE
RUE DE LA PAIX
AVENUE DE L'OPÉRA
DAUNOU
Hôtel Mirabeau
Hôtel Chatham
RUE DES CAPUCINES
CREDIT FONCIER
Cité Vinde
RUE ROYALE
Jes Simon
RICHEPANSE
DUPHOT
RUE CAMBON
Chancellerie
Hôtel Ritz
MINIST. DE LA JUSTICE
COLONNE VENDÔME
PLACE VENDÔME
Hôt. Bristol
CASANOVA
GOMBOUST
EGL. DE L'ASSOMPTION
PL. M. Barrès
RUE ST FLORENTIN
R. DE MONDOVI
RUE DU MONT THABOR
RUE CASTIGLIONE
RUE SAINT HONORÉ
PL. DU MARCHÉ ST HONORÉ
R. DU 29 JUILLET
RUE D'ALGER
RUE ST ROCH
EGL. ST ROCH
RUE DES PYRAMIDES
Hôt. Continental
Hôt. Meurice
Terrasse des Feuillants
RUE DE RIVOLI
Jeu de Paume
Orangerie
Bassin
JARDIN DES TUILERIES
Monum Jules Ferry
Pavon de Rohan
MUSÉE DES ARTS DÉCORATIFS
AV. PAUL DÉROULÈDE
Hôt. Régina
Terrasse du Bord de l'Eau
QUAI DES TUILERIES
ARC DE TRIOMPHE DU CARROUSEL
Pavon de Flore
PONT DE SOLFÉRINO
PONT ROYAL
PONT DU CARROUSEL
MUSÉE
Guichets
PALs DE LA LÉGION D'HONNEUR
GARE D'ORSAY (ORLÉANS)
QUAI D'ORSAY
CAISSE DES DÉPÔTS ET CONSIGNATIONS